강소천 평전

아동문학의 마르지 않는 샘

강소천 평전

초판 1쇄 발행   2015년 6월 15일
초판 2쇄 발행   2015년 8월 10일

지은이   박덕규
펴낸이   양진오
펴낸곳   (주)교학사
등록일   1962년 6월 26일 제18-7호
주 소   서울특별시 금천구 가산디지털1로 42 (공장)
         서울특별시 마포구 마포대로14길 4 (사무소)
전 화   편집부 (02)7075-328 · 영업부 (02)7075-155
팩 스   (02)7075-330
홈페이지 www.kyohak.co.kr
편 집   김인애, 김길선
디자인   김진디자인

ISBN 978-89-09-19235-4   03810

아동문학의 마르지 않는 샘

강소천 평전

박덕규 지음

서석규 감수

(주)교학사

숙명을 끝까지 밀고 나간 사람

자랄수록 문학에서 멀어지는 삶을 사는 한국인에게 아동문학은 자신도 모르는 사이에 문학의 모든 것이 된다는 생각을 오래전부터 해 왔다. 아무리 문학을 모르고 살아도 어릴 때 부른 동요 한두 곡은 기억할 테니까. 그러니까 한국에서 아동문학은 한국인의 원초적 문학이자 한국문학의 공통분모라 할 수 있다.

그냥 문학이면 되지 따로 아동문학이 뭐냐고 하는 사람도 많다. 일리는 있으나, 한국에서 아동문학은 태생부터 한국의 근대 역사나 민족의 운명과 결부된 것임을 이해하면 그런 말이 더는 필요 없다는 걸 알게 될 것이다. 한국 아동문학은 한국문학이자, 보다 유별난 숙명을 내재한 문학이다.

강소천은 그런 숙명을 처음부터 끝까지 밀고 나간 사람이다. 문학이라는 그 자체의 본원적 가치 외에 민족, 역사, 국가, 미래 등의 과제까지 표 나게 안아 버렸다. 일제가 강제하고 분단이 가로막고 시대가 지시했지만 거기서 자기 식대로 망설임 없고 거침없었다. 앞장서 쓰고 여론마저 이끌어 갔다.

분단 시대를 강소천의 문학을 즐기지 않고 살아낸 한국인은 없다. 그게 문학의 전부라고 생각한 사람도 많았다. 다른 아동문학이 없지 않았지만, 강소천만큼 아동문학 전 분야에서 독보적 지위에 있는 사람은 없었다. 따라서 강소천의 문학 전반은 한국 아동문학 그 자체를 대변하고 상징한다고 할 수 있다. 게다가 그 삶이 일제와 전쟁과 분단을 극적으로 건너와 좀 이르게 마감되면서 근대 한국의 역사적 변동을 집약한 것이 됐다. 강소천의 문학과 생애를 이해한다는 건 한국 아동문학 전부를 이해하는 것만큼의 효력이 있다.

평전이라는 독특한 장르의 글을 쓰는 동안 내 안의 복잡한 욕망이 꿈틀거려 강소천을 향했다. 내 유년을 담당한 문학은 아동문학이자 강소천으로 대표되는 한국 아동문학의 숙명적 형태였다. 그걸 캔다면 내 문학도 제대로 들여다볼 수 있을 것 같았다. 이제 나 자신에 대해 제법 많이 알게 된 듯도 싶다.

집필하는 동안 한계도 있었고 복병도 만났다. 시대를 해석하는 안목의 부족을 통감했고, 호황기를 맞은 듯 거듭 드러나는 아동문학 자료들이 뒤늦게 덜미를 잡기도 했다. 기왕 하는 일이라는 생각에 도중에 「강소천의 『호박꽃 초롱』 발간 배경 연구」라는 소논문까지 쓰는 통에 자료가 뒤죽박죽되기도 했다. 역량의 부족으로 시간이 더욱 촉박했다. 이 책의 진정한 완성은 결국 후학에게 넘겨야 할 상황이 됐다.

이런 정도라도 동화작가 서석규 선생이 안 계셨다면 불가능한 일이었다. 소상한 기억, 다양한 자료, 정확한 이해력 등을 아낌없이 내게 넘겨주셨다. 소천 선생의 자제들도 부친을 탐색할 길을 잘 열어주셨다. 미국 애리조나주 피닉스로 가서 소천 선생의 장조카 강경구 선생을 만난 일은 특별한 감회로 남아 있다. 또한 아동문학을 전공하는 친구들의 도움도 많이 받았는데 여기 그 이름은 다 적지 못한다. 꼼꼼한 교정으로 뒷받침해 준 교학사 식구들도 참 고맙다.

2015년 5월

박덕규

○○ 차례

9. 벗들과 함께한 세월

10. 영원히 이 세상에

1

샘에서 솟은 물

두메산골 작은 샘, 소천

강소천姜小泉은 1915년 9월 16일(음력 8월 8일) 함경남도 고원군高原郡 수동면水洞面 미둔리彌屯里 342번지에서 아버지 강석우姜錫祐와 어머니 허석운許錫雲의 2남 4녀 중 둘째 아들로 태어났다. 본명은 용률龍律. 형 용택龍澤이 여섯 살 위였고, 그 사이에 누나가 하나, 아래로 누이가 셋 있었다.

강소천이 태어난 고원군은 원래 조선 태종 13년(1413년)에 고주高州와 홍원洪原이라는 두 고을이 하나로 합쳐지며 생겨났다. 함경남도 남서쪽에 있는데, 서쪽으로는 평안남도에 바로 접하고, 북쪽으로는 영흥, 동남쪽으로는 문천에 잇닿은 내륙 지역에 자리해 있다.

분단된 남한에서 고원이라는 지명은 매우 낯설다. 더구나 1990년 이후 북한이 고원 중에서도 강소천이 태어난 수동면을 중심으로 따로 수동구를 분리해, 강소천이 보통학교 다닐 때부터 살았던 옛 고원읍 쪽만 고원군으로 남아 있는 상태다. 고원군 북쪽에는 정치범 수용소로 잘 알려진 요덕군이 자리해 있다.

"그래, 너 이북에서 왔니? 고향이 이북이냐?"

"그래요."

"함흥이냐?"

"아니에요."

"그럼 원산?"

"어디겠나 맞혀 보세요."

"어딜까?"

"함흥, 원산 사이예요."

"영흥?"

"영흥 곁이에요."

"으응…… 그럼 정평이냐?"

"아니에요, 영흥 이남이에요."

"옳아, 그럼 고원! 고원이지?"

"예, 맞았어요."

　강소천의 동화 「방패연」에서 월남해서 살고 있는 인호는 고향의 할아버지한테 편지를 써서 잠자리비행기 편에 보내려 한다. 작품 속 인호의 고향 집은 '함경남도 고원군 고원면 관덕리 2번지'인데 이 고원의 위치를 설명하는 것부터 쉽지 않다. 함경남도에 속하면서도 함경남도 함흥과 강원도 원산 사이에 있고, 그중에서도 영흥보다 더 이남에 있고 문천보다는 서북에 위치한 곳. 고원은 작품 속에서도 그만큼 낯선 곳으로 설정된다.

고원은 1900년대 초반 고원읍을 중심으로 상산·군내·수동·산곡·표곡 등 5개 면을 두고 있었다. 강소천의 십대 시절인 1930년대에 평양에서 고원까지 평원선平元線이 오갔고, 원산과 함경북도 종성을 남북으로 잇는 함경선咸鏡線도 지났다. 2015년 현재 평양에서 함경북도 라진을 잇는 평라선平羅線이 개통돼 있는데, 기존 평원선과 더불어 함경선의 고원∼청진 구간이 여기에 포함된다. 이 평라선에서 강소천의 고향 마을인 미둔역을 중심으로 서쪽 평양 방향으로 일곱 번째 역이 요덕, 반대인 동쪽으로 세 번째 역이 고원, 고원에서 다시 열두 번째 역이 함흥, 함흥에서 다시 세 번째 역이 흥남이다.

함경도는 예로부터 태산준령의 험준한 산골로 알려져 있지만 고원과 영흥 일대는 산과 들과 물이 풍부해 물산物産이 풍요로웠고, 말그대로 '산 좋고 물 좋고 인심 좋은' 곳으로 꼽혔다. 특히 고원의 중심을 흐르는 덕지강德池江은 이 고을의 젖줄이었다.

덕지강은 '고원군과 평안남도 안덕군 사이의 재령산에서 발원해 동해로 흐르는 강'이다. 당시 유명 일간지에 "덕지강의 어화漁火, 이것은 고원팔경高原八景 중 하나여서 일종의 승경勝景에만 그칠 뿐 아니라 이 어화가 휘날리는 일면에는 연어鰱魚·해어鮭魚 등 생선의 은린銀鱗이 번득이는 데서 한층 그 명세名勢를 돋우었다"(동아일보 1934. 10. 6)라고 소개되어 있다. 여기서 연어는 붕어 같은 민물고기를 뜻하고, 해어는 우리가 아는 연어鰱魚를 뜻한다. 어화는 고기잡이할 때 켜는 등불이나 횃불을 말한다. 덕지강의 어화가 신문에 날 정도로 유명했다는 것은 그 강에 물고기가 넘쳐났다는 뜻이다. 당연히 물고기를 잡으러 몰려드는 어부들도 차고 넘쳤으리라. 붕어·연어를 비롯해 여러 종류의 생선을 실어다 파는 상선이 들어올 정도였다고 하니, 수심이 깊고 어획량도 풍부했다는 뜻이다.

덕지강은 여러 고을에서 흐르는 개천이 합류된 강이었다. 수동면을 흐르는 수동천水洞川도 덕지강의 한 지류였다. 수동천 역시 그 일대의 작은 개울이 합류된 개천이었다. 미둔리의 개울은 이 수동천으로 흘러들어 갔다. 이 미둔리 개울 일대의 산과 들이 바로 강소천 집안 사람들이 사는 동네였다. 강소천이라는 이름은 이 '미둔리를 흐르는 개울의 원천'이라는 뜻에서 작은 샘, 즉 소천小泉으로 지어진 것이다.

강소천은 처음 동시를 발표하던 무렵인 1931년 『아이생활』 1월호 '독자와 기자'에 '小泉 적은샘', '高原 小泉생', '高原 高宗塔' 등으로 자신의 이름을 밝히면서 몇 가지 질문과 건의를 했다. 다음 달 2월호에는 '小泉'과 '湧泉' 두 개의 호를 지어 평을 바라는 강소천의 편지에 기자가 "용천이 장쾌하다"라고 답을 한 내용이 함께 게재돼 있다. 아동문학 연구가 박금숙의 박사학위 논문 「강소천 동화의 서지 및 개작 연구」에는 강소천이 일생 동안 이외에도 최고봉·강남춘·백양 등의 이름을 쓴 사실을 밝히고 있다. 강소천은 첫 발표 이후 본명과 '강소천'이라는 필명을 번갈아 쓰다가 1933년 이후는 대체로 강소천으로 발표했고, 6·25전쟁 이후 호적 이름까지 강소천으로 고쳐 필명을 넘어 본명으로 확정했다. 강소천의 문학과 삶은 그 이름대로 '미둔리 앞뒷산 돌 틈 여기저기에서 솟아 나오는 맑은 샘'으로 초지일관했다.

강소천의 형 용택은 큰아버지 강찬우姜燦祐의 대를 잇는 양자가 되었다. 아들이 없는 집에 형제의 아들을 양자로 보내 대를 잇게 하는 풍습은 가부장제 사회의 오랜 전통이다. 강소천(29대)의 선대 중에서 24대 강달제姜達濟의 아들 윤홍允弘도 작은아버지 강달원姜達元의 대를 이었다. 강소천 대에는 큰아버지 집안에 아들이 없어서 장남 강용택이 양자로 들어간 것이다. 형 용택의 장남으로 소천보다 열네 살 아래인 장조카 강경구姜庚龜는 아버지 용택이 남긴 기록에 다음과 같은 대목이 있었다고 전한다.

큰아버지에게 아들이 없어 집안 가계를 계승하기 위해 20세 되던 해인 1월 18일 결혼을 하고 입양하여 상속권을 가지게 되었다.

스무 살이 된 용택이 큰아버지의 상속권을 가짐에 따라 강소천은 형을 대신해 법적으로 집안의 상속권을 받는 장자가 되었다. 강소천의 집안은 명문가로 알려진 진주晉州 강씨 통정공파通亭公派다. 할아버지 강봉규 때부터 기독교를 믿어 강소천은 태어나면서 유아세례까지 받았지만, 대를 이을 아들이 없는 큰집에 맏아들을 양자로 보낼 정도로 유교적 전통이 강한 집안이었다. 이름도 항렬行列로 대를 이어 할아버지 대는 첫 자(봉鳳), 아버지 대는 끝 자(우祐), 강소천 대는 첫 자(용龍), 강소천의 아들 대는 끝 자(구龜)를 돌림자로 썼다. 한 대가 첫 자를 돌림자로 쓰면 그 다음 대는 반드시 끝 자를 돌림자로 쓰는 전통도 그대로 이은 것이다. 그렇지만 강소천은 십대 후반에 스스로 가문의 이름으로 받은 본명 용률 대신 소천으로 활동했고, 결국 그 이름으로 한국 아동문학계에 길이 남았다.

우리 문단에는 이런 예가 적지 않다. 소설가 김동리金東里는 본명인 시종始鍾을 제자(소설가 백시종白始鍾으로 알려져 있다.)한테 넘겨주고 자신은 김동리로 남았다. 시인 박목월朴木月 역시 본명은 영종泳鍾인데 등단할 때 잠깐 창룡彰龍이란 이름을 썼다가 동시를 주로 발표하던 1930년대에는 다시 본명을 썼고, 시인으로 활동한 이후에는 박목월로 작품 활동을 했다. 시인 조지훈趙芝薰도 본명이 동탁東卓이다.

사람은 누구나 이름이 있고 널리 알려질수록 그 이름이 불릴 일도 많아진다. 이때 이름이 지니는 이미지는 각별한데, 특히 예술가들은 이름의 이미지가 작품 세계와 직결되기도 한다. 그런 점에서 본명보다 더 뜻이 깊고 발음하기 쉬운 예명을 가지는 것도 가치 있는 일이다. 이를테면 김시종보다 김동리가, 박영종보다 박목월이, 조동탁보다 조지훈이 한결 '예술가다울' 뿐 아니라 그만큼 자신의 문학 세계와 어울린다고 할 수 있다. 또한 이런 예명은 양반가에서 전통적으로 써 온 호나 자를 대신하기도 한다. 이를테면 퇴계退溪, 율곡栗谷 하듯이 동리, 목월, 지훈 식으로 쓰면 그게 이름이고 호가 된다. 소천도 강소천의 본명이 되었으나 그 자체로 호나 자를 대신하는 기능을 했다. 따라서 이 책에서도 강소천을 지칭하는 이름으로 특별한 경우를 제외하면 '소천'이라고만 쓰려 한다.

사람 이름에는 대개 크고 높고 넓은 의미를 지닌 한자어가 들어간다. 다만 성인이 되어서 가지는 호나 예명에는 상대적으로 작고 부족하고 어리석다는 의미의 한자어를 쓰는 예가 많다. 여기에는 큰 것, 많은 것, 강한 것만 보고 사는 인생이 실패할 수 있음을 경계하며 스스로를 성찰하게 하려는 뜻이 숨어 있다. 이에 비해 소천은 어릴 때부터 스스로 작은 이름 '소천'을 작명했다. 나중 일이지만 소천은 '小泉'이 '大泉'이 되기 위해 쉬지 않고 가야 한다고 스스로를 낮추기도 했다.

그러나 소천은 자기 이름에 대한 자긍심도 컸다. 1963년 소천이 타계한 직후 『현대문학』 6월호 특집에서 작가 이종환李鍾桓은 부산 시절 소천이 "소천은 내 호라기보다 내 필명이고 벌써 내 이름이란 말예요"(「동심, 그대로의 작가」) 하며 힘주어 말하던 장면을 재현했다. 1916년 간도의 용정 출신으로 함흥에 와서 영생고등보통학교를 다닐 때부터 소천의 친구가 된 평생지기 박창해朴昌海도 소천의 이름에 대한 추억을 떠올렸다.

소천 선생과 나는 어려서부터 동무다. 나는 늘 소천과 어린이 문학

얘기를 하다가 티격태격하곤 했다. 물론, 이론적 논전이다.

하루는,

"창해는 넓은 바다라지만, 소천小泉이 없으면 바다가 없잖아."

하기에 내가 이렇게 응수했다.

"그래도 소천은 흘러서 나중엔 바다로 오고야 말걸."

(……)

임종이 가까워 온 일요일 오후, 교회에서 소천 선생의 건강을 위해 기도하고 병원에 들렀다. 눈을 고이 감고 계시다 내 목소리를 듣더니, 눈을 크게 뜨시고 큰 목소리로,

"소천은 마르지 않아."

하신다. 이것이 마지막 말. 이 말엔 뜻이 가득하다. 소천 문학은 없어지지 않는다. 바닷물은 여전히 있을 것이니, 너는 안심하라. 소천 문학의 후예는 넉넉하리만큼 많다. ─「강소천 선생, 어린이와 함께 살아온 문학가」

친구와 서로의 이름을 소재로 나눈 가벼운 대화에서부터 생을 마무리하는 순간까지, 소천의 자기 이름에 대한 특별한 생각은 그렇게 살아 있었다. 소천은 당장 눈앞에 크게 보이는 세상을 말하지 않고, 그 세상에 양분을 대는 뿌리를 생각했다. 작은 샘, 소천은 그런 이름이다. 소천이 일제 강점기에 태어나 문학 중에서도 아동문학을 택해 줄곧 한길만 걸어온 까닭이 여기에 있다.

모든 것에는 원천이 있듯이, 사람에게도 그 사람이 어른이 되어

삶을 살아가는 이면에는 어릴 때의 꿈과 이상이 배어 있다. 동심이 사람 심성의 원천이듯이, 문학의 원천은 바로 아동문학이다. 소천이 라는 이름은 이를테면 소천의 꿈이요 선언인 셈이다. 소천은 어린이 들에게 꿈을 주는 마르지 않는 맑은 샘으로 살다 갔다.

새로운 땅 미둔리로

  소천은 진주晉州 강씨姜氏다. 정확히 말하면 진주 강씨 박사공파博士公派 29대손이고, 박사공파 중에서도 통정공파通亭公派에 속한다.

  우리나라에서 강씨姜氏 성을 쓰는 사람들은 대개 진주 강씨를 본으로 하고 있다. 일명 진양晉陽 강씨라 부르기도 하는데, 진양은 진주의 옛 지명이다. 2000년대 들어 한 기관에서 집계한 자료에 따르면 진주 강씨가 130만 명에 이르고 이는 우리나라 전체 성씨 중 여섯째에 해당한다고 한다. 시조는 고구려의 강이식姜以式 장군이다. 597년 고구려 영양왕嬰陽王 때 강이식은 30만 명의 군사를 이끌고 침략한 중국 수나라 문제文帝를 임유관에서 단번에 격퇴했고, 603년 다시 수나라 양제煬帝가 공격해 왔을 때 요동성과 살수 등에서 대적해 공을 세웠다. 강이식을 시조로 두고 진주로 본을 세운 것은 고구려가 망하고 난 뒤 통일신라에 이르러 후손 강진姜縉이 진양후晉陽侯에 봉해진 데서 유래한다.

  진주 강씨는 대를 이어 오는 과정에서 여러 파로 나뉘는데, 그중 고려 때의 국자박사 강계용姜啓庸을 앞세운 박사공파가 가장 규모가 크다. 강계용을 1대 중시조로 한 박사공파는 7대 강회백姜淮伯에 이르기까지 연이어 높은 벼슬을 하는데, 이 강회백으로부터 통정공파가 새로 시작되기에 이른다. 강회백은 고려 말 문하찬성사를 지낸 강시姜蓍의 아들이며 우왕의 사위였던 강회계姜淮季의 형으로, 고려 말에 대사헌을 지내고 조선 초기에 동북면 도순문사 겸 병마수군절도사 영흥부윤을 지낸다. 소천의 선대가 함경도에 터를 잡고 살게 된 것은 시조 강이식을 비롯해 선조들이 고구려와 고려의 북방 지역에서 벼슬을 많이 한 까닭도 있지만, 함경도에서 큰 벼슬을 한 강회백으로부터 강우덕姜友德·강맹경姜孟卿·강윤범姜允範 대를 이어 가면서부터였다고 추측된다. 함경도는 조선 태조 때 영흥과 길주에서 한 글자씩 따서 영길도라 불렸고, 함경도 관찰사가 큰 도시 영흥의 부윤을 겸하기도 했다. 15세기 후반 강윤범이 바로 함경도 관찰사 겸 영흥부윤을 지냈다. 이후 손자 강수견姜守堅(12대) 대부터 한온漢溫(13대), 윤훈胤勳(14대), 징澄(15대), 몽길夢吉(16대), 언방彦芳(17대), 순이舜已(18대) 등이 영흥에 못자리가 있다.

1930년 무렵 북한 지역의 성씨 집성촌 목록에 따르면 당시 함경남도 지역 중에 진주 강씨가 많이 거주한 곳은 덕원군 부내면 당현리(34가구), 안변군 배화면 익천리(46가구), 영흥군 장흥면 송천리와 연치리(25가구), 장흥면 정서리(23가구), 홍원군 호현면(37가구), 홍원군 학천면(244가구) 등이었다. 이 중에서 소천 집안의 윗대 조상들이 산 곳은 주로 영흥군 장흥면이었다. 영흥에 거주하던 진주 강씨 통정공파 일

강소천의 가계도

부가 행정구역상 바로 남쪽인 고원으로 들어온 것은 20대 강원길姜元吉부터다. 통정공파 문중에서는 이를 아예 '통정공파 고원 입복조入伏祖(입향조入鄕祖)'로 밝히고 있다.

20대 강원길이 고원으로 옮김에 따라 19대 영석英碩의 못자리도 고원에 있다. 강원길 대부터 자만自萬(21대), 세태世泰(22대), 문선文善(23대), 달원達元(24대), 윤홍允弘(25대), 신도信燾(26대)를 이어 소천의 할아버지 강봉규姜鳳奎(27대)와 큰아버지 찬우燦祐(28대), 아버지 석우錫祐에 이르기까지 고원군 수동면 일대에서 살았던 것으로 확인된다. 이 중에서 25대 윤홍을 전후해 앞 대 선조들은 인홍리仁興里, 뒷 대 선조들은 미둔리에서 살았다.

소천의 집안이 인홍리에서 미둔리로 갈린 것에 대해 강경구는 이렇게 설명한다.

20대 강원길 대부터 고원군 수동면 인홍리로 옮겨 정착했습니다. 거기서 24대까지 살다가 25대 강윤홍 대부터 미둔리로 이주했는데 이때가 1800년대 초입니다. 인홍리에 50여 가구가 남았고, 미둔리로 옮겨간 강씨 집안은 30여 가구였지요. 인홍리에 남은 강씨 촌락을 윗강촌, 미둔리로 옮긴 강씨 촌락을 아랫강촌이라 했습니다. 뒤에 윗강촌 진주 강씨들은 무신론자로 남은 데 비해 아랫강촌 진주 강씨들은 모두 기독교 신자가 되었습니다.

이 설명에 따르면 소천 선대가 고원으로 옮겨 왔을 당시에 살던 곳은 수동면 인흥리였고, 이후 25대 강윤홍 대에 미둔리로 옮겨 터를 잡은 것으로 이해된다. 미둔리는 인흥리에서 동쪽으로 고원읍 방향의 중간 지점에 자리해 있다. 지역적으로는 고원읍에 더 가깝지만 지형적으로는 훨씬 더 산골이었다.

미둔리는 '며둔리'라고도 쓰며, 보통은 '뫼뚜니'라고 불렸다. '미둔彌屯'이라는 말은 그곳에 군사가 주둔했고 그들에게 군량미를 대어 주는 둔전屯田이 있었음을 의미한다. 실제로 고려 시대 때 거란과 여진의 침입을 막기 위해 성을 쌓고 군사들이 주둔했으며, 고려 장수 강민첨姜民瞻이 근처 죽전령에서 거란군에게 대승을 거두었다는 기록도 전해진다. 지형지물로는 마을 뒤 옹군덕雍軍德이라는 1000미터 높이의 고산지대, 동남쪽의 전승봉戰勝峰, 둘레가 900미터에 이르는 서쪽의 마고할미성城 등이 알려져 있다. 전사한 병사들의 시체를 한데 묻은 도무덤도 소천이 생전에 잘 기억하고 있던 유적이다.

당시 어느 한 지역에서 씨족 중심의 촌락을 이루어 살던 집안이 다른 지역으로 가문 전체가 옮겨 가는 경우는 매우 드물었다. 거기에는 농경 생활을 하면서 상부상조하던 안정된 삶의 터전을 버리고 새로운 세계를 개척해 간다는 의미가 내포되어 있다. 소천의 고조할아버지 강윤홍 대에 왜 이런 이주를 감행했는지는 정확히 알 수 없다. 그러나 이들은 낯선 지역으로 옮겨 가 새로운 삶을 개척했고, 그로부터 100년 후에는 새로운 종교를 받아들여 마을 전체를 특별한 세계로 이끌었다. 소천은 조상이 가꾼 그런 환경에서 태어나 그곳에서 유년 시절을 보냈다. 이후 문학적으로나 삶의 행보에서 끊임없이 새로운 일에 도전한 소천의 태도도 이와 깊은 관련이 있었을 것으로 짐작된다.

고향 마을 고향 집

우리나라에서 기독교가 전파된 과정은 세계 종교 역사에서 비슷한 예를 찾아보기 어렵다. 1600년대부터 민간에 전해진 천주교는 1700년대 들어 선교사를 맞아 더욱 널리 전파되었고, 그 과정에서 극심한 박해를 받았지만 이를 이겨냈다. 천주교는 20세기 들어 한국인의 3대 종교 중 하나가 됐다. 개신교의 전파는 이보다 늦고 박해도 상대적으로 덜했지만, 선교사 없이 자생적으로 시작되었다는 점에서 천주교의 특수함을 닮았다.

기독교는 초기에 주로 중국·만주·일본 등을 통해 유입돼 전파되었다. 이후 미국을 중심으로 한 북미권의 기독교가 한반도의 중심으로 직접 유입되기도 했다. 시기적으로는 중국 또는 만주를 통한 전래가 앞섰고, 따라서 6·25전쟁 이전까지 북한 지역의 기독교 전파가 압도적이다. 조선 시대 서북·관북 지역에 대한 차별이 이북 지역의 기독교 전파를 보다 수월하게 한 요인이 되었다는 설명도 있다.

한국기독교역사연구회에서 편찬한 『북한 교회사』(1996)에는 1884년 만주 지역에서 활동한 로스J. Ross와 매킨타이어J. MacIntyre를 우리나라 첫 외국인 선교사로 설명하고 있다. 한반도 내의 선교는 1885년 4월 5일 부활절 아침에 인천항으로 들어온 장로교의 언더우드H. G. Underwood와 감리교의 아펜젤러H. G. Appenzeller로부터 시작된 것으로 보고 있다. 소천이 살던 함경도 지역에서 처음 활동한 선교사는 1890년대 미국 북장로회의 선교사 게일J. S. Gale과 마펫S. A. Moffett이었다. 이 무렵 게일이 원산에서 벌인 부흥 운동은 함경도 일대에 엄청난 영향을 미친 것으로 기록돼 있다. 이 원산 부흥회 때 복음을 받은 사람들 중에서 함남 문천 출신의 전계은全啓殷은 이후 함남 일대에서 가장 영향력 있는 목회자로 활동하게 된다.

소천의 할아버지 강봉규는 1865년생으로 1908년 전계은의 전도를 받고 기독교인이 되었다. 미둔리로 들어와 마을을 이루어 살던 소천의 문중 사람들, 즉 아랫강촌 사람들이 기독교인이 된 것도 모두 이 영향이었다. 강봉규의 전도로 기독교를 믿게 된 강씨 문중 사람들이 처음에 다닌 교회는 미둔리에서 10킬로미터쯤 떨어진 덕지 교회였다. 이 교회를 다니는 미둔리 사람들이 점점 늘어나면서 마침내 미둔리에도 교회가 건립된다. 이때 교회 건립을 주도한 사람도 역시 강봉규였다. 소천의 어릴 때 친구로 뒷날 월남해 서울에서 활동한 유관우劉寬祐의 아버지 유봉휘劉鳳輝도 강봉규와 함께 이 교회 창설을 주도한 것으로 알려져 있다.

『북한 교회사』의 부록 '해방 이전 북한 지역에 설립된 교회' 목록에는 무려 2977개의 교회 이름이 기재되어 있다. 이 기록에 따르면

'미둔리 교회'는 장로교 교회로 1911년 고원군 수동면 미둔리에 설립된 것으로 확인된다. 강봉규는 1대 장로로 장립을 받아 이 교회를 이끌었다. 이어 강봉규의 장남으로 소천의 큰아버지이자 형 용택의 법적 부친인 강찬우가 2대 장로로 장립을 받았다. 이후 1922년 문중 사람인 강흥필姜興弼, 1937년 소천의 형 강용택도 차례로 장립을 받은 것으로 알려져 있다. 이 미둔리 교회의 활동은 당시 한 신문(동아일보 1934.9.30)에 나온 '삼남 지방 수해 의연금을 낸 명단'으로 확인되기도 한다.

미둔리 교회는 마을의 한가운데에 자리한 산 아래 둔덕에 있었다. ㄱ자 형 건물로 남녀가 따로 예배를 드릴 수 있는 구조였다. 지붕에는 석판을 얹었는데, 당시 아랫강촌 집이 대부분 석판으로 지붕을 이었다고 한다. 교인은 대체로 60명 정도 되었고 10킬로미터나 떨어진 지역에서 예배를 보러 오기도 했다. 교회 오른쪽 양지 바른 곳에는 문중 묘지가 있었고, 교회가 있는 뒷산을 배경으로 장손 집이 자리하고 있었다.

강경구는 이 무렵 증조할아버지 강봉규와 함께 살던 집에 대해 이렇게 설명한다.

집 구조는 ㅁ자의 장방형으로 된 큰 기와집이었습니다. 집 한가운데에 큰 대문이 있었고, 대문 양쪽으로 곡식을 보관하는 긴 곳간이 있었습니다. 오른쪽 사랑채에는 방이 셋 있었어요. 첫 번째 방은 임초시라는 머슴이 사용했고, 가운데 방은 증조할아버지께서 기거하면서 교회와 마을의 크고 작은 일들을 결정하셨지요. 윗방은 손님방으로 썼는데, 먼 곳에서 오신 친척 어른이나 일 년에 한두 번 오시는 선교사들이 주무시게 했어요.

사랑채에서 넓은 안마당을 지나면 안채가 나옵니다. 안채 한가운데가 부엌, 오른쪽에 방이 셋, 왼쪽에도 방이 셋 있었습니다. 가사를 돕는 분들은 왼쪽 방들을 썼지요. 안채와 사랑채 사이에 세로로 긴 방 두 개가 있었습니다. 오른쪽 방은 바닥에 마루를 깔아 손님 응접용으로 썼고, 왼쪽 방에는 벽 쪽으로 추수한 쌀을 저장하는 큰 독 10여 개가 두 줄로 놓여 있었지요. 그 독은 햅쌀을 보관할 때는 좋은데, 오래된 쌀은 좀이 생겨 애로가 많았다고 들었어요. 그래서 쌀독에 쌀을 가득 채우지 않고 70퍼센트 정도 넣은 다음 천으로 잘 덮고 참나무를 태운 재를 그 위에 채워 넣었다고 합니다. 그러면 쌀에 좀이 생기지 않아서 다음 추수 때까지 잘 보관할 수 있었답니다.

사랑채와 안채 사이에는 오른쪽과 왼쪽에 쪽문이 각각 있었는데, 왼쪽 문을 나서면 여자 측간이 있었고 오른쪽 문을 나서면 벽 쪽으로 첫 칸에 가족 목욕탕이 있었습니다. 그리고 그 뒤쪽으로 김치를 저장하는 헛간이 있었어요. 목욕탕의 욕조는 큰 무쇠솥으로, 어른 두 사람이 들어가서 앉을 수 있을 정도의 크기였습니다. 물을 데울 때는 밖에서 장작을 뗐어요. 욕조 밑에는 발을 데지 말라고 나무 깔판을 깔았지요.

앞마당 오른쪽 끝에 사철 마르지 않는 우물이 있었어요. 가물 때에는 이웃 마을에서 물을 길러 왔다고 합니다. 우물 위를 판자로 덮고 한쪽 덮개를 뚫어 두레박을 올리고 내리고 했지요. 두레박은 줄 끝에 하나씩 두 개를 달았는데, 한쪽 두레박을 내리면 다른쪽 두레박이 올라와 물을 많이 길어도 힘이 들지 않도록 고안된 것이었어요.

소천이 태어나 살던 이 장손 집을 중심으로 뒷산에서부터 아래로 멀리 내려다보이는 개울 일대까지 모두 강 씨 집안 소유였다. 이 마을에는 일부 소작인들과 하인들을 제외하면 강 씨 아닌 사람들은 아무도 살지 않았다. 장손 집 앞에서부터 강 쪽으로 '천명농원天命農園'이라는 큰 과수원을 두었다. '하늘의 뜻으로 행하는 일'이라는 뜻의 이 과수원은 거의 6만 평에 달하는 넓은 땅에 여러 종류의 과수를 재배했는데 그중 사과가 으뜸이었다. 선교사들의 추천과 조언으로 농법을 개량한 덕분에 결실이 아주 좋았다. 소작인들을 쓰긴 했으나 식구들도 매달려 일했다. 이른 봄에는 사과나무의 해충 구제를 위해 쇠갈고리로 벌어진 표피를 긁어내려 불에 태웠고, 여름에는 겨우내 신문지로 만들어 둔 봉지를 사과 열매에다 씌웠다. 이른 가을에 수확하는 홍옥이 특히 좋았고, 철에 따라 왜금·국광 등도 수확했다. 수확한 사과는 이웃 마을 아녀자들이 광주리에 이고 나가서 직접 행상으로 판매했고, 주문을 받은 것은 겨를 넣은 나무 상자에 넣고 일일이 등급까지 매겨서 천명농원 상표를 붙여 미둔리 역에서 열차 편으로 전국 각지로 보냈다. 사과 외에 복숭아·배·감·호두·딸기 등도 재배했는데 역시 수확량이 상당했다.

논도 가꾸고 밭도 가꾸었다. 주로 소작인들에게 맡기는 쌀농사가 잘됐고, 밭에 심은 옥수수와 감자 같은 작물은 쓰임이 컸다. 강 옆으로는 품질 좋은 오동나무·뽕나무·포플러나무 등을 심었는데, 뒷날 이를 일본인들에게 비싸게 팔아 큰 수익을 올렸다. 논에서 수확한 벼는 물레방아가 있는 장손 집에서 탈곡하고 정미했다. 집 근처 밭가에는 뽕나무를 심어 누에를 쳐서 양잠도 했다. 교회 뒷산에는 유실수인 밤나무를 심어 수확을 늘려 갔고, 산자락에 벌통을 놓아 시작한 양봉에는 식구들이 직접 일손을 바쳤다. 소천의 형 용택은 이때 양봉 기술을 익혀 뒷날 남한에서 양봉 사업으로 생업을 삼았다.

어린아이들은 마을 앞으로 흐르는 개울에서 송사리를 잡으며 놀았다. 물의 얕은 흐름을 따라가다 보면 갑자기 수심이 깊어지는 소沼가 나오는데, 열 살 넘은 아이들은 여기서 멱을 감았고 어른들은 낚시로 민물고기를 건져 올렸다.

소천은 바로 이런 곳에서 어린 시절을 보냈다. 소천의 작품에 우리나라 전통 자연환경을 배경으로 한 동식물이 많이 등장하는 것도 이런 환경 덕분이라 할 수 있다. 특히 우리네 시골에서 자주 만나는 우리 꽃들에 대한 묘사가 아주 풍요롭다. 호박꽃·무궁화·산나리·참나리·나팔꽃·산딸기…… 소천은 이런 꽃들 속에서 자라고 꿈꾸고 그리고 글을 쓰고 있었던 것이다.

소천의 수필과 동화에는 이렇듯 자연의 풍요로움과 어우러진 고향 마을, 고향 집 얘기가 다채롭게 펼쳐진다.

　여기는 함경도 땅. 한겨울 한창 추울 때는 언제 봄이 올 것 같지도 않으나, 그래도 우수 · 경칩이 지나면 그 매섭던 추위도 그만 맥을 잃어버리고 맙니다.

　햇볕이 따스해지고 훈훈한 바람이 불기 시작하면 산과 들은 예쁜 봄의 새 옷을 갈아입기 시작합니다. '풍년골'에도 봄이 돌아온 것입니다. 풍년골의 봄은 유달리 아름다운 것인지도 모릅니다. 뒤와 옆이 병풍처럼 산으로 둘러 있고 앞만이 툭 트인 이 풍년골의 봄은 정말 그림같이 아름다웠습니다.

　남향집들이 드문드문 앉은 맨 가운데 유난히 눈에 뜨이는 고래 등 같은 기와집 한 채가 있습니다. 이 집이 바로 이 마을에서 제일 부자로 알려져 있는 정 장로 할아버지 댁입니다.

　앞으로 보면 그저 한일자 모양 같지만, 커다란 대문을 들어서면 네모난 넓은 뜰이 있고 사방이 집으로 둘러싸여 있는 우물같이 된 집입니다.

　아직 회갑도 안 되었지만 누구나 장로란 말 밑에 '할아버지'라고 꼭 붙여 부르는 까닭은, 첫째는 이 할아버지께서 마을과 마을 사람을 위하여 수많은 착한 일을 했기 때문에 사람들이 높여 부르는 뜻이요, 또 하나는 이 집에 젊은 '정 장로'가 있기 때문입니다. 할아버지가 장로님, 아드님도 또한 장로입니다. 그래서 아들 장로는 그저 '장로'라고

만 부르고, 그 아버지 장로를 부를 때는 '장로 할아버지'라고들 불렀습니다.

정 장로 할아버지는 일찍이 부모로부터 물려받은 재산도 없었는데 이런 부자가 된 것은 이상한 일이라고 하는 사람도 있습니다. 그러나 어떤 사람들은 이 할아버지가 부자가 된 것은 술이나 담배를 전혀 입에 대시지 않고 열심히 일만 하고 번 돈을 쓰지 않았기 때문이라고 합니다. 또 어떤 사람들은 이 할아버지가 부자가 된 것은 예수를 믿은 덕분이라고도 합니다.

이 할아버지가 처음 예수를 믿기 시작했을 때는 친척들이 몹시 반대도 했다 합니다. 그러나 할아버지는 머리를 깎고 예수를 믿었는데, 그때부터 미신들을 모두 없이하고 새살림을 시작했답니다.

그래서 어떤 사람들은 이 할아버지가 산과 들에 나무를 심고 과수원을 크게 차린 것도 다 예수를 믿은 덕분이라고 합니다. 그때 서양 선교사들한테서 개명한 살림을 누구보다 먼저 받아들였기 때문이라고 합니다. 그러고 보면 정말 이 마을에는 시계며 머리 깎는 이발 기계며 자전거며 재봉틀이 어느 동네보다도 먼저 들어왔다는 것입니다.

봄이 되면 이 풍년골의 경치는 정말 아름답기가 말로 다 할 수가 없었습니다. 앞뒷동산에 핀 복숭아꽃, 살구꽃. 그것은 마치 밤에 전등불을 켜 놓은 것과도 같이 환했습니다. 그것을 한번 본 사람은 누구나 그 아름다움을 일생 동안 잊지 못할 것입니다.

『대답 없는 메아리』는 함경도가 고향인 엄마가 아이한테 들려주는 옛이야기 형식으로 전개되는 장편동화다. 이 작품에는 주변에서 지나치게 떠받들어 자기중심적이 된 정 장로의 손녀 희순, 정 장로네 소작인 아들 돌이, 역시 정 장로의 도움으로 사는 집 딸 정희 등이 주요 인물로 등장한다. 작중 인물들의 활동 배경은 실제로 소천 집안이 미둔리에서 교회를 짓고 살았던 시기와 일치한다. 풍년골이란 작품 속 지명도 미둔리 시절의 풍요로운 삶을 보여 주기 위해 지은 이름일 것이다. 그리고 등장인물인 정 장로는 소천의 할아버지 강봉규, 젊은 장로는 큰아버지 강찬우로 여겨진다.

소천은 고향 미둔리에서 『대답 없는 메아리』에 묘사된 것처럼 어린 시절을 풍요롭게 보냈다. 아주 어릴 때는 엄청난 개구쟁이였다고 전해진다. 어머니 뱃속에 있을 때부터 너무 팔딱거려서 어머니가 깜짝깜짝 놀랐다고 한다. 눈이 유난히 까매서 '까막눈'으로 불렸고, 태어난 날이 음력 8월 8일(양력 9월 16일)이어서 '팔팔이'라는 별명도 있었다. 다섯 살 때는 어머니의 가락지를 우물 속에 빠뜨리기도 했고, 학질에 걸려 몸에 열이 나는 것을 견디지 못해 물속으로 첨벙 뛰어들기도 했다. 이때 물속에 뛰어든 소천을 두고 '쇠처네(버들치)'라 놀렸다는 얘기도 있다. 어머니가 물 길러 간 사이에 부엌에서 불장난을 하다가 집에 불을 내는 소동도 일으켰고, 병아리를 갖고 놀다가 하마터면 죽일 뻔해서 할머니한테 매를 맞기도 했다. 가을에는 산과 논밭의 풍요로운 자연 속에서 뛰어놀았고, 겨울에는 참새잡이에도 열을 올렸다. 산나물과 약초를 캐기도 했고, 민들레와 할미꽃을 떠다 뜨락에 옮겨 심기도 했다. 그러다가 언젠가부터는 독서에 빠진 소천이 몸이라도 상할까 봐 어머니가 때리면서까지 책을 못 읽게 한 적도 있다. 이때의 이야기는 소천의 제자인 동화작가 김영자가 쓴 『강소천 전기』나 소천의 친구인 전택부가 쓴 산문 「소천의 고향과 나」 등에도 잘 나와 있다.

고원 지역도 벽촌이지만 미둔리는 거기서 14킬로미터나 더 떨어진 산골이었다. 소천은 "남 먼저 예수를 믿고 개화를 한 마을"에서 교회 주일학교를 다녔고, "집에서 한글을 배워 제법 찬송가와 성경을 죽죽 잘 읽었다." 당시 학교에 나가 일제의 교육을 받는 것이 싫어서 마을 서당에서 한문 공부를 하는 예가 많았다. 소천은 이에 비해 성경 공부로 한글을 깨쳤다. 소천의 유년기에는 일본 문화가 틈입할 수 없었다.

소천의 큰아버지 강찬우가 이끄는 주일학교는 규모가 매우 컸는데, 날로 학생 수가 증가해 이웃 계남리 학교와 합병하여 용산보라는 새 터에 건물을 지어 운영했다. 이 학교의 설립자인 강찬우는 오랫동안 교장으로 일했고, 교사 중에는 고원 출신으로 6·25전쟁 직후인 1954년 무렵에 서울시장을 지낸 김태선金泰善이 와 있을 정도였다. 소천이 열한 살이란 늦은 나이에 고원보통학교에 입학하고도 전혀 실력이 뒤지지 않았던 이유도 이런 데 있었다.

이 무렵 할아버지 강봉규의 회갑 잔치 때 있었던 일도 소천에게 재미있는 기억으로 남아 있다. 많은 사람들이 모인 그날, 주일학교 교사 김태선이 쓴 할아버지에 대한 약력 소개 글을 어떤 이유에서인 지 소천이 대신 읽게 된다. 약력에는 할아버지가 호랑이를 잡은 일, 머리를 자르고 예수를 믿으러 다니는 걸 본 어른들한테 야단을 맞은 일 등이 쓰여 있었다. 긴 약력 소개 글을 읽고 난 소천은 이렇게 말했다.

"여기 모이신 여러분들은 다 살아 계시다가 내 환갑잔치에도 모두 와 주시기 바랍니다."

어린아이의 입에서 이런 농담이 나오자 사람들은 박장대소를 했다. 이 이야기는 『대답 없는 메아리』에서 정 장로의 환갑잔치 때 희순이 말한 것으로 나온다.

2

빛나는 재능과
뜨거운 열망

산으로 들로 강으로

소천의 집안은 미둔리에서 씨족 마을을 이루어 살았다. 과수원 농사를 중심으로 여러 가지 농작물을 경작해 수확을 했고, 뒷산 언덕에 교회를 지어 신앙생활도 함께했다. 과수원 주인이자 교회 설립자인 소천의 할아버지가 그 윗대 할아버지를 모시면서 마을 전체를 이끌었다. 소천은 그런 집안에서 가족끼리 화목하게 지내고 친척간에는 이해와 사랑으로 서로 의지하며 자라났다. 교회에서 세운 주일학교에 나가 공부를 하고 산골의 자연 속에서 마음껏 뛰노는 소천의 어린 시절 모습을 우리는 얼마든지 상상해 볼 수 있다. 이는 여러 작품에서 확인되는 내용이기도 하다. 그러나 이러한 평화는 오래가지 못한다.

일제는 1920년 4월 조선총독부령 제59호 개정포교규칙을 발령 실시했다. 조선총독부는 이 규칙에 따라 모든 교회의 설립과 운영에 제동을 걸었다. 미둔리 교회도 총독부에 서류를 제출해 다시 승인을 받아야 했다. 사실 일제가 종교 탄압을 하던 초기에는 천도교 등 민족종교에 비해 기독교는 주된 대상이 아니었다. 일제가 식민지 조선에 강요한 신사참배에 대해서도 기독교는 '우상숭배를 할 수 없는 교리'에 따라 어느 정도 예외를 인정받고 있었다. 그러나 일제의 식민정책이 강도를 더해 가면서 교회도 탄압의 대상에서 벗어날 수 없었다. 기독교계는 이에 반발했다. 미국·캐나다 등 다른 나라 교회 사회의 힘을 빌려 보기도 했다. 나중의 일이지만, 평양 기독교계 사립학교 교장들의 신사참배 거부 선언(1935.11)은 일제의 기독교 탄압에 대한 저항 운동의 뚜렷한 예가 된다.

교회가 이런 위기에 처해 있을 때, 소천은 고향을 떠나 고원보통학교에 입학했다. 1925년 열한 살 되던 해였다. 보통학교는 오늘날 초등학교와 같은 과정이다. 구한말 학제인 소학교가 1906년부터 보통학교로 바뀌었다. 이때부터 몇 년 간은 4년제를 유지했고, 입학 연령은 만 8세부터 12세까지인데 14세까지 허용했다. 지금과 비슷한 학제가 된 것은 1922년으로 이때는 만 6세 입학에 6년 과정이 기본이었다. 실제로 만 6세 입학은 드물었다. 소천처럼 열 살 전후도 예사였고 십대 중후반의 나이에 입학하는 사람도 흔했다.

처음에는 소천 혼자 고원에서 하숙 생활을 했다. 성경을 막힘없이 읽는 수준이어서 학교 공부에 전혀 뒤처지지 않았다. 주말이면 두세 시간씩 걸어 혼자서 미둔리 집을 오갔다. 열한 살 아이로서는 참으로 벅찬 일이었으나 소천은 혼자 걷는 길의 외로움과 두려움을 그리운 어머니를 만나러 간다는 설렘으로 이겨 내며 한결 어른스러워졌다. 그리고 걸음을 옮길 때마다 온몸을 에워싸는 자연의 변화를 느끼며 날로 감수성이 풍부해졌다. 이런 생활은 아버지가 읍내에 생필품 가게를 열어 이듬해 집을 마련할 때까지 계속되었다. 동화 「방패연」에 나오는 '함경남도 고원군 고원면 관덕리 2번지'가 이 집의 실제 주소이다.

소천은 보통학교에 다닐 때의 일을 다음과 같이 적고 있다.

소학교 때, 나는 형님의 문학 서적을 몰래몰래 빼내어 열심히 읽었습니다. 지금 내가 문학을 하게 된 것도 그 때문인지 모릅니다.

학교 공부라곤 별로 하지 않았으나 소학교 졸업할 때까지 쭉 1, 2등을 다투었습니다.

중학교에 들어가서는 세계 명작은 거의 읽어 버렸습니다.

세계적인 문학가가 되겠다고 희망에 불타던 중학 시절이 지금 생각하면 부끄럽기도 합니다.

어려서 그렇게 장난만 치던 나도, 독서를 하기 시작해서부터는 늘 방 안에만 들어앉아 있게 되었습니다.

내가 작품을 신문 잡지에 발표하기 시작한 것은 소학교 4, 5학년 때부터였습니다.

지금 모두들 내가 아동문학을 하기 때문에 어린애처럼 솔직하다고들 하는데, 정말 내게 그런 성격이 있다면, 그것은 내가 소년 시절을 소박한 농촌에서 자랐기 때문일 것입니다.

「돌멩이」 「박송아지」 같은 내 동화를 읽어 보면 알겠지만, 내 작품은 거의 다 나를 길러 준 아름답고 조용한 내 고향의 자연과, 그 속에서 뛰놀던 나의 소년 시절의 추억들입니다. ― 수필 「내 고향은 동화의 세계」

미둔리에서 나고 자라고 다시 고원읍에서 보통학교를 다니는 동안의 체험은 소천의 문학 작품 전반에 녹아 있다. 특히 시골에서 자라면서 겪은 다양한 체험이 구체적으로 잘 드러나 있다. 가령 초기 작 중 하나인 동화 「박송아지」에는 다음과 같은 내용이 나온다.

지난겨울, 창덕이는 족제비덫을 세 개나 만들어 산 밑에 갖다 놓았습니다. 족제비는 잡으면 큰돈이 생깁니다. 쥐를 잡아 미끼를 달아 족제비덫을 놓았습니다. (……) 창덕이는 가슴을 두근거리며 덫 위에 놓인 큰 돌을 굴리고 덫을 들어 보았습니다. 정말 덫 속에는 누우런 족제비가 깔려 죽어 있었습니다. 창덕이는 너무 좋아서 족제비를 가지고 집으로 돌아왔습니다.

'창덕이'의 족제비 사냥 장면이다. 쥐를 잡아 미끼로 쓴 것, 족제비가 미끼를 먹다가 돌에 깔려 죽은 것, 족제비를 집에 가져다 준 것 등 사냥과 더불어 살아가는 창덕이의 일상이 담겨 있는 동화다. 동화 「딱따구리」에도 구멍 속으로 들어간 딱따구리를 잡는 이야기가 펼쳐진다. 어린아이를 위한 동화에 사냥 이야기가 자연스럽게 나온다는 것은 작가가 실제로 그런 생활에 익숙하다는 뜻이다. 어린 시절, 소천은 '산으로 들로 강으로' 놀러 다녔다. 여름이면 매미잡이, 산새알 찾기, 고기잡이를 즐겼고, 겨울에는 참새잡이에 열을 올렸다. 소천은 그중에서 보쌈으로 물고기를 잡던 일을 인상적으로 기억해 낸다.

'보쌈'이라는 것은 합(밥그릇)이나 큰 양재기 같은 그릇에 밥덩이와 된장덩이를 넣고 큰 보자기로 팽팽하게 싼 뒤 고기가 들어갈 만하게 구멍을 뚫은 다음 그것을 고기가 노는 물밑에 묻어 놓습니다. 그러면 고기들이 냄새를 맡고 그리로 들어갑니다.

낚시로 고기를 잡는 것 같은 것은 문제도 안 됩니다. 한꺼번에 여러 마리의 고기를 잡을 수 있으니깐요.

아무리 재미있는 일이 있다 해도 어릴 때 '보쌈' 일처럼 재미있는 일은 지금도 없을 것입니다. 지금 한여름을 책상 앞에 마주 앉아 땀만 흘려야 하는 방학 없는 사람에겐 그저 소학교 때의 여름방학이 그립기만 하군요. ― 수필 「나의 어린 시절-내가 보낸 여름방학, 보쌈으로 고기잡기」

바로 어제 낮이었어. 이웃 동무들이 와서 냇가로 고기잡이를 가자고 그러기에, 나는 낚시도 그물도 없다니까 동무들은 웃으면서 그냥 따라만 오라고 그러지 않아. 그래 따라갔더니, 그 동무들도 낚시도 그물도 안 가지고 가길래, 어떻게 고기를 잡는가 물었더니 '보쌈'을 한다지 않아. (……) 고기들은 흰 배를 번쩍거리며, 우리가 물속에 뛰어들듯 보자기 구멍 속으로 들어간다. 들어가면 그만이야. 보쌈 안에 들어만 가면 좀처럼 나올 수가 없지. 위에서는 다른 고기들이 보자기 구멍으로 연신 들어오고, 또 보쌈 속에 들어간 놈들은 그릇 속에서 뺑뺑 돌아만 갔지. ─ 단편동화 「보쌈」

위 두 편의 글에 나오는 보쌈으로 고기 잡는 이야기를 통해 자연 속에서 뛰놀던 소천의 어릴 적 모습을 짐작해 볼 수 있다. 하지만 소천이 마냥 밖에서 뛰놀기만 했던 것은 아니다. 자랄수록 내향적으로 변한 소천은 또래 아이들처럼 꼴을 베거나 나무를 하는 등의 노동을 하지는 않았다. 풍족한 장손 집 태생이라 특별히 할아버지가 배려한 덕이기도 했다. 씨름이나 토끼몰이, 매사냥, 참외 서리 등의 거친 놀이도 소천의 몫이 아니었다. 친구는 있었으되 혼자 있는 시간이 많았고, 자연 속에서 뒹굴었으되 그로부터 한걸음 물러나 그 이치를 사색할 수 있었다. 소천은 누구보다 넉넉하게 시심을 키워 갔다.

사랑의 아픔과 「순이 무덤」

소천은 이 무렵 겪은 첫사랑의 추억도 전해 준다.

내 나이 열네 살 때―그러니까 그때가 보통학교 시절이었지요. 순이와 나는 한 '크라스'였습니다. 남녀공학이니까 반장도 남자 여자를 내었습니다. 순이와 나는 반장이었으므로 사무실에도 늘 같이 드나들었습니다. 더구나 담임 선생님은 시험이 끝나면 꼭 순이와 나를 저녁 때면 자기 집에 불렀습니다.

선생님은 우리에게 시험 답안지를 채점하라고 하셨습니다. 채점이 끝나면 둘이서 아무 말도 없이 나란히 골목길을 걸어 집으로 돌아오곤 하였습니다.

지금 이 글을 쓰는 내 나이는 사십이 넘었으나, 그때 나보다 한 살 차이던 순이는 지금 나이 열네 살―내 마음속에 그냥 예쁜 소녀로 살고 있습니다. 순이는 졸업을 못 한 채 저세상으로 가 버리고 말았습니다.

만일 순이가 살아 있다면 지금 자기 나이보다 몇 살이나 더 많은 아들딸의 어머니였을 게고, 그 아들딸이 내 아들딸이었을지도 모를 일입니다.

그러니까 그때 일기란 지금 읽으면 어른들에게는 쑥스러운 것밖에 안 될 테지요.

＊월 ＊일

오늘 밤에도 순이와 나는 선생님 댁에 갔댔다. 선생님은 사과를 내놓으셨다. 순이는 사과를 한 개 한 개 칼로 벗겨 놓았다. 나도 순이가 벗겨 주는 사과를 먹었다. 나도 언제 순이에게 사과를 벗겨 줄 수 있을까.

＊월 ＊일

오늘은 산수 채점이 되어서 쉽게 끝났다. 선생님은 윷을 놀라고 하셨다. 선생님과 내가 편이요, 사모님과 순이가 편이었다. 이상하게도 내 윷은 순이의 말을 잡았다. 지려고 애써도 자꾸 이겨서 순이에게 미안했다. 윷이란 지기도 힘이 든 노릇이다.

집으로 돌아올 때 나는 순이에게 알사탕을 주었다. 미리 종이엔 글을 썼다. 편지는 차마 쓸 수가 없었다.

'사랑 사랑 사랑 사랑……' 이런 글씨를 가득 쓴 종이에 싼 알사탕을 순이는 받아 가지고 갔다. 순이는 내 글씨를 읽어 보았을까? 내일 날 어떻게 볼까?

＊월 ＊일

내가 없는 동안 순이가 내 누이동생하고 같이 우리 집에 놀러 왔다 갔다는 것이다. 내가 없는 틈을 타서 온 것일까, 있을 줄 알고 온 것일까? — 수필 「순이는 열세 살, 나는 열네 살-名士 첫사랑의 日記」

열네 살 때라면 소천이 고원보통학교 4학년 때다. 반에서 남자 반장인 소천 자신이 여자 반장인 순이를 짝사랑한 사연을 실제 쓴 일기를 인용해 들려주고 있다. 일기에는 과일을 깎아 주는 사소한 행동에도 의미를 부여하고, 윷놀이를 하면서 특별히 신경 쓰는 등 흔히 사랑의 감정이 싹트는 시기의 소년의 심리 상태가 그대로 드러난다. 소천은 흥남 철수 때 단신으로 월남하면서 자신이 그때껏 써 온 창작물을 보자기에 단단히 싸 왔는데 이 일기도 거기에 들어 있었던 듯하다. 그 시절 소천의 체취가 글자 하나하나에 담겨 있다. 사랑의 감정을 제대로 정리하지 못하고 그냥 '사랑'이라는 말만 여러 번 써서 알사탕에 담아 보낸 소년의 두근거림, 그리고 어쩌면 이쪽의 감정을 다 알고 떠보기라도 하듯 집에 놀러 왔다 가는 소녀의 은근함 등은 예나 지금이나 다를 바 없는 첫사랑, 그 설렘의 감정 그대로이다.

이 일기 속 인물, 짝사랑이자 첫사랑의 상대인 순이는 소천의 작품에 여러 차례 변주되어 등장한다.

금잔디 파래진 순이 무덤에
오늘도 찾아와 보았습니다.

─ 순이는 잠을 잘까?

　─ 순이는 꿈을 꿀까?

꽃 하나 아니 핀 순이 무덤이

어쩐지 쓸쓸해 보였습니다.

　─ 민들레 심어 줄까?

　─ 할미꽃 심어 줄까?

저녁 바람에 스산한 순이 무덤에

고운 꽃 꺾어다 심어 놓고는

"순이야!" 가만히 불러 보았네.

　　　　　─「순이 무덤」 전문

　소천은 수필에서 자신이 짝사랑하던 순이가 보통학교를 졸업하기 전에 세상을 등졌다고 썼다. 그 순이의 죽음을 생각하면서 쓴 것으로 보이는 이「순이 무덤」은 슬픔을 직설적으로 드러내는 수준을 넘어 죽음에 대한 충격이 깊게 내재화되어 있다. 1941년에 펴낸 동요 시집『호박꽃 초롱』에 실려 있으며, 발표 연도는 알려져 있지 않다.

　이 동시는 소천 사후에 흥미로운 후일담이 더해져 더욱 기억에 남게 되었다. 뒤에 밝히겠지만, 영생여자고등보통학교 출신의 소설가 손소희孫素熙는 뒷날 이 작품이 자신이 습작한 같은 제목의 소설을 보내 준 걸 소천이 받아 보고 동시를 짓고 거기에 노래까지 만들어 보낸 거라 했다(「강소천 씨와 나」). 또 함경남도 홍원에 살던 「초록빛 바다」의 동시인 박경종은 1930년대 후반, 한 달에 한 번 함흥에 나올 때마다 들르던 성문각이란 서점에 이 시가 게시돼 있었다는 내용의 회상기를 남겼다(「대보다 더 곧은 소천 형」).

그러니까 이 시는 1941년 1월에 발간된 동요 시집 『호박꽃 초롱』보다 수 년 전에 이미 지면에 발표되었고 노래로도 만들어져 불렸다는 사실을 알 수 있다. 실제로 이 시로 만든 노래가 여러 곡이 남아 있다. 제목이 「순이 생각」으로 바뀐 노래도 몇 곡 알려져 있는데, 소천은 그중에서 구두회具斗會가 작곡한 곡을 즐겨 불렀다고 한다. 구두회는 6·25전쟁 중 소천이 대전에 있을 때 만난 대전사범학교 음악 교사로, 나중에 미국 여러 대학에서 명예 박사학위를 받는 등 한국의 대표 작곡가로 명성을 날린다.

순이라는 이름도 기억할 필요가 있다. 소천의 동화는 작중 이름이 같은 이름으로 되풀이 제시된다는 특징이 있는데, 이 순이야말로 소천이 여러 동화의 주인공으로 삼은 대표적인 이름이 되었다. 소천의 대표작 「꿈을 찍는 사진관」에서도 6·25전쟁으로 소학교 5학년 때 헤어진 순이를 '꿈을 찍는 사진관'에서 다시 만나는 환상을 다루고 있다. 따라서 순이는 실제 소천의 짝사랑이자 영원히 가슴에 남을 사랑의 상징이라 할 수 있다.

나라말 살리는 문학

소천은 소년 시절 일찍이 문학에 뜻을 두었다. 그렇게 된 데는 타고난 기질도 있지만 가정환경도 무시할 수 없었다.

내 형님은 무척 문학을 즐겼으므로 많은 책을 가지고 계셨습니다.

처음엔 월간 잡지 『어린이』『아이생활』을 읽었고, 그 다음엔 『아라비안나이트』『그림 동화』같은 쉬운 동화로부터 시집을 읽기 시작했습니다.

(……)

월간 잡지 독자란에 실리는 동요나 산문을 읽어 가는 동안 나도 이만큼은 지을 수 있으리라 생각되어 작품을 써서 잡지사에 보내기 시작했습니다. 그러나 내 작품은 좀처럼 잡지에 실리지를 않았습니다.

그때 내가 다니던 소학교에서는 일 년에 한 번씩 실습지에 심은 무·배추·호박 등을 모아 놓고 전람회를 했습니다. 잘 지은 학생의 것에는 상품을 주었습니다. 그와 함께 농업과 근로에 대한 동시 같은 문예 작품도 모집하여 함께 상을 주었습니다.

내가 지은 무나 배추는 잘되지 않아 상을 타지 못했으나 글짓기에는 사학년 때 벌써 전교에서 뽑혔습니다.

그리해서 해마다 글짓기 상은 내 것으로 되어 버렸습니다.

이런 것이 내가 문학을 하게 된 동기가 되었는지도 모릅니다. ― 수필 「나의 소년 시절」

소천은 형이 읽던 책을 읽고 『어린이』 『아이생활』 등의 잡지를 구독했다고 한다. 당시 이런 유의 잡지는 대개 구독료를 내고 우편배달을 신청해서 받아 보았다. 소천의 집안은 일찍 개명하여 잡지 구독이 손쉬웠을 것이고, 그래서 어릴 때부터 이런 책을 읽으며 문학에 대한 꿈을 키울 수 있었다. 소천은 이 잡지들을 보통학교 입학 전부터 읽었다고 했는데, 실제로 입학 전에 읽은 것은 1923년 3월에 창간된 『어린이』였을 것이다. 그리고 『아이생활』은 1926년 3월에 창간되었으니, 소천이 보통학교에 들어간 이듬해부터 읽기 시작했을 것이다.

『어린이』는 당시 대표적인 출판사인 개벽사에서 발간되었는데, 이 잡지의 경영자는 어린이날을 제정한 방정환이었다. 방정환은 일찍이 민족운동을 하면서 스스로 작가가 되어 활동했고, 어린이날을 선포하고 이 잡지를 창간했다. 『어린이』는 창간 초기에 천도교소년회의 '색동회' 회원들이 주관했는데, 방정환이 중심인물이었다. 소천이 열심히 구독하던 1925년이 이 잡지의 전성기였다. 동요·동

1920~1930년대 주요 소년소녀 잡지 목록

잡지명	창간 연월호	발행사	발간 도시	종간 연월호
새동무	1920년 12월호	활문사	서울	1920년대 추정
어린이	1923년 3월호	개벽사	서울	1934년 7월호
신소년	1923년 10월호	신소년사	서울	1934년 5월호
새벗	1925년 11월호	새벗사	서울	1933년 3월호
아이생활	1926년 3월호	아희생활사	서울	1944년 1월호
별나라	1926년 6월호	별나라사	서울	1935년 2월호
아이동무	1933년 5월호	아이동무사	평양	1940년 전후 추정
동화	1936년 1월호	동화사	서울	1940년 전후 추정
가톨릭소년	1936년 2월호	만주 연길교구 본당	용정	1938년 9월호
소년	1936년 4월호	조선일보사	서울	1940년 12월호

화·동극 등 장르 구분을 뚜렷이 하여 윤극영·윤석중·이원수·마해송 등의 작품들을 게재하면서 선풍적인 인기를 끌었다. 1931년 방정환이 타계한 이후 윤석중이 주간을 맡았다.

『아이생활』은 1926년 3월 창간 당시 제호가 『아희생활』이었다. 조선주일학교연합회의 조선예수교서회에서 발간한 잡지로 기독교 정신을 표방했지만 동화·동시·동요 등의 문예 작품과 역사 사화·성경 이야기·위인전기·세계 명작 소개 등의 교양물, 그리고 동화·동시 창작법까지 다채로운 내용을 자랑했다. 읽을거리가 절대적으로 부족한 시절이었으니 전국의 소년소녀들에게는 더할 나위 없는 선물이 되었다. 덕분에 일제의 탄압이 드세지기 전까지 『아이생활』은 소년소녀 잡지로서는 최대의 발행 부수를 자랑했다.

1918년생 시인 황금찬은 한 인터뷰에서 이 무렵의 『아이생활』을 이렇게 회고했다.

저는 그 잡지를 역사상 가장 좋은 잡지로 평가합니다. 좋은 외국 명작이나 외국 시를 많이 소개해 주었지요. 그 당시 그 책값이 10전이었습니다. 냉면 한 그릇 값이었지요. 아이였던 제가 돈이 있나요. 고종제와 둘이서 5전씩 내서 그 책을 사고 서로 먼저 보겠다고 다투던 생각이 납니다. 나중(1952년)에 강소천·이원수·윤석중·장수철 등 그 시대의 대표적인 아동문학가들과 박목월·황순원·전영택·김동리·안수길 등의 문학가들이 참여하여 『새벗』이란 잡지로 바뀌었지요. 그 『아이생활』이란 잡지를 보면서 작가가 되기로 결심했습니다. ─『스토리문학』 2005년 2월호

『아이생활』이 전국 곳곳에 사는 소년소녀들에게 미래의 꿈을 키워 준 잡지로 유명했다는 이야기다. 세계문학을 맛보고 동시대 문학 현상도 알 수 있는 이런 잡지를 보면서 소천도 황금찬도 문학의 꿈을 키워 나간 것이다. 『아이생활』은 1940년 이후 친일 내용으로 잠식되기 시작해서 1944년 4월호로 폐간되고 만다. 다행스럽게도 전성기 때의 내용과 체제는 6·25전쟁 중에 창간된 『새벗』으로 계승된다. 『아이생활』을 읽고 자란 소천은 바로 이 잡지에 가장 많은 작품

을 실은 작가 중 한 사람이 되었고, 나중에 이 잡지를 계승한 『새벗』
과 인연을 맺어 주요 필자이자 편집 책임자로 활동하게 된다.

소천은 자신이 문학에 뜻을 두어 많은 작품을 쓰고 열심히 투고하
게 된 또 다른 계기를 설명하고 있다. 그것은 보통학교 때 만난 담임
선생님의 특별한 관심이었다.

내가 나서 자란 곳이 시골이었기 때문에 다닌 학교도 요즈음 국민학
교 교사나 어린이들로서는 상상하기조차 어려우리만큼 환경과 시설
이 말이 아니었다.

그러나 나는 지금도 내가 그런 학교에서 자랐다고 후회하지는 않는다.

추억이라는 게 아름다운 것이어서 그런지는 몰라도, 내 딴엔 자기의
소학교 시절을 남부럽지 않게 보냈다고까지 생각하고 싶다.

솔직한 이야기가, 내가 아동문학에 발을 들여놓기 시작한 것도 실로
이 소학교 시절의 영향이 아닌가도 생각한다.

책이 귀한 시골에서 내가 남부럽지 않게 책을 읽을 수 있던 것도, 되
지 않은 글이라도 써서 발표할 수 있는 용기와 취미를 갖게 된 것도, 어
린 나를 가르쳐 주시고 이끌어 주신 소학교 스승님들의 힘이라 생각
한다.

생각하면 슬픈 일이다. 그 은사들의 생존 여부조차 지금은 알 길이
없으니.

그러나 그분들은 언제나 내 마음 한구석에 자리잡고 지금도 부드러

운 음성으로 타일러 주고 계신다.

그게 소학교, 정확하게 말해서 보통학교 4학년 때라고 생각한다.

3학년까지 별로 하지 않던 작문 시간이 새 선생님이 오신 뒤부터는 일주일에 꼭꼭 두 번씩 있었다.

나는 신이 나서 열심히 작문을 써냈다. 다른 아이들은 작문 숙제가 있으면 마지못해 겨우 한두 자 적어 냈지만 나는 산문만이 아니라 동요며 동시도 여러 편씩 써냈다. 그러면 다음 작문 시간은 내가 쓴 글을 가지고 한 시간 이야길 해 주셨다.

때로는 내가 쓴 동요나 동시 한 편을 흑판에 써 놓고, 고쳐 가며 이야기를 해 주셨다. 나는 세상에 작문 시간같이 재미있는 시간이 없고 우리 선생님같이 훌륭한 선생이 없다고 생각했다.

딴 이야기지만 지난여름 나는 어느 여대생으로부터 한 장의 편지를 받았다. 어려서부터 내 동화를 읽으며 자랐다면서, "그때 선생님을 신 같은 존재로 느꼈어요."라고 했다. 나야말로 그때 우리 담임 선생님을 신같이 느꼈다. 솔직한 이야기가 그 뒤 5, 6학년 때 선생님에겐 불평도 많았고, 선생님 같지 않은 결점이 너무 많이 눈에 뜨이기도 했다. 아마 4학년 때 선생님이 너무 좋아서였는지 모른다. 그래서 그 뒤부터 나는 혼자 글짓기를 했고, 혼자 신문 잡지에 글을 써 보내곤 했다.

지금 생각하면 그때 우리 선생님께서는 어떻게 그렇게 많은 작품 뒤처리를 했나 하는 생각이 난다. 그럴 수도 있을 것이 그때 우리 선생님은 아직 미혼이요, 고향을 딴 데 두고 하숙 생활을 하셨다. 아마 어린이들의 작문을 읽는 것이 요즈음 나처럼 기쁜 일 중의 하나였는지도 모른다.

나는 지금도, 우리 선생님이 하루 결근을 했길래 선생님 댁을 찾아갔던 일을 잊을 수 없다. 그때 선생님은 얼마나 반가워하셨는지 모른다. 나는 나대로 선생님이 얼마나 쓸쓸하실까 하는 어른다운 생각까지를 해 봤다.

지금 생각하면 30년 전인 그때 ― 시골에서도 요즈음 국민학교에서 하는 일을 죄다 우리에게 시켰다. 심지어 국어 시험에 책을 주어 읽히고 독후감을 써내는 시험까지 쳤다. 물론(자랑 같지만) 그때 만점을 맞은 것은 나 한 사람이었다. 그 밖에 작품집을 손수 프린트하여 만들어 나누어 주시는 일, 현상 작품 모집을 해서 전교생에게 알려 주는 일…….마치 그 선생님은 나를 내세워 주기 위해 있는 것같이 생각되었다.

그 뒤, 내 나이 그때 선생님보다 더 많아 한 3년 동안 교편생활을 하면서, 나는 늘 그 선생님의 흉내를 내 보곤 했다. 그때 내가 느낀 것은 학생들에게 정열을 기울이면 기울이는 만큼 학생들은 따르고 자라난다는 것이다.

나는 요즈음 국민학교에, 30년 전 날 가르쳐 주시던 그런 선생님이 얼마나 계시며, 그렇게 선생님을 따르는 학생들이 얼마나 있는지 모른다. 그런 선생에게 그런 학생에게 영광이 있으라! ― 수필「잊혀지지 않는 4학년 때의 담임 선생님」

소천은 학업 성적도 좋았고 특히 글쓰기와 독후감에서 뛰어난 실력을 발휘했다. 4학년 때 자신의 글솜씨를 알아본 담임 선생님의 칭찬을 받으며 소천은 늘 고무된 마음으로 습작을 했다. 그때부터 교내 글짓기 대회에서 입상을 독차지하는 학생 문사가 되었고, 꿈에도 그리던 소년소녀 잡지에 작품이 실리는 기쁨도 누리게 된다.

문학을 한다는 것은 단순히 글재주를 빛내는 것만이 아니다. 소천은 자신의 아동문학의 출발점 역시 4학년 때 담임 선생님의 다음과 같은 가르침에서 비롯된 것이라고 밝혔다.

그 나라 말을 오래 보존하는 길은 오직 한 가지, 그 나라 문학을 높은 수준에 올리는 것이다. 또 하나, 우리나라 말을 후세에 이어 가게 하는 방법은 좋은 아동문학 작품을 남기는 일이다. ─ 수필 「나는 왜 아동문학을 하게 되었나」

어린 시절, 소천은 형의 책을 함께 읽으며 문학에 눈을 뜨기 시작했다. 그 가운데는 한글로 발행되는 잡지들도 있었지만 외국 동화 등은 주로 일본어 판 문학 전집이었다. 보통학교에서 읽을 수 있는 한글 책은 『조선어 독본』뿐이고, 국어 교과서를 비롯해 산수·지리·농업·역사 등의 과목 역시 모두 일본어로 쓰여 있었다. 1941년부터는 아예 『조선어 독본』 시간도 없어지고 학교에서 조선어 사용이 금지되어, 조선인 교사 중에서 한글을 모르는 사람들도 많았다.

그런 때에 우리말과 우리글을 가르치고 문학을 장려하는 선생님을 만난 것은 큰 행운이었다.

소천 문학에서는 일본어의 영향이 전혀 느껴지지 않는다. 소천은 글을 처음 발표하면서부터 우리말과 우리글에 대한 인식이 아주 뚜렷했다. 그것은 타고난 집안 환경이나 기독교 교육 덕분이기도 하지만, 4학년 때 담임 선생님의 영향을 받은 것으로 짐작된다. 소천은 선생님의 가르침을 받아 일제에 빼앗긴 우리말과 우리글을 후세에 전하기 위해 아동문학 작품, 즉 동시와 동화를 써야겠다고 결심했다. 소천은 생사를 알 수 없는 이 선생님을 그리워했지만 이름을 밝히지는 않았다. 어쩌면 자신이 월남한 처지에서 북한에 있는 선생님의 이름을 드러내어 말하기가 조심스러웠을 수도 있다. 소천은 뒷날 교사 생활을 할 때도 이 선생님을 본보기로 삼았다. 아동문학가로 유명해진 뒤에도 여러 초등학교에 나가 어린이들에게 직접 글짓기 지도를 한 것도 선생님에 대한 보은의 의미가 담겨 있었는지도 모른다.

다음은 이 무렵 소천이 겪었던 아주 특별하고 흥미로운 경험담이다.

그게 바로 소학교 4학년 때였습니다. 몇 번이나 잡지에 동요를 써 보내어도 당최 발표가 되지 않았습니다. 아마 편지가 안 들어가는 수도 있다 하여 등기로까지 부쳐 보았으나 역시 발표되지 않았습니다.

그때 나는 아직 내 동요가 발표될 만큼 훌륭하지 못하다는 것을 알았습니다. 그러나 어떻게 해서든지 한번 잡지에 내 이름이 발표되었으면 하는 안타까운 생각이 날로 더하여 갔습니다.

마침내 나는 헌 잡지에서 노래 하나를 슬쩍 훔쳐 내 이름을 써서 『아이생활』에 보냈더니 다음 달 잡지에 곧 발표되었습니다. 잡지를 받아 든 나는 퍽 기뻤습니다. 그러나 다시 생각하니 어쩐지 서운한 생각도 조금 났습니다. '정말이지 내 손으로 지은 것이라면 얼마나 기쁠까.' 하는 생각이었습니다.

그런데 그 다음 달 '독자 통신' 난에 내가 도둑해 온 노래(지금도 나는 그 노래를 따로 욀 수 있습니다. 「아침」이라는 노래였습니다.)를 쓴 분의 친구 되시는 분(그분의 이름은 정상규라는 분이었습니다. 바로 "가랑잎 떼굴떼굴 어디로 굴러가오." 하는 노래를 지으신)이 "그 노래는 내 친구의 것인데 왜 제 이름으로 발표했느냐? 자기의 힘으로 노래를 지으십시오." 하고 점잖게 충고를 해 주셨습니다.

그때 어린 나이였지만 나는 얼마나 무안했던지 모릅니다. 하늘이 팽팽 도는 것도 같았고 땅이 꺼져 드는 것도 같았습니다.

그리고 나는 아주 마음을 고쳤습니다. 이를 악물고 내 힘으로 노래를 짓기 시작했습니다.

그때 받은 부끄러움이 나로 하여금 얼마나 큰 힘이 되었는지 모릅니다.

그게 벌써 30년이 훨씬 지난 옛날이야기입니다.

그러던 나였기 때문에 지금 독자들의 작품을 뽑다가 남의 작품을 훔쳐 내는 어린이들을 볼 때마다 한층 더 딱한 생각이 납니다.

우스운 이야기는 뽑는 나 자신의 동요를 그냥 그대로 옮겨서 보내는 독자들까지 있었습니다.

심한 것은 지난번 '소년서울' 신춘문예 현상에 중학생이 남의 글을 훔쳐다가 써넣어 1등에 뽑혔다 들켜서 취소를 당한 일도 있었습니다. 본인은 물론 그 학교 전체에 대해 얼마나 부끄러운 일입니까?

글을 짓는다는 것은 결국 참된 것을 배우고 참된 생활을 하기 위한 것이 아니겠습니까? 자기의 힘으로 노력하여 좋은 작품을 쓰도록 합시다. - 수필 「나의 어렸을 때-남의 글을 도둑하던 이야기」

어릴 때 한 번쯤 겪었음직한 '표절' 경험을 소천은 부끄럼 없이 털어놓는다. 이 시기는 앞에서 말한 4학년 때 담임 선생님의 무한한 사랑을 받으며 교내에서 학생 문사로 이름을 높이기 전일 수도 있다. 소천은 문학에 대한 열의가 넘쳐 당시 구독하던 여러 잡지에 자주 투고를 했는데 그 무렵까지 한 번도 작품이 실리지 않았다. 아무리 투고를 해도 작품이 실리지 않자, 소천은 오직 발표를 하고 싶다는 생각에 스스로 '특단의 조치'를 취했다. 기성 작가의 작품을 베껴 『아이생활』에 투고했는데 그것이 게재되는 행운(?)을 누리게 된 것이다. 그런데 그 다음 호 독자 투고에 소천의 표절 행위를 꾸짖는 독자의 편지가 게재되었다는 얘기다. 소천의 고백은 1928년 보통학교 4학년 때의 일인데, 그 당시 지면에 실린 「아침」이라는 동요나 표절을 지적한 독자의 편지는 아직 확인되지 않았다. 다만 소천의 표절 행위를 지적했던 동시인 정상규가 쓴 「가랑잎」은 1929년 『신소년』 제7권 7·8호에 발표된 것으로 확인된다.

흥미롭게도 소천이 실제로 남의 작품을 자기 작품인 것처럼 투고했으리라 짐작하게 하는 이야기가 있다. 제5동화집 『종소리』에 수록된 「남의 것은 내 것」이라는 짧은 동화가 그것이다. 바로 표절 사건이 주된 스토리다.

선생님은 같은 반 친구 창덕이가 쓴 동요가 잡지에 실린 걸 칭찬해 준다. 그러자 '나'는 누나가 모아 둔 옛날 잡지에서 한 편 베껴 잡지사에 보냈는데 그것이 그대로 실린다. 그런데 나는 작품을 심사한 심사위원 한 분이 쓴 다음의 글을 읽게 된다. "도둑 중에 제일 나쁜 도둑은 글 도둑입니다. 제 힘으로 써서 보냅시다." 시간이 흐를수록 '나'의 고민은 점점 깊어진다. 결국 '나'는 오랜 번민 끝에 이렇게 속죄한다.

얼마나 어리석은 일이냐? 공부를 안 하고 옆의 동무의 시험지를 보고 답안을 써내려는 것보다 더 나쁜 놈이다.
— 그렇다. 내 힘으로! 실력을 기르자.
내가 이 부끄러움을 깨끗이 지워 버릴 수 있는 길은 내 손으로 써낸 동요가 도둑해 온 동요보다 더 훌륭해져야 한다.

인젠 괴로울 것도 아무것도 없다. 나는 내일 동무들에게 모든 이야기를 털어놓을 테다.

동화는 이렇듯 남의 글을 표절한 '자신의 죄'를 동무들에게 자백하고 앞으로는 자기 힘으로 실력을 길러서 좋은 글을 쓰겠다고 다짐하는 것으로 마무리된다.

3

동시의
새로운 길을 열며

버드나무와 무궁화

문학은 작가가 쓴 글이지만 그 글은 누군가 읽어야만 비로소 가치가 있다. 그러기 위해서는 작가의 글을 누군가 읽게 만드는 통로가 필요한데, 그 대표적인 것이 책이다. 책은 작가의 글을 보다 많은 사람들이 읽게 한다. 당연히 신인 작가들은 자신의 글이 책에 실리기를 원한다.

소천은 글을 깨치면서 닥치는 대로 책을 읽었고, 책에 실린 문학 작품을 흉내 내 글을 썼다. 그리고 자신의 글이 책에 실려 많은 사람들에게 읽히기를 원했다. 보통학교 시절, 소천은 주위 사람들에게 글을 잘 쓴다는 칭찬을 받았다. 그 후 소천의 글은 보다 많은 사람을 향해 나아갔다. 소천은 글을 잘 쓰는 재능 못지않게 세상 사람들에게 자신의 글을 읽히려는 열정 또한 대단했다. 그래서 자신의 글을 잡지나 신문에 부지런히 투고했다. 가히 '불타는 투고 정신'이라 할 만했다. 그러나 아쉽게도 보통학교에 재학 중이던 십대 초중반까지는 잡지나 신문에 글이 게재되는 영광을 누리지 못했다.

소천의 열정은 보통학교를 졸업할 무렵부터 빛을 발하기 시작한

다. 1930년 말 『아이생활』에 동요 「버드나무 열매」가 게재되고, 이
듬해 1월 『종교교육』에 「겨울맞이」, 『신소년』 2월호에 「봄이 왔다」
「무궁화에 벌나비」, 『아이생활』 3월호에 「길가에 얼음판」 「이 앞집,
저 뒷집」 등이 차례로 게재된 것이다. 이 시기는 소천이 보통학교 졸
업반이던 열여섯 살에서 오늘날 중고등학교 과정인 함흥 영생고등
보통학교에 입학하던 열일곱 살에 걸친 때다. 이 시기 발표작 중에
서 「버드나무 열매」나 「무궁화에 벌나비」는 주제나 형식 면에서 특
별히 주목을 요하는 작품이다.

「버드나무 열매」는 동요 시집 『호박꽃 초롱』에 아래와 같은 표기
로 게재되어 있다.

버드나무 무슨 열매
달리련 마는

아침 해가 동산 우에
떠오를 때와

저녁 해가 서산 속에
살아질 때면

참새 열매 조롱 조롱

달린 답니다.

*

나무 열매 무슨 노래
부르련 마는

아침 해가 동산 우에
떠오를 때와

저녁 해가 서산 속에
살아질 때면

참새 열매 재재 재재
노래 불러요.

버드나무는 우리나라에서 가장 흔히 볼 수 있는 식물의 하나다. 어쩌면 너무 흔해서 별 쓸모가 없어 보일 듯도 하지만 그만큼 친숙하게 우리 삶의 배경이 되어 준 나무라 할 수 있다. 이 동요는 바로 그런 버드나무의 숨은 가치를 들려주고 있다. 우리가 모르는 사이에 버드나무는 열매를 맺고 그 열매를 찾아 참새가 날아든다. 그러는 동안 나무는 끝없이 새로운 기운을 받아 생명을 이어 간다. 이 동요는 버드나무의 그런 생명력을 열매와 참새의 호응으로 노래한다.

이 동요를 당시 현실을 고려해서 이해하면 그 의미도 보다 뜻깊게 확장될 수 있다. 식민지 현실에서 우리 민족은 어쩌면 버드나무와 같은 존재인지도 모른다. 일제 강점으로 많은 것을 강탈당한 우리 민족은 그러나 그렇게 버림받은 자리에서 굳센 생명력으로 자생하고 부활했다. 열매도 못 맺을 듯 보이지만 실은 열매를 맺고, 암울한 미래만 있을 듯하지만 참새를 불러 노래를 부르게 하는 버드나무처럼 우리 민족은 아침과 저녁으로 새로운 힘을 찾아 새로운 세상을 향해 나아가고 있었던 것이다. 이 동요는 형식 면에서는 8·5조의 운율과 각 절 2, 3연의 중복 표현 등으로 단순하고 평범해 보인다. 하지만 반면에 그만큼 친숙한 분위기로써 버드나무 열매와 참새의 호응이라는 외적 내용을 통해 우리 민족에게 내재된 숨은 가치를 드러내 준다.

같은 맥락에서 이해되는 「무궁화에 벌나비」는 이보다 더욱 명료한 주제 의식을 드러낸다.

이몸은 무궁화에 벌이랍니다.
고운꽃 피여나라 노래부르며
이꽃서 저꽃으로 날러다니는
조고만 무궁화에 벌이랍니다.

이몸은 무궁화에 나비랍니다.

고은꼿 피여나라 춤을추면서

이꼿서 저꼿으로 날러다니는

조고만 무궁화에 벌이랍니다.

우리의 노랫소리 들리건만은

귀여운 무궁화는 피지안어요

그몹쓸 찬바람이 무서웁다고

귀여운 무궁화는 피지안어요.

　　소천은 교육성에 대한 지나친 배려로 비판을 받기까지 할 정도로 문학에서의 교훈적 의미를 중시했다. 「무궁화에 벌나비」에도 민족 정신의 앙양이라는 교시적敎示的 이미지가 강하게 배어난다. 소천은 이 동시에서 나라와 민족이 처해 있는 상황에 대한 아쉬움을 꽃밭 여기저기를 날아다니며 무궁화가 피어나기를 염원하는 벌과 나비의 속삭임으로 드러냈다(위 2연 끝행의 '벌'은 '나비'의 오기로 보인다).

　　무궁화는 우리나라 꽃이다. 국가에서 특별히 국화를 지정한 적은 없지만 우리 민족 스스로 그렇게 알고 있고 또한 중국 문헌에도 나타나 있다. 무궁화는 그 자체로 나라꽃인 것이다. 특히 근대에 들어 3·1운동을 거치면서 우리 민족의 정신을 상징하는 꽃으로 거듭나 있었다. 소천이 「무궁화에 벌나비」를 발표하던 무렵에도 무궁화가 지닌 민족적 의미를 설명하는 글들을 심심치 않게 볼 수 있다.

무궁화를 노래한다는 것, 특히 일제 강점기에 무궁화를 노래한다는 것은 이미 민족정신을 드러내는 능동적 행위다. 그러기에 정치, 군사, 사회 다방면에서 탄압 정책을 펼친 일제가 우리나라에 가한 '민족성 말살정책'은 무궁화를 향해서 더욱 가혹했다. 무궁화를 보기만 해도 눈에 피가 괸다고 해서 '눈에 피꽃', 손에 닿기만 해도 부스럼이 생긴다 해서 '부스럼꽃'이라 이름 붙여서 무궁화를 없애려 했다는 얘기도 있다. 일제는 '피어나는 무궁화'를 용인할 수 없었다. 「무궁화에 벌나비」는 그 점을 안타까워하며 쓴 동시다. 이 작품에 대한 다음 평가도 이 점에 대해 잘 설명하고 있다.

「무궁화에 벌나비」에서 소천은 자신이 무궁화임을 내세운다. 이는 곧 자신이 조선이라는 뜻이다. 그것도 그저그러한 조선인이 아니라 무궁화를 지키는 조선인이라는 뜻이다. 이를 무궁화를 피우고 씨를 맺게 하기 위해 날아다니는 벌과 나비에 비유하고 있다.

무궁화를 피운다는 것은 곧 조국 독립을 의미한다. 소천의 문학에는 가슴속 깊이 끓어오르는 독립 정신이 배어 있고, 그의 동시는 바로 민족 문학이었던 것이다.

여기서 '우리의 노랫소리'는 무궁화를 곁들인 애국가의 후렴일 것이다. 이러한 노랫소리가 들리건만 귀여운 무궁화는 피어나지 못한다. 그 몹쓸 찬바람 때문이다. 그 찬바람은 일제에 의한 강압 정치이다.

소천의 동시와 동요는 이처럼 일제에 대한 민족 저항을 온몸으로 뜨겁게 표현한 강렬한 이미지의 작품에서 시작되었다. — 신현득, 「동심으로 외친 항일의 함성」

이 설명처럼 「무궁화에 벌나비」에 나오는 '일제의 강압 정치'를 '몹쓸 찬바람'으로, '우리의 노랫소리'를 '무궁화에 곁들인 애국가의 후렴'으로 풀이한 것을 결코 지나치다고 할 수 없다. 앞에서 본 「버드나무 열매」에서 '버드나무 열매'와 '참새 노래'의 관계도 이런 대비 관계로 봐도 좋을 듯하다. 「무궁화에 벌나비」는 「버드나무 열매」에 비하면 주제가 매우 강렬하게 표출되었다는 점이 두드러진다.

소천이 초기부터 '버드나무'를 주목한 데 이어 '무궁화'를 소재로 동요를 발표한 사실은 여러모로 시사적이다. 한국 아동문학은 '민족성 고취'라는 주제에서부터 배태되었고, 소천의 문학 역시 마찬가지였다. 그중에서도 소천의 문학은 단연 돋보였다. 이 점은 주제 면에서만 그치지 않는다. 소천의 문학은 미학적 가치 면에서도 당시까지 유행하던 창가 형식에서 출발해 이내 그 수준을 뛰어넘는 새로운 세계로 나아갔다.

왕성한 동시 발표

소천은 첫 발표 이후 상당 기간 동안 꾸준히 동시를 투고하여 여러 지면에 많은 작품을 발표했다. 첫 발표작을 비롯해 소천의 첫 창작집인 동요 시집 『호박꽃 초롱』을 발간할 때까지 잡지와 신문에 실린 동시는 현재 총 60편으로 조사되고 있다.

『호박꽃 초롱』 발간 전까지 발표된 동시들

제목	발표 지면	연월호	동요 시집 수록	비고
버드나무열매	아이생활	1930. 10~12(?)	수록	첫 발표
겨울마지	종교교육	1931. 1	미수록	
봄이왓다	신소년	1931. 2	미수록	
무궁화에벌나비	신소년	1931. 2	미수록	
길ㅅ가엣어름판	아이생활	1931. 3	미수록	
이압집, 져뒷집	아이생활	1931. 3	미수록	신소년, 1931. 4
얼골몰으는동무에게	아이생활	1931. 7	미수록	
우리집시게	매일신보	1931. 8. 22	미수록	
울어내요 불어내요	아이생활	1931. 10	미수록	
호박꼿과반딧불	아이생활	1931. 10	미수록	
코스모스꼿	아이생활	1931. 10	미수록	

난쟁이꼿 · 키다리꼿	아이생활	1932. 9	미수록	
가을바람이	아이생활	1932. 12	미수록	윤석중 선 選
연기야	아이생활	1933. 1	미수록	윤석중 선
가랑닙	아이생활	1933. 2	미수록	윤석중 선
우는아가씨	아이생활	1933. 2	미수록	윤석중 선
이상한노래	어린이	1933. 5	미수록	
까치야	아이생활	1933. 5	미수록	윤석중 선
울엄마젓	어린이	1933. 11	수록	윤석중 선
달님얼골에	아이생활	1934. 5	미수록	
봄비	동아일보	1935. 4. 14	수록	아이생활 1938. 4
흐린날아침	동아일보	1935. 4. 14	미수록	
깟딱깟딱	동아일보	1935. 5. 26	수록	
보슬비	동아일보	1935. 5. 12	미수록	
감자꽃	농민생활	1935. 7	미수록	
호박꼿초롱	조선중앙일보	1935. 9. 3	수록	
꽁 꽁 숨어라	아이동무	1935. 10	수록	개제 : 숨바꼭질
잠자리	아이동무	1935. 11	수록	
대답	아이동무	1935. 11	미수록	
세수안하는아이	동아일보	1935. 11. 3	미수록	
호박	동아일보	1935. 12. 28	수록	
시계	동아일보	1935. 12. 28	미수록	
누이와조카	동아일보	1935. 12. 28	미수록	
울들밤-옛날애기	아이동무	1936. 1	수록	
오동나무방울	아이동무	1936. 1	수록	
제비	동화	1936. 6	미수록	
송아지	동화	1936. 6	미수록	
보슬비의속삭임	아이생활	1936. 6	수록	박용철 선
헛소문-머슴의 노래	농민생활	1936. 9	미수록	
따리아	동화	1936. 9	수록	
국화와채송화	동화	1936. 11	미수록	
눈내리는밤	동화	1936. 12	수록	

거울	아동문예	1936.12	수록	
눈, 눈, 눈	가톨릭소년	1937.1	미수록	
할미꽃	동화	1937.3	미수록	
닭	소년	1937.4	수록	청탁 원고
三月하늘	동화	1937.4	수록	개제 : 가을하늘
나 · 나 · 나	동화	1937.6	미수록	
가을밤숲속	가톨릭소년	1937.11	미수록	
오뚜기	동아일보	1937.11.7	미수록	
바다	동아일보	1937.11	수록	
도토리	소년	1938.11	수록	
바람	아기네동산	1938	수록	아이생활사
겨울밤	아이생활	1939.1	수록	
지도	아이동무	1939.2	수록	
달밤	아이생활	1939.2	수록	
하늘	아이생활	1939.8	수록	개제 : 조고만하늘
전등과애기별	아이생활	1940.8	수록	
눈온아침	만선일보	1940(?)	미수록	
인형의그림자	만선일보	1940(?)	미수록	

　　이 60편 중 「시계」 「누이와 조카」처럼 동시로 분류하기 어려운 수준도 있고, 「호박」처럼 동시가 아니었으나 『호박꽃 초롱』에 수록하면서 동시로 개작한 것도 있다. 연도별로는 초기 무렵인 1931년에 10편을 발표했고, 대표작 「닭」 「호박꽃 초롱」을 창작하던 1935~1937년에는 무려 31편이나 발표했다.

　　동시를 게재한 지면은 『아이생활』이 19회로 가장 많고, 동아일보가 10편, 『동화』가 8편, 『아이동무』가 6편에 이른다. 『신소년』은 초

연도별 동시 발표 편수		동시 발표 지면 분포		

연도별 동시 발표 편수

발표 연도	발표 편수
1930	1
1931	10
1932	2
1933	6
1934	1
1935	13
1936	10
1937	8
1938	2
1939	4
1940	3
총계	60

동시 발표 지면 분포

순위	발표 지면	횟수
1	아이생활	19
2	동아일보	10
3	동화	8
4	아이동무	6
5	신소년	2
6	어린이	2
7	소년	2
8	농민생활	2
9	만선일보	2
10	가톨릭소년	2
11	종교교육	1
12	조선중앙일보	1
13	아동문예	1
14	아기네동산	1
15	매일신보	1
총계		60

기 2편 말고는 재수록 1편에 그치고 있고, 『아이생활』과 함께 소천이 어릴 때부터 탐독했던 『어린이』는 2회, 「닭」을 게재해 이름을 크게 알린 『소년』도 2회에 그치고 있다. 이 중에서 『어린이』는 1934년 7월호로 폐간되었기 때문에, 『소년』은 1937년 4월에 창간된 데다 매호 게재하는 동시가 많지 않았기 때문에 각각 발표량이 적었던 것으로 보인다. 『신소년』에 발표한 편수가 적은 것은 카프KAPF 계열이라는 점, 그리고 1934년 5월호로 종간된 것과 관련이 있어 보인다.

소천의 작품이 『아이생활』에 많이 발표된 것은 『아이생활』이 가장 폭넓게 필자를 수용한 덕분이다. 소천은 이에 가장 적극적으로 호응한 필자의 한 사람으로, 한 호에 2~3편을 싣기도 했다. 한 지면에 여러 편이 실릴 때는 이름을 강용률, 강소천, 혹은 그 앞에 고원을 붙여 高原 姜龍律, 高原 姜小泉으로 썼다. 동시 2편이 게재된 『아이생활』 1931년 3월호에는 「길가에 얼음판」은 '강소천'으로, 「이 앞집, 저 뒷집」은 '高原 姜龍律'로 발표했다. 『아이생활』 1931년 10월호에는 3편의 동시를 게재했는데, 「울어내요 불어내요」는 'Y. S 姜龍律', 「호박꽃과 반딧불」은 '高原 姜龍律', 「코스모스꽃」은 '함흥서 강소천'이라고 썼다. 이렇듯 소천이 여러 개의 이름으로 작품을 발표한 것은 본명 강용률에서 필명 강소천으로 이행하는 과정으로 이해할 수 있다. 또한 어쩌다 한 편씩 발표하는 걸로는 성에 차지 않아 여러 개의 이름이 필요했으리라 본다. 잡지사 측에서도 같은 이름이 여러 차례 나오는 것보다는 그 편이 나았을 것이다. 소천은 1940년 전후로 『아이생활』에 여러 편의 동화를 싣기 시작하면서 아동문학계의 핵심 작가로 부각돼 갔다.

창작 동요에서 자유 동시로

한국 동시는 특별하게도 근대 운문 형식의 출발점이라 할 수 있는 신체시로부터 그 근대성을 공유한 것으로 생각된다. 이를테면 최초의 신체시로 꼽는 최남선의 「해海에게서 소년少年에게」는 곧 근대 동시이기도 했다. 1908년 소년소녀 잡지 『소년』을 창간하면서 이 시를 권두시로 게재한 것도 시사하는 바가 크다. 동시인 신현득은 『한국 동시사 연구』에서 이때부터 광복까지 우리 동시의 흐름을 크게 세 시기로 분류한 바 있다.

1) 창가 개발기唱歌開發期 : 1908~1923년. 전통적인 창가 형식을 빌린 율문이 많이 발표되는 시기. 이 현상은 1923년 방정환이 주도한 『어린이』와 카프계가 이끄는 『신소년』의 창간 무렵까지 이어진다.

2) 창작 동요 성장기創作童謠成長期 : 1923~1935년. 어린이의 눈높이에 맞는 표현과 운율이 개발되기 시작한 시기. 『어린이』 『신소년』 등 십여 종의 소년소녀 잡지가 발간되면서 이들 동요가 새롭게 자리매김한다.

3) 창작 동요 쇠퇴기創作童謠衰退期 : 1935~1945년. 창작 동요에서 정형률이 변형되면서 자유로운 율격이 나타나는 시기. 한편 일제의 강압 정치로 문학 활동이 위축되면서 아동문학 환경도 크게 악화된다.

이 분류에 따르면 소천은 2)의 시기를 배경으로 점차 창가 유형에서 벗어나면서 3)의 시기에 이르러 확연한 창작 동요의 자리를 확보했다. 특히 한국문학의 전반적인 위기 상황에서 스스로 창작 동요의 새로운 형식을 개발해 자유 동시의 경지를 열었다. 동요 시집 『호박꽃 초롱』은 그 정점의 성과다.

초창기에 「버드나무 열매」 「무궁화에 벌나비」 등 의미 있는 동요를 발표한 소천은 그러나 당장 그 수준을 심화하는 단계에 이른 것은 아니다. 이 시기 삶의 현실을 직접 반영하는 여러 편의 동시는 소천이 이후 쌓은 명성에 걸맞지 않은 수준으로 보인다. 이 점 1920년대 중반 이후 우리 문단에 큰 바람을 일으킨 카프 경향을 수용한 시편에서 손쉽게 확인된다.

이압집 기와집 전등불켠집

저뒷집 초가집 등잔불켠집

밝은집 어둔집 들이잇다우

이압집 밝은집 전등불켠집

콜-콜 잠자는 보기실흔집

잘먹어 배불너 잠만잔다우

저뒷집 어둔집 등잔불켠집

열심히 일하는 복스러운집

잘먹껀 못먹껀 일만한다우

— 「이압집, 져뒷집」 전문

압집애가 소리질너

　　뒷집애가 눈물흘녀

　　　　울어내요 불어내요.

압집애는 부자아들

　　뒷집애는 머슴아들

　　　　울어내요 불어내요.

부자아들 배불너서

　　머슴아들 배곱파서

　　　　울어내요 불어내요.

부자아들 학교슬허

머슴아들 학교못가

울어내요 불어내요.

— 「울어내요 불어내요」 전문

　「이 앞집, 저 뒷집」에는 '앞집 기와집'과 '뒷집 초가집'이 '전등
불/등잔불', '보기 싫은 집/복스러운 집', '잠만 자는 집/일만 하는
집'으로 뚜렷이 이분화되어 있다. 「울어내요 불어내요」에서도 이와
다르지 않다. '앞집/뒷집'의 관계를 '부자/머슴' 또는 '배부름/배
고픔'의 대립 관계로 설정해, 부잣집의 넘치는 풍요와 머슴집의 안
타까운 궁핍을 풍자적으로 대비한다. 이는 카프계 문학의 대표적인
특징인 계급의식을 이분법에 대입한 예이다. 당시 이러한 유형의 작
품들은 소천뿐만 아니라 많은 작가들에게서 흔히 볼 수 있다. 지주
나 공장주가 하인이나 노동자를 착취하고 자신은 잘 먹고 잘 산다거
나, 돈이 없어 학교에서 쫓겨나고 먹고살 게 없어진 하층민이 간도
로 이민을 떠난다는 식의 이야기는 이 시기 문학에서 아주 흔한 소
재였다. 이러다 보니 카프계 자체에서조차 반성하는 목소리가 쏟아
져 나왔다. 카프 맹원 박세영은 이 시기 카프계의 동요에 대해 "같은
귀결이 되풀이되면서 실감이 떨어지는 현상"을 경고하기도 했다(「고
식화한 영역을 넘어서–동시 동화 창작가에게」). 처음에 카프 계열 시를 몇 편
발표하기도 했던 소천은 오래지 않아 그 같은 분위기에서 탈피했다.
　카프의 분위기를 벗어난 소천은 그러나 당면 현실에 대한 시선을

놓치지 않았다. 얼음판이 된 길 위를 걷는 색시와 어린아이를 대비한 「길가에 얼음판」, 펜팔로 친해진 얼굴 모르는 친구를 그리워하는 마음을 담은 「얼굴 모르는 동무에게」 등은 일상의 삶과 느낌을 진솔하게 반영하고 있는 동시다. 이에 비해 아래 동시는 현실의 특별한 인식을 내세우고 있어 주목된다.

나만아는 이상한
　　그노래를요
나는나는 산에올나
　　불러보고는
뛰는가슴 못이겨서
　　한숨쉬엿네
나만아는 이상한
　　그노래를요
내동무가 모도다 —
　　깨닷게되면
이땅에도 따뜻 — 한
　　봄이 오겠지
　　— 「이상한 노래」 전문

자기만 알고 아무도 모르는 노래가 있다. 그 노래는 아무도 모르니까 누구 앞에서 부를 수도 없다. 그러니 그 노래는 나 혼자 있는 데서밖에 부를 수 없다. 산에 올라 그 노래를 불러 보면 나는 '뛰는 가슴 못 이기는' 상태가 된다. 그건 그 노래를 혼자서 불렀다는 감격일 수도 있고, 또는 아무도 몰라주어서일 수도 있다. 그런데 여기서 범상치 않아 보이는 구절은 그 노래를 동무들 모두가 알게 되면 '이 땅에도 따뜻한 봄'이 오리라는 기대이다. 동무들은 모르는데 나만 알고 있으니 그 노래는 '이상한 노래'요, 그 노래를 동무들 모두 알게 되면 새로운 날이 온다는 점에서 '의미심장한 노래'이다. 바로 이 '의미심장함' 때문에 이 시는 당대 사회와 결부된 특별한 의미로 자리한다. 다시 말해 이 시는 일제 강점기에 조국의 광복을 꿈꾸고 있다는 자기 확인의 우의寓意인 셈이다.

한편, 소천의 초기 동요가 모두 현실 문제를 드러내고 있지는 않다는 점도 고려해야 한다. 이를테면 1931년 10월 같은 지면에 발표된 「호박꽃과 반딧불」 「코스모스꽃」 등은 현실 반영적 태도에서 벗어난 시로 읽힌다. 이 중에서 시적 대상(호박꽃, 반딧불)의 생태를 질문형의 반복으로 재치 있게 드러낸 「호박꽃과 반딧불」은 『호박꽃 초롱』의 표제작인 「호박꽃 초롱」의 '초벌 시' 의미를 지니고 있어 색다른 흥미를 주기도 한다.

어쨌든 소천의 초기 작품은 대개 독자 투고작으로 우수성을 인정받은 정도에 머물렀다고 할 수 있다. 세상을 이분법적으로 재단하는 상투적 인식, 감정을 직설적으로 토로하는 미성숙성, 기계적인 운율

적용과 어린이 화자의 불분명한 설정 등의 약점도 드러냈다. 이런 소천이 비교적 높은 수준의 동시를 발표한 것은 1933년 이후로 평가된다. 신현득은 우리 문단의 관행인 이른바 '등단'이라는 것에 대해 설명하면서, 소천이 첫 발표 이후 1, 2년 사이의 발표작을 소년 문사의 투고 게재작이라고 보았다. 그리고 기성 작가로 인정받게 되는 등단작을 『아이생활』 1933년 5월호에 실린 「까치야」로 보았다(「동심으로 외친 항일의 함성」). 아동문학 연구가 황수대는 「까치야」를 비롯해 「가을바람이」(1932.12)·「연기야」(1933.1)·「가랑잎」(1933.2)·「우는 아가씨」(1933.2) 등 『아이생활』에 발표한 4편의 동시를 주목하면서 특히 「연기야」와 「까치야」의 경우 이전 동시에서 씻어 내지 못한 창가나 '요(謠)' 형식을 벗어나 자유 동시의 수준에 이르렀다고 평가하고 있다(「1930년대 강소천 동시 세계와 문학사적 의의」). 공교롭게도 소천은 이 시기에 「이상한 노래」를 본명 강용률로 발표하고 나서부터 계속 강소천이라는 필명으로 활동하고 있다.

소천은 창작 동요의 성장기인 이 무렵까지 가장 많은 동시를 창작한 시인 중 한 사람이었지만, 이후 한 단계 높은 차원의 자유 동시를 개발해 내는 데 성공한다. 그 조짐을 확연히 드러낸 작품이 바로 「호박꽃 초롱」이다. 1935년 9월 3일 조선중앙일보에 게재된 이 작품을 현대어 표기로 감상해 본다.

호박꽃을 따서는

무얼 만드나?
무얼 만드나?

우리 애기 조그만
초롱 만들지.
초롱 만들지.

반딧불이를 잡아선
무엇에 쓰나?
무엇에 쓰나?

우리 애기 초롱에
촛불 켜 주지.
촛불 켜 주지.

    ―「호박꽃 초롱」 전문

  3행으로 된 연이 4개 연이어 있는 이 동시는 호박꽃의 모양새가 불 밝히는 초롱을 닮은 사실로부터 반딧불이를 매개시켜 '호박꽃−반딧불이−촛불'의 변주를 보여 준다. '초롱 모양의 호박꽃'을 '애기를 위한 촛불'로 이어 가는 동심의 상상력이 특별한 미적 형상을 낳은 것이다. 이 형상화 과정을 한층 빛나게 해 주는 것이 이 동시만의 특별한 율격이다. 「호박꽃 초롱」은 얼핏 보면 창가나 요에서 느껴지는 7·5조 운율을 정확히 지키고 있는 것으로 보인다. 그러나 7·5조가 단순히 반복되는 게 아니라 7·5조에서 5의 음수를 반복해 7·5·5의 독특한 음수율을 빚고 있다. 후렴 반복 식의 일반적인 노래 기법을 동시로 옮겨 와 '우리 애기'를 위한 '적극적인 촛불 켜기'의 당당함을 돋보이게 했다고도 볼 수 있다. 「호박꽃 초롱」은 눈에 쉽게 드러나는 친숙한 시각적 요소로부터 새로운 형상을 이끌어 내고, 기본적인 정형률에 시행 반복을 더한 새로운 운율을 창출해 탄생된 작품이다. 이 작품이 이미 제목 그대로 확인되거니와 소천의 동요 시집 『호박꽃 초롱』 발간의 가장 핵심적 동력이 되었으리라 짐작할 수 있다.

「호박꽃 초롱」은 『아이생활』 같은 소년소녀 잡지에 발표되지 않고 신문 지면인 조선중앙일보에 발표된 탓에 문단의 평가에서 소외된 느낌마저 든다. 더욱이 오랫동안 발표 지면이 확인되지 않아 『호박꽃 초롱』을 낼 때 처음 창작되어 실린 것으로 여겨지기도 했다. 한 민요학자가 이 동시를 한국 민요로 오해해서 채집 민요로 지정한 일도 있었다. 어떻든 「호박꽃 초롱」은 전문 동시인으로서 소천의 품격을 확실히 보여 준 역작이라 할 수 있다. 이 「호박꽃 초롱」 이후 작품들은 그 이전에 비해 확연히 수준이 높을 뿐 아니라 실제로 동요 시집 『호박꽃 초롱』에 수록되는 편수도 그 이전 발표작보다 압도적으로 많다.

4

동요 시집
『호박꽃 초롱』

문제작 「닭」의 탄생

소천이 열일곱 살 때인 1931년부터 다니기 시작한 영생고보는 일제 강점기에 한반도를 대표하는 중등학교였다. 이북에서는 평양의 숭실, 정주의 오산, 개성의 송도 등과 함께 명문 사립으로 손꼽혔다. 1907년 캐나다 기독교장로교 선교부의 한국 선교사 맥레D. M. Macrae, 馬求禮가 영생학교라는 이름으로 설립한 학교로 1910년 8월에 정식 중등교육 기관 인가를 받아 영생중학교가 되었으며, 초대 교장은 영 L. L. Young이었다. 1911년 3월에 김호金鎬·김태석金台錫·김대벽金大闢·이준필李俊弼·이진명李鎭明 등 제1회 졸업생 5명을 배출한 이래 1912년에 10명, 1913년에 6명, 1914년에 5명, 1915년에 9명을 배출한 것으로 기록돼 있다. 1915년에는 일제가 '개정 사립학교령'으로 기독교계 학교의 성경 교육 철폐를 지시했을 때는 스스로 각종 학교各種學敎로 격을 내리는 것으로 항거했다. 1922년부터는 캐나다 선교부의 단독 운영에서 한국인 교회와 공동 운영으로 방침을 바꾸었다. 처음에 4년제로 유지하다 1926년에 5년제 인가를 받았는데, 성경 교육을 폐지하라는 일제의 강압에 시달리다 1931년 3월에야 영생고등보통학교로 정식 인가를 받았다. 1937년부터 일제의 학원 탄압이 더욱 거세져 교명을 다시 영생중학교로 바꿨으며, 한때는 '영생'이라는 교명을 빼앗기고 '히노데[日出]'라는 일본식 교명을 사용하는 굴욕을 겪기도 했다.

이런 과정에서 영생고보는 한반도 동북 지역 일대를 대표하는 민족 학교로 이름을 빛냈다. 3·1운동 당시에는 함흥 지역의 시위운동을 주동하여 대대적인 함흥만세운동을 일으켰고, 이 일로 많은 졸업생들이 주동자로 투옥되었는데 그중 고문을 받던 7회 졸업생 조영신趙永信은 감옥에서 순절했다. 1929년 11월에 일어난 광주학생운동이 확산되는 시기인 1930년 1월에는 재학생들이 함흥에 주둔하고 있던 일본군 병영 앞까지 돌진하여 만세 시위를 벌이기도 했다. 그만큼 항일 독립 정신이 강한 학교였다.

문인들과의 인연도 깊었다. 졸업생인 시인 김동명金東鳴이 이 학교 교사를 지냈고, 문학평론가 백철白鐵, 시인 백석白石, 동요 작곡가 김성도金聖道 등 유명 문사들이 이곳에서 교사 생활을 했다. 사전에는 영생고보를 "1903년에 설립된 영생여학교와 함께 북동부 지방의 교육문화 진흥과 민족의식 고취에 이바지한 바 컸으나, 국토 분단과 함께 선교단의 철수로 폐교된 학교"로 적고 있다. 소천이 입학하던 해인 1931년에는 학생 265명, 교사 16명이었는데 졸업하던 해인 1937년에는 10학급에 학생 수가 550명이 되었다.

소천과 같은 나이로 영생고보에 1년 먼저 들어왔지만 동맹휴학

사건으로 퇴학당했다가 다시 학교에 다니는 바람에 소천과 동급생이 된 전택부는 이 시기 소천과 관련된 흥미로운 이야기를 전한다.

유관우 씨는 8세 때 청진으로 이사를 가고, 소천은 열 살 때 고원읍으로 이사 갔다. 소천은 16세 때 보통학교를 졸업하고 함흥 영생고보에 입학했다. 나는 그때 영생학교 2학년생, 13세 때 만난 후 처음 다시 만난 것이다. 학년이 달라서 가까운 사이는 아니었다. 더욱이 나는 예수 믿는 학생이 아니었으므로 서로가 서먹서먹했다. 그러나 내가 동맹휴학의 주모자가 되어 퇴학을 당하여 북간도에 갔다가 다시 입학을 하였을 때는 4학년 동급생이 되었다. 그때는 이미 일제의 한글 탄압이 가혹해져서 소천은 비참해지기 시작했다. 『조선어 독본』이라는 게 있어서 우리말과 우리글을 배워 주긴 했으나 그 속에 담긴 문장은 모두가 재미없는 것이었다. 그리고 그 독본은 전부 식민지 교육 목적에 의하여 선택된 것이었으므로 소천에게는 못마땅한 것이었을 뿐만 아니라, 일제는 그것마저 못 배우게끔 조선어 국어 과정을 철폐했던 것이다.

그래서 소천의 울분과 실망은 극도에 달했다. 그는 4학년 겨울방학 때 집으로 돌아갔다가 영영 학교에 돌아오지 않고 말았다. 그 후 약 1년 동안 북간도에 가서 헤매다가 다시 고향에 돌아왔지만, 그가 즐겨 작품을 발표하던 동아일보와 조선일보는 폐간되고 『아이생활』도 없어져서 소천은 아주 절망 상태에 이르렀다. 다만 소천은 교회에 다니며 주일학교 어린이들에게 동화도 얘기하고 성경 얘기도 하는 것이 유일한 낙이었다. 그때, 만약 그에게 그런 낙이라도 없고 신앙이 없었던들 아주 죽고 말았을 것이다. ―「소천의 고향과 나」

일제의 탄압은 정치·경제·문화 등으로 전면적으로 전개되었고 그 강도는 날로 심해졌다. 모든 학교에도 신사참배를 강요해 학생들은 황국신민의 서사誓詞를 외우고 동쪽(일본)을 향해 경배하는 궁성요배宮城遙拜를 해야 했다. 한글 탄압도 극심해졌다. 사람들은 모두 신음했다. 특히 소천은 새로운 길을 알려 주어야 할 학교가 오히려 자신의 꿈을 빼앗는 감옥이 되었다는 사실에 괴로워하다가 결국 학교를 그만두고 만다. 전택부의 말로는 소천이 1934년 겨울방학 이후부터 1년 정도 간도에 머물다 돌아왔다고 한다. 실제로 소천은 외사촌 누이 허홍순의 안내로 간도에 갔다. 간도의 용정에는 소천의 외삼촌 허상운이 살고 있었다. 소천은 그곳에서 나라의 운명과 자신의 앞날에 대해 깊이 고민했다. 많은 젊은이들이 그랬듯이 조국의 광복을 위해 항일투쟁에 뛰어들 생각도 했다. 바로 이 시기에 소천의 동시 문학 가운데 가장 두드러진 문제작 중 하나인 「닭」이 창작된다. 이 무렵의 일을 소천에게 직접 확인해 본다.

그게 아마 1935년인가 36년이라고 생각된다. 나는 외사촌 누이를 따라 외삼촌이 살고 있는 간도 용정엘 갔었다. 두만강을 건너 낯선 타국 땅, 거기서 나는 윤석중 선생이 주신 편지 한 장을 받았다. 『소년』이라는 잡지를 하니 동요 한 편을 보내 달라는 편지였다. 그때 거기서 쓴 노래, 고국 하늘을 우러러보며 읊은 것이 「닭」이다. 내가 고향에 돌아와 받아든 『소년』 창간호엔 정말 예쁜 삽화와 함께 「닭」이 실려 있었다. 해방 후에 나온 국민학교 교과서를 본 것은 6·25 때이다. 거기 「닭」이 실려 있지 않은가.

이 글은 소천이 별세한 바로 다음 날인 1963년 5월 7일, 동아일보에 「고국의 하늘과 '닭'」이라는 제목으로 게재되었다. 이 글에서 소천은 자신이 용정에 머물러 있던 시기를 1935~1936년이라 기억하는데, 보다 정확하게는 1934년 4학년 겨울방학 때 용정으로 가서 1936년 초에 돌아온 것으로 보인다. 용정에 있을 때 윤석중의 청탁을 받아 써 보낸 동시가 「닭」이다.

물한모금
입에물고

하늘한번
처다보고

또한모금
입에물고

구름한번

처다보고

닭은 물을 먹을 때 부리로 물을 떠서 고개를 처들고 삼킨다. 아이의 눈에 이러한 닭의 동작은 아주 특이하게 보일 것이다. 닭은 물을 먹고 왜 하늘을 처다볼까? 하늘을 보면서 무슨 생각을 할까? 아이는 그렇게 궁금해할 것이다. 아니, 그 이전에 아이는 한 동작으로 닭의 특징을 간단히 짚어 냈다. 닭이 물을 마시고 하늘을 처다보는 단순한 동작에 삶의 본질 같은 게 담겨 있다는 걸 직관적으로 알아차린 것이다. 이 시는 바로 그렇게 동심으로 얻은 직관의 시다. 소천 자신은 닭을 보며 "고국 하늘을 우러러보며 읊은 것"이라고 했다.

그런데 이 작품이 게재된 것은 1937년 『소년』 창간호(4월호)다. 윤석중에게 청탁을 받고 시를 써 보낸 것이 1935년 용정에 있었을 때라면 청탁에서 게재까지의 기간이 너무 길다. 소천은 1935년 초부터 1937년 초까지 여러 지면에 「호박꽃 초롱」 등 20편이 넘는 동시를 발표했다. 이 작품들은 소천이 직접 투고한 것인지 청탁받은 것인지 정확히 알 수 없지만, 「닭」은 기성 작가로서 청탁을 받아 쓴 작품이 게재된 것이다.

윤석중은 1936년 당시 스물다섯 살의 나이로 이미 아동문학계의 중심에 있었다. 1925년 양정고보 재학 중 『어린이』에 동시 「오뚝이」를 처음 발표한 이후, 『기쁨』 『굴렁쇠』 등의 동인지를 만드는 등 부지런히 시작詩作 활동을 벌여 동시 운동의 새로운 장을 열었고, 우리나라 최초의 창작 동요집(『윤석중 동요집』, 1932)과 최초의 동시 창작집(『잃어버린 댕기』, 1933)을 연이어 냈다. 1933년 『어린이』를 이끌던 방정환이 타계하자 뒤를 이어 주간으로 활동했고, 1934년 『어린이』가 폐간된 후 『소년중앙』 등의 편집에 참여했다. 그러다 다시 이 잡지가 이른바 일장기 사건으로 조선중앙일보와 함께 폐간되는 바람에 1936년 12월에 조선일보사로 자리를 옮겼다. 윤석중은 이때부터 『어린이』의 성격을 계승한 『소년』의 창간을 준비했다.

그런데 『소년』의 주간 윤석중은 어째서 고등학생인 소천에게 원고 청탁을 했을까? 그것은 소천이 1930년대 초부터 부지런히 작품을 투고해서 이름을 알려 온 덕분이다. 윤석중은 뒷날 이렇게 소천을 회고했다.

『아이생활』과 『어린이』 잡지 생활을 할 때 함경도 고원에서 어마어마하게 작품을 보내 오던 강용률이라는 독자가 있었습니다. 이 독자가 뒷날 아동문학의 큰 공을 세우는 강소천이었습니다. — 경향신문 1973. 5. 22

'불타는 투고 정신'이라 할 만한 소천의 이 같은 성향은 이미 앞에서 설명한 바 있다. 소천이 투고작을 보내던 잡지의 담당자가 윤석중이었으니 소천의 이러한 성향을 증언하는 데 부족함이 없다. 당시 잡지는 누가 투고작을 읽고 게재 여부를 결정하는지 정확히 밝히지 않았지만, 『아이생활』에 실린 소천의 작품 중에서 1932년 12월호의 「가을바람이」, 1933년 초의 「연기야」 「가랑잎」 「우는 아가씨」 「까치야」 등은 윤석중의 심사를 거쳤다. 『어린이』 1933년 11월호에 실린 소천의 동시 「울 엄마 젖」에 "지난번에도 좋은 노래를 보내 주어서 반갑더니 이번에도 또 좋은 작품을 보내 주었다. 생각과 표현이 모두 익숙하고 깨끗하다"라는 작품평을 쓴 사람도 편집 책임자 윤석중일 가능성이 크다. 이렇듯 소천의 많은 투고작을 보았고 그 수준을 인정한 윤석중이 정식으로 청탁해 실은 작품이 「닭」이다.

「닭」의 발표와 관련해 몇 가지 흥미로운 이야기가 있다. 하나는 원고 청탁에서 게재까지 걸린 기간에 대한 의문이다. 소천이 용정에 머물던 1935년에 청탁을 받아 작품을 써 보냈고, 1937년 4월에 게재되었다면 그 간격이 적어도 1년 이상이다. 하지만 윤석중이 『소년』 창간호를 준비한 것은 조선일보사 입사 직후인 1936년 12월로, 소천은 이미 귀국한 뒤이다. 이렇게 되면 『소년』 창간호에 싣기 위한 윤석중의 청탁서를 소천이 용정에서 받았을 리가 없다. 그러니까 윤석중은 『소년』 창간 이전, 다시 말해 『소년중앙』이나 다른 잡지에 싣기 위해 소천에게 청탁해서 받아 둔 작품을 1937년 4월 『소년』 창간호에 실은 것이다.

「닭」에 얽힌 또 다른 이야기도 윤석중과 관련 있다. 윤석중은 소천이 처음 「닭」을 써 보냈을 때, '하늘은 푸른 하늘'로 시작하는 시행이 더 있었다고 기억한다. 그런데 "장황하게 나가는 것을 편집자가 잘라 버리고 실은 것이 오히려 작품을 빛나게 했다"는 것이다(동아일보 1973.5.31). 윤석중의 말대로라면 「닭」은 편집자가 개입해 원작의 수준을 극대화한 것이라 할 수 있다. 또 한 가지, 『소년』 창간호 차례에는 제목이 「물 먹는 닭」으로 기재된 반면, 본문에는 「닭」으로 기재되어 있다는 것도 눈에 띈다.

당시 「닭」이 실린 『소년』은 흔히 국판菊版이라고 말하는 A5 크기의 잡지다. 표지에는 학생모를 쓴 아이가 강아지를 안고 있는 얼굴 모습이 전면에 나와 있고, 왼쪽 상단에 '少年'이라는 제호가 붉은색 붓글씨로 세로쓰기가 되어 있다. 요즘 잡지 표지가 제목과 카피를 요란하게 드러내는 것에 비해 사진과 중요 글자만으로 단순하게 디자인했다. 이 잡지 디자인은 당대 최고의 삽화가로 떠오르던 정현웅鄭玄雄의 솜씨다. 정현웅은 『소년중앙』 등에서 이미 윤석중과 함께 일한 적이 있었고, 이 무렵 조선일보에서 펴내는 모든 잡지의 표지화·삽화·만화를 도맡아 하고 있었다. 『소년』의 발행에도 깊이 관여해 창간호에 실린 소천의 동시 「닭」의 삽화를 그렸고, 이후 『호박꽃 초롱』의 장정도 맡게 된다.

소천은 고원 집에서 이 잡지를 받아 보고 몹시 기뻐하는데, 단순히 자신의 동시가 멋지게 실려 있어서만은 아니었다. 거기에는 춘원 이광수의 '훈화', 봄 편지를 테마로 한 이효석·이선희 등의 에세이, 소설가 이태준, 무용가 최승희, 마라토너 손기정 등의 '나의 소년 시대', 주요섭의 장편동화, 채만식의 연재 장편소설 등 소천이 익히 아는 명사들의 글이 가득 채워져 있었기 때문이다. 「닭」은 소천과 같은 연배지만 벌써 동시 문학계의 샛별로 떠오른 박목월의 「토끼길」과 함께 동요란에 실려 있었다. 지난 몇 년간 부지런히 작품을 투고하고, 그 작품이 잡지에 실리는 데 만족하던 소천은 '청탁받은 작가'로서 처음으로 유명 선배 문인들과 나란히 글이 실린 데 대해 기쁨을 감출 수 없었다.

다음은 피란지 부산에서 문교부 편수국에 근무할 당시, 박창해의 소개로 소천과 평생지기가 된 최태호崔台鎬가 「닭」에 대한 느낌을 적은 글이다.

내가 소천을 처음 알게 된 것은 이런 동요를 읽었을 때다. 만일 작자명이 없었더라면 나는 영원히 소천을 모르는 대신에 쪼그리고 앉아서 병아리를 응시하는 어린이의 '눈'만을 가슴에 고이 간직했을 것이다. 목을 쳐들고 오물오물하면서 물을 먹는 병아리와 함께 하늘을 쳐다보고, 구름까지도 찾아낼 수 있는 그 맑은 '눈'을…….

소천은 이 동요 한 편만으로도 명목暝目해도 좋다고 생각했다. 그는 이 짧은 글—32개의 글자로써 조그만 세계의 찰나를 영원으로 바꾸고, 아무 데서나 발견할 수 있는 현상에 생명을 빛내었기에. — '발', 『조그만 사진첩』, 다이제스트, 1952

"이 동요 한 편만으로도 명목해도 좋다." 여기서 '명목해도 좋다'는 말은 '죽어도 좋다'는 뜻으로, 동시 「닭」에 대한 극진한 찬사가 담겨 있다. '찰나를 영원으로' 만들고 '흔한 현상에 생명의 빛남을 부여'한 동시가 바로 「닭」이었다.

「닭」은 당연히 『호박꽃 초롱』에 수록되었고, 광복 이후 1948년 미군정청 문교부에서 발간한 보통학교 교과서 『국어 2-1』에 실리는 등 소천의 대표작이자 한국의 대표 동시로 자리 잡았다.

『호박꽃 초롱』의 내용과 의미

동시로 작품 활동을 시작한 소천은 영생고보를 졸업한 1937년부터 동화를 발표하기 시작했고, 1939년부터는 동아일보 등 여러 지면에 청탁을 받는 작가로 활동했다. 그러는 사이 소천은 주일학교에서 아이들에게 틈틈이 자신의 작품을 들려주었다. 일제의 민족말살정책이 우리 사회문화 전반을 옥죄고 있을 때, 소천은 자라나는 아이들에게 우리말과 우리글로 된 책을 만들어 읽히고 싶다는 생각이 간절했다. '우리글로 쓰는 우리 아동문학'에 대한 소신이 더욱 확고해진 것도 바로 이 시기이다. 소천은 뒷날 자신이 직접 쓴 이력서에 이 시기를 다음과 같이 적고 있다.

1937년 4월~1945년 8월 : 한글 연구 및 문학 수업, 창작 생활

뒷날 소천은 문교부 편수국에서 일할 때는 물론이고 어느 자리에서건 '한글 전용'을 주장했다. 그리고 어린이들이 읽을 수 있는 순한글 문학 작품을 수없이 많이 발표했다. 1941년에 발간된 동요 시

집 『호박꽃 초롱』도 이러한 소천의 정신을 실천한 것으로 이해할 수 있다.

『호박꽃 초롱』은 B6판 크기, 오른쪽에서 왼쪽으로 읽는 세로쓰기 형식으로 편집된 총 114쪽 분량의 책이다. 표지는 파란 바탕에 활짝 핀 노란 호박꽃 위에 어린아이 둘이 앉아 있는 그림을 가운데 두고 상단에 '童謠詩集', 그 아래에 좀 더 큰 도안 글씨체로 '호박꽃초롱', 그리고 하단 역시 도안 글씨체로 '姜小泉著'라고 배치되어 있다. 표지에 쓰인 글씨들은 모두 오른쪽에서 왼쪽으로 읽는 가로쓰기이고, 이어 속표지, 강소천 사진, 차례 등으로 배치된다. '서시' 단원에는 백석의 '『호박꽃 초롱』 서시'를 실었고, 화가 정현웅이 이 책의 장정을 맡았다는 정보를 한 면에 실었다. 다음으로 전체 작품을 4부로 나누어 '호박꽃 초롱'에 9편, '모래알'에 12편, '조그만 하늘'에 12편, '돌멩이'에 2편 등 총 35편을 순서대로 실었다. 이 중 앞의 33편은 모두 동시이고, '돌멩이'편에 실은 2편은 「돌멩이1」「돌멩이 2」 연작으로 두 작품 모두 동화 형식의 글이다. 물론 당시는 '돌멩이'를 '돌맹이'로 쓰는 등 지금과는 다른 표기법을 쓰고 있다. 책의 맨 끝에는 판권을 넣어 서지 정보를 기재했다.

『호박꽃 초롱』에 수록된 33편의 동시는 다음 표와 같이 구성되어 있다.

「호박꽃 초롱」 동시 수록 작품 내용 구성

부별	제목	면수	행·연 구분
호박꽃초롱	닭	12~13	3//3//3//3
	보슬비의속삭임	14~15	2//2*2//2*2//2
	호박꽃초롱	16~17	3//3*3//3
	순이무덤	18~19	2//2*2//2*3
	버드나무열매	20~21	2//2/2//2*2//2
	까딱까딱	22~23	6//6//6
	숨바꼭질	24~26	2//2//2//2//2*2//2//2//2//2
	울엄마젖	27	6
	도토리	28~29	2//2*2//2
모래알	바다	32~33	2//2//2//2//2//3
	봄비	34	2//2
	호박줄	35	2//2
	따리아	36	2
	소낙비	37	2
	엄마소	38	2//2
	지도	39	2//2
	달밤	40	2//2//2
	언덕길	41	2//2//2
	호박	42	2//2
	옛날얘기	43	2//2
	눈내리는밤	44~45	3//2//3//2
조고만하늘	가을의전신줄	48~49	4//2//2//4
	봄바람	50~51	2//3//3//3//2
	잠자리	52~53	2//2//2//2//2
	바람	54~55	2//2//2//2//2//2//2//2
	풀벌레의전화	56~58	1//2//2//3//2//1//1//1//2//1//2
	거울	59	3//3
	조고만하늘	60	2//3//3//3//2
	오동나무방울	62~63	2//2//2//3//2//2//3

가을하늘	64~65	7//7//1//1
겨울밤	66~69	3//2//3//3//3//3//2//2//2//2//2//2//2//2
그림자와나	70~73	2//2//2*2//2//2*2//2//2*2//2//2*2//2//2
전등과애기별	74~77	2//3//3//3//2//2//2*2//3//3//3//2//2//2

앞에서도 말했듯이 1940년까지 발표된 것으로 확인되는 동시 60편 중『호박꽃 초롱』에는 24편만 수록된다. 따라서『호박꽃 초롱』에 수록된 33편 중 다른 지면에 발표한 사실이 확인되지 않는 남은 작품은 9편이 된다. 그 9편은 다음과 같다.

「순이 무덤」「호박줄」「소낙비」「엄마소」「언덕길」「가을의 전신줄」「봄바람」「풀벌레의 전화」「그림자와 나」

『호박꽃 초롱』에 수록되지 않은 36편의 발표 연도별 분포는 다음 표에서 다시 확인할 수 있다. 표에서 보듯이 대부분의 초기 발표작들은『호박꽃 초롱』에 수록되지 않았다. 1930년 첫 발표작「버드나무 열매」가 수록된 것 외에, 특히 1931년 발표작 10편을 포함해 1934년 발표작까지는 단 1편(「울 엄마 젖」)을 빼고 전 작품이 제외되었다. 또한 1932~1933년에 발표된 8편의 동시 중 윤석중의 심사를 거쳐 실린 작품에서 5편이 제외된 것도 주목할 만하다. 동시인으로서 일정 수준에 오른 1934~1937년에는 제외된 작품과 수록된 작품이 반

발표작 중 「호박꽃 초롱」 수록/미수록 작품 분포

발표 연도	발표 편수	수록 편수	미수록 편수
1930	1	1	0
1931	10	0	10
1932	2	0	2
1933	6	1	5
1934	1	0	1
1935	13	6	7
1936	10	6	4
1937	8	3	5
1938	2	2	0
1939	4	4	0
1940	3	1	2
총계	60	24	36

반이고, 그 이후 작품은 거의 대부분 수록돼 있다. 이런 정황으로 미루어 보면 1930년 독자 문사 수준에서 출발한 소천의 동시는 1933년에 이르러 한 단계 높아졌다가, 1935년 이후 내용과 형식 면에서 자신만의 동시 세계를 구축했다고 할 수 있다.

이런 과정을 거쳐 탄생한 동요 시집 『호박꽃 초롱』은 여러모로 각별한 의미를 지닌다. 첫째, 이 책은 핵심적인 한국 아동문학가 중 한 사람인 소천의 초기 동시 문학을 결산하는 대표 작품집이다. 앞에서 살펴본 바와 같이 소천은 1930년대에 주로 동시를 발표해 명성을 쌓기 시작했고, 6·25전쟁 이후부터 1960년대 초까지 동화작가로서 질적으로나 양적으로 한국 아동문학의 중심에 있었다. 소천은 『호박꽃 초롱』 이후에도 많은 동요와 동시를 남겼는데, 1950년대 이후는 어린이 노래의 가사 형태로 쓴 동요가 많고, 이 중에서 실제로 노래로 만들어진 것은 100편이 넘는다. 많은 동요와 동시 중에서 소천의 초기 문학 정신을 반영하는 작품들이 생전의 유일한 운문 창작집인 『호박꽃 초롱』에 수록돼 있으며, 그중 몇 편은 한국 동시의 정점에 이르렀다는 평가를 받고 있다.

둘째, 『호박꽃 초롱』은 일제가 일본어 상용화와 조선어 과목 폐지 (1937), 도서 통제(1938), 창씨개명(1939) 등의 민족말살정책을 시행함에 따라 한글 문학의 발표가 불가능해진 시기에 발간된 한글 문학 작품집이란 점에서 주목된다. 만주국 건설(1931), 중일전쟁(1937), 태평양전쟁(1941) 등으로 침략과 확전을 거듭하던 일제는 한반도 내에서도 강압적인 황민화 정책을 강화해 왔다. 그 과정에서 조선일보·동아일보 등 한국인이 발행하는 민간 신문을 강제 폐간했다(1940. 8). 조선일보사에서 펴내는 『소년』도 같은 해 12월에 폐간되었고, 1930년대 소년소녀 잡지계를 선도하던 『아이생활』은 이 무렵까지 거의 유일하게 남아 있었으나 결국 완연한 친일 잡지로 변해 버렸다. 『호박꽃 초롱』은 이런 시대적 배경에서 '민족 정서를 제대로 표출한 순수 창작집' 이라는 가치로 부각된다.

셋째, 『호박꽃 초롱』은 한국 아동문학사에서 개인 운문 창작집으로는 다섯 번째 책이고, 그중에서 노래 가사로 쓰인 동요가 아닌 운문 창작 작품만으로 한 권의 책을 이룬 두 번째 책이다. 이 창작집에 앞서 나온 네 권의 개인 운문집은 발행 순으로 다음과 같다.

(1) 尹石重, 『尹石重童謠集』, 新舊書林, 1932.

(2) 尹石重, 『잃어버린댕기』, 게수나무會, 1933.

(3) 金泰午, 『雪崗童謠集』, 漢城圖書株式會社, 1933.

(4) 尹石重, 『尹石重童謠選』, 博文書館, 1939.

위에서 (1)은 어린이 노래로 만들어진 윤석중의 동요를 악보와 함께 실은 책이다. (3)은 김태오의 어린이 노래 가사 모음집이다. (4)는 (1)에 수록된 작품을 포함해 윤석중의 대표 동요를 모은 것이다. 노랫말이 아닌 문학 작품으로서의 동요(동시)만 모은 창작집으로는 (2)가 유일하다. 『호박꽃 초롱』은 바로 (2)와 같은 성격의 개인 창작집으로 일제의 내선일체 정책이 극을 향해 가던 시기인 1941년에 발행되었다는 점에서 특별한 의미가 있다. 아동문학 연구가 이재철은 이 시기 소천을 "윤석중이 시도한 시적 동요를 계승하여 동시의 출현에 결정적 노력을 기울인 동시인 중 한 사람"(『한국현대아동문학사』)이라 평하고 있다. 『호박꽃 초롱』을 뒤이을 만한 아동문학 운문 창작집의 발간은 광복 이후에야 가능했다.

넷째, 『호박꽃 초롱』은 문학사적 가치 못지않게 작품 한 편 한 편의 의미도 뜻깊다. 무엇보다 어린이 독자들이 쉽게 이해할 수 있게 주제와 소재, 이미지를 쉬운 우리글로 잘 표현해 냈다(노경수, 「소천시 연구 ─ 『호박꽃 초롱』을 중심으로」). 정형률을 조금씩 벗어나면서 얻은 자연스러운 운율감은 우리 동시 수준을 한껏 격상시켰다. 그런 점에서 『호박꽃 초롱』에 실린 다른 많은 작품들 중에서 「닭」 등 일부 작품만 조명되어 온 것은 매우 아쉬운 일이 아닐 수 없다. 앞에서도 말했듯 이 「호박꽃 초롱」의 수준도 결코 예사롭지 않고, 「전등과 애기별」 등에서 보여 주는 대화체 동시의 선구적인 측면도 놓쳐서는 안 된다.

또한 소천 동시에 나타나는 "자유분방하고 시원한 바람 같은 기질"을 주목해야 한다는 주장도 있다(김요섭, 「바람의 시, 구름의 동화」). 이 해석이 주목하는 동시는 「조그만 하늘」이다. 『아이생활』 1939년 8월호에 「하늘」이란 제목으로 발표된 이 동시는 『호박꽃 초롱』에는 제목도 바뀌고 일부 시행도 고쳐졌다. 이를 현대어 표기로 감상해 본다.

들국화 필 무렵에 가득 담았던
김치를 아카시아 필 무렵에 다 먹어 버렸다.

움 속에 묻었던 이 빈 독을
엄마와 누나가 맞들어
소나기 잘 내리는 마당 한복판에 들어 내놓았다.

아무나 알아맞혀 보아라.

이 빈 독에
언제 누가 무엇을
가득 채워 주었겠나.

그렇단다.
이른 저녁마다 내리는 소나기가
하늘을 가득 채워 주었단다.

동그랗고 조그만 하늘에도
제법 고오운 구름이 잘도 떠돈단다.

　일찍 겨울이 오는 함경도 지역에서 김장을 하여 가을부터 봄까지 땅속에 묻어 둔 김칫독을 여름내 마당 한복판에 내놓은 장면은 지역 풍속의 한 단면을 느끼게 한다. 이로부터 김요섭은 구름을 몰고 가서 빈 김칫독에 소나기를 퍼붓고 하늘을 가득 담아 구름을 띄워 주는 다이내믹함, 그 '약동하는 생명력'을 말했다. 김치가 들어 있던 독 안에서 하늘을 보면 그건 그 자체 '조그만 하늘'이 된다. 그런데 그 조그만 하늘은, 독 안에 가득하던 생명의 자리(김치가 들어 있던 자리)와 그것에 또 다른 우주의 힘을 가져다 주는 하늘의 조응으로써 자리해 있다. 「닭」과 같은 작품에서의 '아늑한 우주가 주는 질감' 말고 이 시에서 보이는 '다이내믹한 우주가 주는 질감'이 소천의 중요한 기질이고 이를 더 키울 수 있었다는 설명이다.

김요섭은 소천 문학을 비롯해 한국 문학이 전반적으로 '페시미즘 기질이 너무 강한 측면'은 제고할 필요가 있다고 했다. 이 같은 측면에서 보았을 때 『호박꽃 초롱』은 그런 제고에 대한 가능성을 열어 놓은 작품집이라고 할 수 있다.

시인 백석이 주고 간 것

1936년 4월, 소천이 다니던 영생고보에 한국 문학사에서 아주 특별한 인물이 교사로 부임한다. 바로 그해 초에 첫 시집 『사슴』을 내면서 문단의 비상한 관심을 모았던 신예 시인 백석이다. 백석은 조선일보 신춘문예 소설 당선자(1930)로서 조선일보사의 후원으로 일본의 아오야마(靑山) 학원에 유학을 다녀온 뒤 잡지 『조광朝光』의 편집을 맡았던 문화계의 총아였다. 당시 지식인들이 유명 사립 학교의 교사로 근무한 예는 얼마든지 찾아볼 수 있는데, 영생고보만 하더라도 시인 김동명, 문학평론가 백철 등이 재직 중이었다. 이 중 백석을 영생고보 교사로 불러들인 사람은 백철이라 알려져 있다.

우리 문학사에서 많은 화제를 남긴 백석의 인생사에서 함흥 시절 사연도 만만찮은 분량을 차지한다. 백석은 촉망받는 신세대 시인으로서 범상찮은 풍모로 함흥 지역 학생들과 식자층에게 독특한 아우라로 다가갔다. 그로부터 함흥 일대 문사들과의 교류, 기생 자야와의 첫 만남, '함주 시편' 등 수십 편의 시 창작과 발표 등 여러 가지 화제를 낳게 된다. 문인으로는 함흥에 있던 소설가 한설야와 친분이 두터

웠다고 전해진다.

1936년 4월에 영생고보 영어 교사로 부임한 백석은 1938년 겨울에 다시 서울로 돌아갔다. 함흥에 머문 것은 3년이 채 안 되는 기간이었다. 소천은 바로 이 시기에 백석과 인연을 맺었다. 특히 『호박꽃 초롱』에 백석이 쓴 '『호박꽃 초롱』 서시'가 실린 것으로 미루어 백석이 소천에게 많은 영향을 미쳤으리라 짐작하게 한다. 공식 잡지에 작품을 처음 발표한 1930년부터 「닭」을 발표한 1937년 초까지 대체로 거의 투고를 통해 작품을 발표해 온 소천이 장안 최고의 출판사인 박문서관에서 『호박꽃 초롱』을 출간한 것도 백석의 힘이 크게 작용했으리라 짐작된다. 심지어 소천이 윤석중의 청탁을 받고 용정에서 쓴 「닭」조차 백석이 중앙 문단에 다리를 놓아 가능했다는 이야기가 있을 정도다.

소천과 백석의 만남은 여러모로 흥미롭다. 그런 점에서 몇 가지 확인하고 지나가는 것이 좋겠다. 우선, 소천이 「닭」을 발표할 때 백석의 도움을 받았다는 말은 사실이 아닌 듯하다. 앞에서 말했듯이 소천은 1934년 겨울에 영생고보 4학년을 마치고 용정에 1년 정도 머물다 집으로 돌아왔다. 「닭」이 발표된 시기는 1937년 4월이지만, 이 작품은 그 전에 『소년』의 편집장 윤석중의 손에 들어가 있었다. 그리고 소천과 백석의 만남은 백석이 영생고보 영어 교사로 부임한 1936년 4월 이후였다. 따라서 「닭」의 창작과 발표는 백석과는 아무 관련이 없는 셈이다.

전택부의 말로는 소천이 1934년에 영생고보 4학년을 마치고 용정에 간 이후 학교로 돌아오지 않았고 결국 졸업도 하지 않았다고 한다. 이 말이 사실이라면 소천과 백석은 영생고보 사제 관계가 아니라고 할 수 있다. 그런데 소천의 이력서에는 1937년에 영생고보를 졸업한 것으로 기록돼 있다. 여기에는 두 가지 가설이 가능하다. 하나는 전택부의 말과 달리 소천이 1934년 4학년 이후 1년을 용정에서 지내고 귀국해 1936년에 마지막 5학년 과정을 이수했다고 볼 수 있다는 것이다. 이럴 경우 시기적으로 백석과 소천이 영생고보에서 만나 사제 관계를 맺을 수도 있었다. 또 하나는 소천이 1936년 이후에도 복학하지 않고 있다가 나중에 따로 졸업을 인정받았으리라는 추측이다. 이럴 경우 백석과 소천의 사제 관계는 학교에서보다 학교 밖, 이를테면 백석의 하숙집 등 다른 장소에서 이루어졌다고 볼 수 있다. 오래도록 백석의 생애를 추적해 온 작가 송준의 「시인 백석 일대기」(『남신의주 유동 박시봉방1』)는 이 시기에 백석이 영생고보 졸업생들과 돈독한 관계를 유지한 사실을 알려 준다. 장래가 촉망되는 졸업생 이주하가 원산 앞바다에서 익사하자 묘비를 세우게 됐는데, 백석은 같은 졸업생 김철손의 부탁으로 '이주하, 이곳에 눕다'라는 제목의 비문을 써 주었다. 또한 영생고보 졸업생이자 뒷날 시인으로 활동하는 위선환 역시 일본 유학 도중 함흥에 갈 때마다 백석을 만나 문학을 배웠다고 한다. 소천도 백석과 이런 유의 사제 관계였을 수 있다. 그러나 사실이야 어떻든 백석과 소천의 관계를 그런 정도로 설명하기에는 너무 아쉽다.

한울은

울파주가에 우는 병아리를 사랑한다.

우물돌 아래 우는 돌우래를 사랑한다.

그리고 또

버드나무밑 당나귀 소리를 임내내는 詩人을 사랑한다.

한울은

풀 그늘밑에 삿갓쓰고 사는 버슷을 사랑한다.

모래속에 문잠그고 사는 조개를 사랑한다.

그리고 또

두툼한 초가집웅밑에 호박꽃 초롱 혀고 사는 詩人을 사랑한다.

한울은

공중에 떠도는 힌구름을 사랑한다.

골자구니 숨어흐르는 개울물을 사랑한다.

그리고 또

안윽하고 고요한 시골 거리에서 쟁글쟁글 햇볕만 바래는 詩人을 사

랑한다.

한울은

이러한 詩人이 우리들속에 있는 것을 더욱 사랑하는데

이러한 詩人이 누구인것을 세상은 몰라도 좋으나

그러나

그이름이 羑小泉인 것을 송아지와 꿀벌은 알을 것이다.

'『호박꽃 초롱』 서시'라는 제목의 이 시는 실제로 백석이 소천과 깊이 교감하고 있었음을 확신하게 한다. 시의 수준으로 봐도 부탁을 받고 쉽게 써 준 것 같지는 않다. "모래속에 문잠그고 사는 조개", "쟁글쟁글 햇벌만 바래는" 등의 토속적이면서도 생생한 감각을 자랑하는 특유의 이미지를 기본으로 『호박꽃 초롱』이라는 시집 제목이나 「버드나무 열매」 같은 수록 시, '小泉'의 이름을 떠올리게 하는(''골자구니 숨어흐르는 개울물") 시 구절과 용정에서 하늘 쳐다보는 '닭'을 보고 고향 하늘을 생각하던 시인의 모습을 그린 듯한 표현("울파주가에 우는 병아리")이 그 예다. 백석은 소천이 준비하고 있던 동요 시집의 성격을 그만큼 잘 알고 있었다.

뒷날 소천이 백석이 써 준 '서시'를 매우 자랑스러워했음을 알려주는 일화도 있다. 피란지 부산에서 소천을 만나 문학을 배운 동화 작가 정원석(필명 박정주)의 회고다.

피란지에서 변덕이 나서 시작한 동화이니만큼, 여기서 처음 동화 공부를 한 셈이다. 소천께서 적지 않은 동화집을 빌려 주셨다. 그중에 지금은 전설적인 존재가 돼 버린 동요 시집 『호박꽃 초롱』이 있었다.

신기해하며 넘겨 보니 백석의 서시가 나왔다. 나는 속으로 소천이 그지없이 부러웠다.

"어때요, 그 서시. 좋지요?"

그러더니 소천은 고개를 뒤로 제끼듯 하고 낭랑한 목소리로 그 시를 거침없이 내리 외는 것이었다. 그 득의만면한 모습. 그것은 그 서시와 더불어 잊을 수 없는 장면이다. ─ 산문 「동요 시인이 동화작가로 변모하는데」

소천은 용정에 다녀온 뒤 영생고보 교사 백석과 조우했다. 둘의 만남은 소천의 복학 사실, 그러니까 두 사람의 직접적인 사제 관계의 유무로 보기보다 일제 강점기의 억압적 상황 아래 함흥의 영생고보를 매개로 한 문단 선후배의 교감으로 이해하는 것이 좋을 듯하다. 백석은 함흥에서는 보기 드물게 지면에 자주 작품을 발표하던 소천과의 만남을 반가워하며 문학 이야기를 함께 나누면서 기꺼이 작품을 봐주고 동요 시집 발간에도 조언을 했으리라 짐작된다.

다만, 이때의 인연을 계기로 소천의 동요 시집 『호박꽃 초롱』이 박문서관에서 발간되는 데 백석이 산파역을 했다고 추측되지만, 사실 백석은 1938년 하반기에 이미 함흥을 떠났고, 같은 해 겨울 중국 신경(지금의 선양)에 있었다. 따라서 백석은 『호박꽃 초롱』의 실제적인 발간 과정에는 깊이 관여할 수 없었다.

백석이 함흥을 떠난 사연도 잘 알려져 있다. 백석은 1938년 여름 영생고보의 축구부 지도 교사로서 축구단을 이끌고 제6회 마이니치[每日] 신문 선전고보대항 축구 대회에 참가하기 위해 서울로 갔다. 이때 백석은 함흥을 떠나 서울에 살고 있는 자야를 만나 이틀 동안 밤마다 함께 지냈다. 그런데 그 사이 축구부 선수들이 몰래 유흥장에 갔다가 서울 지역 교사에게 발각되는 불상사가 일어난다. 게다가 축구 시합마저 진 상황이라 백석은 이 일로 문책을 받게 되었고, 그해 9월 같은 재단인 영생여자고등보통학교로 전보되었다.

이런 일을 겪은 백석은 결국 몇 달 뒤 영생여고보를 사임하고 1938년 겨울에 다시 서울로 돌아가 노자영의 뒤를 이어 조선일보 출판부에서 발행하는 『여성』의 편집을 맡게 된다. 이어 두 번째의 결혼, '란'을 향한 짝사랑, 자야와의 또 한 번의 결별 등 다양한 풍문을 남기던 백석은 1940년 초 『여성』을 그만두고 만주로 떠났다. 뒷날 우리 문학사에 '북방 문학'이라는 특별한 명칭을 낳는 데 기여한 시 「북방에서-정현웅에게」(1940)를 비롯해 「국수」 「흰 바람벽이 있어」(1941) 등은 만주 시절 탄생한 작품이다. 광복 후 북한으로 들어간 백석은 「남신의주 유동 박시봉방」(1948)이라는 절정의 시를 마지막으로 한국 문단에서 사라진 시인이 되었다(안도현, 『백석 평전』). 백석이 우리의 시인으로 다시 돌아온 것은 월북 작가의 작품이 해금된 1988년 이후였다.

백석은 『호박꽃 초롱』 발간에 직접적으로 관여할 수는 없었지만 소천과 일정한 유대 관계를 유지한 것으로 보인다. '『호박꽃 초롱』 서시'도 발간 이전에 넘겨주고 갔거나 아니면 시집 발간에 즈음해 신경에서 우편으로 전해 주었으리라 짐작된다. 또『호박꽃 초롱』에 수록된 시가 33편으로 백석의 『사슴』에 실린 편수와 같다는 점, 동화 2편을 더하여 전체를 『사슴』과 같은 전4부로 나누었다는 점에서 백석에 대한 소천의 존경심을 짐작할 수 있다. 『호박꽃 초롱』의 장정을 맡은 정현웅이 백석과 절친한 사이였다는 점에서 소천을 정현웅에게 소개한 사람이 백석이었으리라는 추측도 가능하다.

백석이 소천에게 미친 영향은 작품 내적인 면에서도 확인된다. 예를 들어 "우리는 인두로 화로의 재를 다져 놓고//손가락 장난을 시작합니다.//언니가 만든 건/범의 발자국.//누나가 만든 건/아기 발자국.//내가 만든 건/참새 발자국."(「겨울밤」)은 백석 시에서 자주 보던 '고향 사람들이 사는 일상의 모습을 재현하는 이야기 상황'을 연상케 한다. 이 점에 대해서는 보다 면밀한 비교 연구가 이루어지리라 기대한다.

한편, 『호박꽃 초롱』이 발간되기 4개월 전인『아이생활』1940년 9·10월 합본호 뒤에 실린 '집필자 소식' 난의 다음과 같은 문구도 주목할 필요가 있다.

강소천 씨 수番『호박꽃 초롱』이라는 童謠·童話集을 漢圖에서 出版하기로 되었답니다. 예쁜 책이 어서 나오기를 손꼽아 기다립시다.

이 문구에 따르면 『호박꽃 초롱』은 1940년 9월부터 이미 발간 준비를 하고 있었음을 알 수 있다. 소천의 발표작 중에서 『호박꽃 초롱』에 가장 마지막으로 수록된 「전등과 애기별」이 『아이생활』 1940년 8월호에 게재되었고, 9·10월 합본호에는 장편동화 『희성이의 두 아들』의 첫 연재분이 게재되었다. 소천은 이 시기에 이미 동시인과 동화작가로 맹활약하고 있었다.

위 '집필자 소식'에 나오는 '漢圖'라는 문구는 당시 유명 출판사인 '한성도서'의 줄임말이다. 그렇다면 『호박꽃 초롱』은 박문서관이 아닌 한성도서에서 출간될 예정이었다는 말이다. 한성도서 역시 쉽게 책을 낼 수 있는 출판사가 아니었다. 소천과 한성도서의 인연은 소천의 외사촌 누이 허홍순이 한성도서를 경영하는 집으로 시집을 간 덕분으로 짐작된다. 당시에는 출판사끼리 서로 좋은 원고를 소개하기도 해서 처음에 한성도서에서 출간하기로 한 『호박꽃 초롱』이 박문서관으로 옮겨 출간된 것으로 보인다. 이때 다시 주목되는 사람이 『호박꽃 초롱』의 장정을 맡은 정현웅이다.

정현웅은 한국 근대 문화사에서 아주 특별한 인물이다. '조선미전朝鮮美展'에 여러 차례 입상한 뛰어난 화가였고, 한국 만화의 선구자였으며, 잡지의 삽화와 디자인 분야에서도 탁월한 능력을 발휘한 종합 예술인이었다. 그러다 보니 신문사와 잡지사, 그리고 출판사가 정현웅에게 앞다투어 일을 맡겼다. 상업적으로 당대 최고 출판사인 박문서관도 마찬가지였다. 정현웅은 1938년 10월 이광수의 『사랑』

(전편)을 시작으로 1949년 3월 채만식의 『아름다운 새벽』(전편)에 이르기까지 총 20권의 박문서관 도서를 장정한다. 그 가운데 19권이 소설, 그중 박태원의 『삼국지』 번역본 2권을 제외하면 모두 국내 소설이다. 소설 아닌 책으로는 『호박꽃 초롱』이 유일하다.

정현웅은 백석·윤석중 등 여러 문인들과 함께 신문·잡지 일을 했다. 『조광』 『소년』 등 주요 잡지의 표지와 삽화가 정현웅의 몫이었다. 『소년』 창간호의 파격적인 표지 그림, 그리고 거기에 게재된 「닭」의 삽화 역시 그랬다. 정현웅의 문학인들과의 교류는 광복 이후까지 이어졌다. 새로 창간된 종합 월간지 『신천지』의 편집장을 맡아 좌우익 문학인들에게 비평과 창작의 장을 고루 제공한 일은 문학계에서도 특별하게 기억하고 있다. 백석과는 월북한 이후 북한에서 조우한다. 1963년 북한의 '국가미술전람회'에 출품한 윤석중의 동요 「누구 키가 더 큰가」의 삽화가 1등상에 뽑히기도 한다. 미술사 연구가들은 이런 정현웅을 가리켜 '예술과 시대의 경계인'이라 평하고 있다(신수경·최리선, 『시대와 예술의 경계인, 정현웅』).

소천은 윤석중과는 지면의 인연으로, 백석과는 사제의 인연으로 각각 문단 활동에 도움을 받았다. 정현웅은 『호박꽃 초롱』의 장정을 맡은 것에 그치지 않고 적극적으로 책 출간에 도움을 주었을 가능성이 크다. 결국 『호박꽃 초롱』이 세상에 나오는 배경에는 백석의 도움과 윤석중의 지원, 그리고 여기에 정현웅이라는 특별한 예술인의 역할이 있었다고 할 수 있다.

또한 소천이 용정에 머물던 시기에 시인 윤동주와 교류했다는 설도 상기할 필요가 있다. 특히 윤동주에게는 먼저 여러 지면에 작품을 실은 선배로서 많은 영향을 주었다는 기록도 있다.

소천은 타계 이틀 전 넘긴 신문 기고문에서 「닭」의 창작 배경을 설명하면서 다음과 같이 덧붙였다.

> 「닭」 하면 지금도 간도 용정이 눈앞에 나타나고 이미 고인이 된 윤동주 씨의 모습이 선하다. ― 유고 「고국의 하늘과 '닭'」, 동아일보 1963. 5. 7

윤동주는 1917년 간도의 명동촌에서 출생했다. 이후 명동보통학교를 다니면서 『아이생활』『어린이』 등의 잡지를 구독하며 문학의 꿈을 지펴 나갔다. 5학년 때는 급우들과 『새 명동』이라는 잡지를 만들기도 했고, 은진중학교에 입학해서는 「삶과 죽음」「초 한 대」 등의 시를 쓰기도 했다. 용정에서 소천이 윤동주를 만난 것은 1935년 상반기인 것으로 파악된다. 이때는 윤동주가 평양의 숭실중학교로 편입하기 전 은진중학교에 다닐 때였고, 지면에 작품을 발표해 본 적이 없는 학생 신분이었다. 독실한 기독교도인 두 사람은 아마도 교회에서 만났으리라 짐작된다. 이때 소천은 이미 여러 지면에 이름을 낸 터여서 윤동주가 쉽게 알아볼 수 있었을 것이다.

용정은 한반도 내에 비해 일제의 탄압이 비교적 덜한 지역이었다. 두 사람은 식민지 청년으로서 함께 분노하고 조국이 처한 운명에 대한 자각으로 쉽게 교감할 수 있었을 것이다. 그리고 문학에 대한 뜨거운 열정과 같은 기독교인으로서의 순결한 가치 지향 등에서 특별한 동료 의식을 느끼며 진지하게 대화를 나누었으리라 짐작된다.

소천이 『대답 없는 메아리』에서 간도의 은진중학교에 다니며 글을 잘 써서 칭찬받는 인물로 설정한 '임동주'는 어쩌면 윤동주가 모델이 아닌가 싶다. 소설가 송우혜는 『윤동주 평전』에서 윤동주의 동생 윤일주에게 윤동주가 생전에 탐독한 책 목록에 소천의 『호박꽃 초롱』이 들어 있었다는 얘기를 전해 준다. 소천이 타계한 1963년은 시인 윤동주의 존재가 우리 문단에서 크게 부각되지 않았던 때다. 소천이 지상에 남긴 마지막 원고에 '용정에서 만난 윤동주의 모습'을 언급한 것이 우연이기만 할까.

한편 소천은 용정에 있을 때 시인 조지훈도 만났던 것으로 전해진다. 소천이 이들과 어떤 관계였는지 정확히 알기는 어렵다. 다만 한국 문학의 대명사가 된 이들이 머나먼 북방에서 민족의 운명과 문학에 대해 열띤 대화를 나누는 모습은 상상만으로도 우리를 설레게 한다.

5

광복 전후

한 차원 높은 수준의 동화

소천은 1930년 첫 발표를 시작으로 1941년 2월 『호박꽃 초롱』의 발간에 이르기까지 지속적으로 많은 동시를 쓰고 발표했다. 그런데 1930년대 후반에 이르면 동시 창작에 그치지 않고 동화 창작에도 대단한 열의를 보여, 광복 이전에 이미 동화작가로도 어느 정도 명성을 얻는다. 소천의 이 같은 행보는 『소년』 창간호에 나란히 동시를 발표한 동갑내기 펜팔 친구 박목월과 대비된다.

박목월은 1930년대에 소천과 더불어 동시를 많이 발표한 대표적인 동시인이었다. 이를 계기로 1939년 정지용의 추천을 받아 『문장』을 통해 등단하면서 한국 문학사에 길이 남는 시인이 되었다. 1915년생 동갑으로 평양에서 활동하던 황순원도 1931년 『동광』에 시를 발표한 이후 동시와 시를 겸하다가 이후 소설로 바꿔 역시 한국 소설의 대명사가 되었다. 이들에 비하면 소천은 동시로 출발해서 동화를 함께 썼고, 나중에도 시나 소설로 바꾸지 않고 동시와 동화에 전념했다.

1930년대는 앞서 말한 소년소녀 잡지를 통해 기성 작가와 무명의 신인들이 새로운 작품을 많이 선보였다. 처음에 동시를 많이 발표한 시인으로 정지용과 윤동주가 있는데, 이들도 나중에는 모두 시인으로 이름을 굳혔다. 반면 소천은 현실적인 유혹과 기회가 있었고 한국 문학을 대표하는 시인·소설가·평론가 들과 함께 많은 일을 했지만, 어른을 위한 문학으로 가지 않고 동시와 동화를 아우르는 아동문학가로 남았다.

소천은 자신의 첫 동화를 「돌멩이」라고 밝히고 있다. 그런데 그보다 먼저 발표된 작품은 언니가 학교에 재봉 선생으로 와서 어색하고 불편해진 어린 동생의 심리를 그린 「재봉 선생」이다. 1937년 10월 31일자 동아일보에 실린 이 작품은 1953년 10월, 소천의 두 번째 동화집 『꽃신』에 실리면서 「가사 선생」으로 제목이 바뀌는데, 동화 내용에는 그대로 '재봉 선생'으로 표기되어 있다. 이는 보통학교의 과목이 '재봉'에서 '가사'로 바뀐 까닭으로 보인다. 아울러 작품 속 '나'의 이름도 '김순희'에서 '장달선'으로 바뀌었다.

1930년대 당시 보통학교, 특히 시골 학교에는 여자 선생님이 매우 귀했다. 그런데 재봉 과목은 여교사가 아니고는 가르치기가 쉽지 않았다. 나중에 일본 음식 조리법을 교육하려는 목적에서 추가된 요리 과목 역시 마찬가지였다. 이런 과목들은 일주일에 두 시간 과정이라 정식 교사로 채용하기도 쉽지 않아 주로 일정한 학력을 갖춘 인근 여성을 임시 교사로 채용해 가르치게 했다. 이 시기를 배경으로 한 박경리 대하소설 『토지』에도 양잠 학교 출신을 재봉 교사로 쓴 일을

마뜩잖아 하는 장면이 나오는 걸로 보아 아마 여러 학교에서 재봉
교사 채용에 어려움을 겪었으리라 짐작된다.

「재봉 선생」에 나오는 '언니'도 일반 교사와는 다른 신분으로
'나'의 학교에 온 것으로 설정돼 있다. 친언니가 당시로서는 특별한
지위라 할 수 있는 교사로 채용됐으니 동생으로서 기뻐해야 할 일이
다. 그러나 친밀한 자매 사이인 두 사람은 어느 날 언니가 교실에 들
어오면서 어색한 상황이 되고, '나'는 불편한 감정을 숨기지 않는
다. 집에서는 다정하던 언니가 교실에서는 무서운 선생님으로 변해
자신을 야단치고 벌주자, '나'는 이렇게 괴로움을 털어놓는다.

"'언니!' 하면 어쩐지 '엄마!' 하는 것처럼 정답게 들리지만, '선생
님!' 하고 부르면 어쩐지 딱딱하고 무시무시한 생각이 나요."

"왜 그럴까?"

"숙제를 조금 못 해 가지고 가두 막 꾸지람을 하구, 곁의 동무들과
시간 중에 이야기를 좀 해도 막 야단을 치구……."

"그거야 네가 잘못했으니까 그러는 게지, 네가 미워서 그러겠니?"

"언니도 그럼 내가 잘못하면 다른 동무들 앞에서 막 꾸지람을 할 테
예요?"

"달선아! 너 그게 무슨 말이냐? 그렇게 함부로 말하는 게 아니다. 너
오늘 가사 시간에 기분 나빴지? 집에서는 내가 네 언니지만, 학교에 가
면 다른 학생들 앞에서는 너도 언니를 선생님으로 대해야 될 게 아니

냐? 달선이 이번 학기 성적이 좀 나빴지? 그런 쓸데없는 생각 하지 말고 공부만 잘해 봐! 어련히 선생님께서 귀여워하시지 않으려구……."

"난 다 알아요. 선생님이 암만 우리를 사랑해 주시고 귀여워하신대도 아버지 어머니께서 우리를 사랑해 주시고 귀여워하시는 것 같지는 않아요. 그렇지요, 언니?"

언니는 내가 묻는 말에 아무 대답도 안 하시고 '후유……' 하고 길게 한숨만 쉬었습니다.

아마 내 말이 맞는 모양이죠?

순진한 '나'의 고민과 이를 설득하지 못하는 언니의 한숨이 대비되는 모습이 극적 상황으로 제시된 마지막 장면이다. 당시 보통학교 교실을 배경으로 성장 과정에서 어린아이가 겪는 갈등을 드러낸 작품으로 손색없이 마무리되고 있다. 이 점은 동시를 처음 발표하던 습작생 때와는 완전히 다른 수준이라 할 수 있다.

소천이 동화 창작에 몰두하던 시절은 1937년 3월 영생고보를 졸업하고 고원에서 교회 주일학교 교사로 일하던 때였다. 「재봉 선생」으로 첫 지면을 얻은 이후 소천은 다시 도전을 시도한다. 그 시도 중의 하나가 1938년 겨울 동아일보 신춘 현상공모 출품이었다. 「재봉 선생」에 앞서 써 둔 「돌멩이」를 출품했는데, 결과는 낙선이었다. 대신 소천은 뜻하지 않게 새로운 기회를 얻게 된다. 동아일보에서 낙선작 「돌멩이」를 그해 2월 5일부터 모두 다섯 차례에 걸쳐 실어 준 것이다.

「돌멩이」는 일인칭 '나'로 설정된 인물 둘이 서로 병치되며 전개된다. 그 두 인물은 각각 냇가에 나와 돌멩이를 바라보며 요모조모 생각해 보는 '나'(경구)와, 돌멩이로서의 삶에서 벗어나 밀알이나 달걀처럼 쓸모 있는 알맹이가 되고 싶어하는 '나'(돌멩이)이다.

아아, 나는 갑갑하다. 아아, 나는 답답하다. 나는 왜 돌멩이가 되었나? 돌멩이는 왜 싹이 트지 못하나? 돌멩이는 왜 눈이 트지 못하나? 돌멩이는 왜 잎이 피지 못하나?

돌멩이 — 몇백 년 봄을 맞이해도 싹이 나지 않고, 눈이 트지 않고, 잎이 피지 않는 돌멩이.

나 — 나는 이런 커다란 돌멩이가 되기보다 조그만 한 개의 밀알이 되고 싶다. 한 개의 달걀이나 새알이 되고 싶다. 한 개의 옥수수알이나 감자알이 되고 싶다.

아무래도 나는 이 냇가에 굴러다니는 아무 쓸데없는 물건인가 보다.

누가 나를 들어다 영이네 집 토방돌을 만들어 주었으면 좋으련만…….
나는 한 개의 쓸 수 있는 물건이 되어 보고 싶다.

벌써 버들가지에 물이 오르나 보다. 아이들의 버들피리 소리가 들려온다. 확실히 봄이 왔구나, 봄이.

아아, 나는 한 가지의 버들이라도 되었으면 얼마나 좋았겠느냐?

나는 노래할 수 있으리라. 나는 경구와 친할 수 있으리라.

봄이다. 나도 눈 트고 싶다. 나도 자라고 싶다.

아아, 갑갑하다. 아아, 답답하다. 나는 돌멩이다.

냇가의 돌멩이는 자신의 제한된 삶을 한탄하며, 아들 차돌이를 떠나보낸 아픔과 그리움을 안고 산다. 자신의 곁을 떠나 영이 할아버지의 쌈지 속 부싯돌이 된 차돌이를 애타게 그리워하는 돌멩이의 상황은 강압적인 외부 조건에 얽매여 삶을 제한받은 사람들의 억울함과 그리움의 감정을 대변해 준다. 경구는 이런 돌멩이와 친구가 됨으로써 새로운 희망을 열어 갈 인물로 암시된다.

「돌멩이」가 돌멩이와 경구의 관계를 중심으로 전개되는 짧은 이야기라면, 동아일보에 9월 13일부터 18일까지(14일은 휴간일) 총 5회에 걸쳐 실린 「돌멩이2」는 이보다 풍성한 이야기를 담고 있다. 「돌멩이」가 냇가를 주요 배경으로 하고 있는 데 비해 「돌멩이2」는 돌멩이가 사는 냇가에서부터 경구의 고향인 산골을 넘나들면서 스토리가 전개되며, 경구와 돌멩이에 이어 돌멩이의 아들 차돌이가 또 하나의 '나'로 병치되고 있다. 그 사이 차돌이를 부싯돌로 쌈지에 지니고 있던 영이 할아버지가 돌아가신 것으로 설정했는데, 요행히 그 전에 경구가 영이 할아버지한테 차돌이를 물려받은 상태였다. 경구는 차돌이를 지니고 고향 산골에 내려갔다가 다시 돌멩이가 있는 냇가를 찾는다.

경구는 웬일인지 얼른 호주머니에 손을 넣는다.

"나는 이 부싯돌을 볼 때마다 너의 할아버지 생각이 나더라."

부싯돌이라니? 그건 사람이 부르는, 내 아들 차돌이의 이름이 아니냐? 내 마음은 몹시도 두근거렸다. 나는 그만 정신이 아뜩하였다.

경구는 정말 내 아들을 호주머니 속에서 꺼냈다.

"경구야! 그게 바로 내가 여기에서 주운 것이란다. 남이하고 놀다가 주운 건데, 할아버지 부싯돌 하라고 드린 거야."

"그래, 나두 안다, 그런 줄을. 너의 할아버지가 그런 이야기를 하시며 주시더라."

"그게 바로 이 큰 돌멩이 곁에 있었어."

"어디? 이 돌멩이 곁에?"

"응."

경구는 갑자기 무엇을 깨달은 모양이다. 차돌이와 내가 아버지와 아들인 것을 알아냈는지도 모른다. 나는 차돌이를 알아봤다. 차돌이의 눈에서도 눈물이 흘러내린다.

"아버지!"

"차돌아!"

경구는 영이한테 영이 할아버지 얘기를 하면서 주머니에서 차돌이를 꺼내 큰 돌멩이 곁에 내려놓는다. 이 덕분에 돌멩이와 차돌이의 부자 상봉이 이루어진다. 물론 돌멩이와 차돌이의 부자 상봉을 인간인 경구가 알 리 없다. 그러나 경구의 도움으로 다시 만나게 된 돌멩이와 차돌이 부자는 고마운 경구의 앞날을 빌어 준다.

이 두 편의 연작은 아들과의 이별을 아쉬워하며 답답한 현실을 벗어나고자 하는 돌멩이(「돌멩이1」)가 인간인 경구의 도움으로 극적인 부자 상봉을 하는 이야기(「돌멩이2」)로 펼쳐진다. 이를 통해 자연의 흐름을 끊어 놓은 상태를 원래 모습으로 되돌리는 과정, 즉 '자연성의 옹호'라는 주제를 담아 낸다. 이때 돌멩이와 대화를 나누는 경구는 훼손된 자연을 원래 상태로 되돌리는 실천적 매개자 역할을 한다.

일제 강점기라는 시대적 환경을 고려할 때, 「돌멩이」 연작에서 훼손된 자연은 곧 강제로 주권을 빼앗긴 우리 민족의 처지로 이해할 수 있다. 이럴 경우 '자연성의 옹호'를 실천한 경구의 역할은 우리 민족의 앞날을 개척해 나갈 미래지향적인 인물로 이해된다. 이렇듯 「돌멩이」 연작은 그 당시 우리 동화의 수준으로 봐서도 그렇고 소천 자신이 추구하는 동화의 지향점이라는 점에서도 매우 당당한 지위를 확보하고 있다.

송창일宋昌一은 동아일보 1939년 10월 17일자 기고문 「동화 문학과 작가」에서, 그동안 동화 하면 연상되던 옛이야기에서 벗어나 현실적 삶에서 새로운 스토리를 엮는 창작 동화들이 있다고 설명한다. 이어 이를 실천하는 새로운 창작 동화를 쓰는 작가로 강소천과 노양근盧良根을 지목하고 있다. 특히 「돌멩이」 연작에 대해서는 이렇게 호평한다.

무생물인 돌멩이를 진실미 있게 의인화했으며, 곱고도 매끄러운 문장으로 묘사했다. 과연 동요 시인으로서의 요품을 소지하고 있다고 보는 동시에 예술 경지에 도달하려고 노력하는 흔적이 엿보인다.

「돌멩이」 연작을 쓸 무렵, 소천은 주일학교에서 아이들을 가르치고 있었다. 그 가르침 속에는 나라를 빼앗긴 시대 상황을 적극적으로 돌파하려는 의지가 담겨 있었다. 「돌멩이」 연작은 바로 이런 소천의 의지를 상징적으로 대변하고 있다.

이 두 편의 동화는 동요 시집 『호박꽃 초롱』의 마지막 단원에 실려 있다. 『호박꽃 초롱』이 일제 강점기에 출간된 윤석중의 『잃어버린 댕기』에 이은 두 번째 동시집이라는 의미 이상으로 민족정신이 담긴 작품집이라고 평가하는 데는 이 연작의 주제적 지향성이 기여하는 바가 크다. 소천 스스로 밝혔듯이 「돌멩이」 연작은 "우리 겨레의 아픔을 그린 작품"이다. 나아가 훼손된 자연을 복원하려는 실천적 정신을 자연과 인간의 실제적 교감이라는 동화적 방법론으로 구현했다는 의미도 결코 작지 않다.

송창일이 지적했듯이, 그 시절에는 동화란 그저 옛이야기를 재현하는 수준으로 인식되고 있었다. 서양에서도 동화가 옛이야기 수준에서 벗어나 오늘날 보는 창작 동화의 세계를 구축하기까지 수 세기가 걸렸다. 이에 비해 소천의 동화는 처음부터 달랐다. 방정환·마해송 등 일부 동화의 선각자가 있기는 했으나, 소천은 첫 작품부터 작가-화자의 분리, 성격 묘사, 시공간적 배경 설정, 주제의 상징성 등에서 일정한 조건을 갖춘 수작을 발표했다. 그 이후 소천은 마치 동화를 쓰기 위해 준비된 사람처럼 수준 높은 작품을 연이어 발표했다.

「돌멩이」 연작에서 '돌멩이'와 더불어 서사의 중심 축을 이루는 인물 '경구'는 소천의 장조카 강경구와 이름이 같다. 현재 미국에 거주하고 있는 강경구는 어릴 때 고향 미둔리를 떠나 할아버지(소천의 아버지)와 소천, 그리고 소천의 누이들이 사는 고원 집에서 보통학교 3학년 때까지 함께 살며 소천과는 남다른 경험을 공유했다.

강경구는 이 시기에 소천이 주일학교 교사로 활동하던 모습을 이렇게 들려준다.

그 무렵 교회 일을 열심히 하셨어요. 특히 일요일 저녁과 수요일 주일학교 예배 때는 재미있는 동화를 들려주시곤 했습니다. 그날 끝나는 이야기가 아니고 다음 주에 이어 들어야 해서 많은 아이들이 교회에 나갔지요. 지금 생각해 보니, 그 당시에 많은 동화를 구상하시고 그것을 들려주신 것이 아닐까 합니다. 크리스마스나 부활절 때는 동극도 하셨어요.

소천은 주일학교 아이들을 대상으로 명작 동화를 들려주면서 한편으로는 자신이 쓰고 있는 동화도 함께 들려주었다. 다음 시간을 기대하게 하면서 이야기를 더욱 매끄럽고 흥미진진하게 다듬는 퇴

고의 시간을 갖기도 했다. 소천의 동화에는 경구는 물론이고 창덕·
희순·인호·춘식 등 당시 실제 아이들의 이름이 등장하는 예가 많
은데, 이것도 어쩌면 소천이 아이들과 친하게 지내는 한 방법이었을
것이다. 수필 「잃어버린 동화의 주인공들」에는 실제 아이들의 이름
을 등장인물로 쓸 때의 편리함과 그 아이들이 성장해서 더 이상 등
장인물로 쓰지 못하게 되는 안타까움이 잘 드러나 있다.

하고 싶은 이야기 넘치는 생동감

「돌멩이」 연작은 뒷날 이색적인 후일담을 남긴다. 1960년 창간 40주년을 맞은 동아일보는 특집으로 '현존 아동문학가들과 동아일보의 인연'을 싣는 난을 마련하고 그 첫 주자로 소천을 초빙했다.

십 년 가까이 동요와 동시를 써 왔지만 나는 그것으로 만족하지 못하였다. 그때 정말 하고 싶은 많은 이야기가 있었기 때문이다.

나는 동화를 써야겠다고 생각했다. 나는 일본 사람이 우리나라를 뺏은 이야기며 그 때문에 우리들이 고생하는 이야기를 써 보고 싶었다.

그해 12월 나는 여러 신문에서 모집하는 신춘 현상문예 광고를 열심히 읽었다. 그리고 나는 세 편의 동화를 각 신문사에 부쳤다.

내 딴엔 그 세 편이 전부 당선될 것으로 믿었다. 다는 몰라도 '동아일보'에 보낸 것만은 틀림없이 당선되리라 생각했다. 그러나 동아의 것은 안 되고 딴 데 것이 되었다. ─ 「동아일보와 '나' ─ '돌멩이' 이후」, 동아일보 1960. 4. 3

1938년 소천은 동시 분야의 청년 문사에서 벗어나 여러 잡지에 동화를 발표하는 위치에 올라 있었다. 그러나 그 정도에 만족할 수는 없었다. 소천은 "정말 하고 싶은 이야기"가 많은 '이야기쟁이'였으며 '일제 강점기의 고통을 드러내 세상에 제대로 알리고 싶은 열망'이 가득했다. 동시도 그랬지만 동화 발표에 대한 소천의 열정은 어쩌면 그 이상이었다.

1935년부터 동시를 투고해 온 동아일보, 여러 종류의 잡지를 펴내던 매일신보·조선일보 등이 소천에게는 중요한 지면이었다. 그동안 작품을 발표해 오던 잡지들이 폐간되거나 면수를 줄여 가던 시절이었으니, 이들 지면의 중요성은 더욱 커져 있었다. 소천은 동아일보 1937년 10월 31일자에 「재봉 선생」을 실었고, 같은 해 12월 3일자 조선일보에 「밤 아홉 톨」을 실었다. 소천은 여기서 멈추지 않고 요즘의 신춘문예에 해당하는 '신춘 현상문예' 공모에 도전하기로 결심한다.

신춘문예는 매해 초 신문사에서 주로 신인 작가를 발굴할 목적으로 상금을 내걸고 벌이는 문예 공모 제도로, 1914년 12월 10일 매일신보 1면에 '신년 문예모집' 공지가 실린 것이 그 시작으로 확인되고 있다. 이후 1919년에 '신년 현상공모'로 명칭이 바뀌기도 했는데, 보다 공식적인 제도로 굳어진 것은 1925년 동아일보에서 이 제도를 정례화하고, 1928년 조선일보가 참여한 이후부터라고 할 수 있다. 두 신문사가 주도하면서 '신춘'이라는 명칭을 갖게 되었고, 이로부터 신춘문예는 우리나라 문학 제도뿐만 아니라 사회문화 전반에 영향을 미친 독특한 문화적 상징으로 자리매김했다.

신춘문예는 당선될 경우 잡지에 비해 상금이 두둑하고 홍보 효과도 뛰어나다는 이점이 있었다. 또한 결과가 신속하게 알려지고 투고자의 익명성도 보장되었다. 그러다 보니 경향 각지의 유·무명 문학도들의 참여가 가히 폭발적이었다. 소천도 바로 이 길을 노린 것이다. 하지만 결과는 낙선이었다.

1939년 동아일보 신춘문예 동화 부문 입선작은 전광용全光鏞의 「별나라 공주와 토끼」였다. 「별주부전」을 패러디한 이 동화는 1월 17, 21, 23일 3일 동안 「토끼 전설 – 별나라 공주와 토끼」라는 제목으로 나뉘어 실렸다. 하지만 전광용은 동화작가로 계속 활동하지 않고, 1955년 조선일보 신춘문예에 소설이 당선된 이후 소설가로 활동하며 「꺼삐딴 리」 등의 명작을 남겼다. 소천이 "동아의 것은 안 되고 딴데 것이 되었다"고 말한 '딴 지면 당선'은, 확인되는 바로는 이듬해인 1940년 매일신보 동화 당선이고 작품은 「전등불의 이야기」이다.

동아일보 신춘문예에 낙선한 지 한 달 뒤, 소천에게 뜻밖의 우편물이 도착한다. 낙선작 「돌멩이」를 5회에 걸쳐 나눠 실은 동아일보 신문 꾸러미였다. 우편물 속에는 신문뿐 아니라 원고료와 또 다른 동화를 보내 달라는 청탁서도 들어 있었다. 소천은 비록 낙선의 고배를 맛보았지만, 결과적으로 당선 못지않은 기회를 얻은 것이다. 이런 과정을 거쳐 투고작 「돌멩이」가 세상에 공개되었다. 당시 소천은 동시를 자주 발표해 중앙 문단에 이름을 내밀고는 있었지만, 서울에서 멀리 떨어진 함경도 골짜기 마을 교회에서 주일학교 교사로 있는 처지였다. 소천은 자신에게 온 기회를 놓치지 않고, 마치 기다렸다는 듯이 동시와 동화를 써 보냈다. 청탁은 이후 계속 이어졌다. 그 무렵 동아일보는 특별히 어린이를 위한 면을 만들어 소천과 같은 새로운 필자들을 적극 수용했다. 읽을거리가 많지 않던 그 시절에 신문 독자들은 소천을 비롯한 아동문학가들이 쓴 작품을 보면서 이야기 세계에 빠져들었고 우리말과 우리글의 맛과 멋을 느꼈다.

그해 동아일보에 발표된 소천의 동화들을 현대어로 표기해 소개한다.

「돌멩이」, 1939년 2월 5, 6, 7, 8, 9일 총 5회 분재
「토끼 삼 형제」, 1939년 4월 28, 29일, 5월 1, 2, 4, 6, 7일 총 7회 분재
「삼굿」, 1939년 7월 24, 25, 26일 상중하 분재
「보쌈」, 1939년 8월 13, 14, 15일 상중하 분재
「새로 지었던 이름」, 1939년 8월 22, 24, 25일 상중하 분재
「돌멩이2」, 1939년 9월 13, 15, 16, 17, 18일 총 5회 분재
「빨간 고추」, 1939. 10. 17
「속임」, 1939년 12월 7~10일 총 4회 분재

또한 1939년부터 1940년까지 동아일보 외 다른 지면에 게재된 소

천의 동화는 다음과 같다.

「밤 아홉 톨」, 조선일보, 1937. 12. 3

「마늘 먹기」, 매일신보, 1939(?)

「전등불의 이야기」, 매일신보, 1940. 1. 6, 8, 10(3회) 분재

「감과 꿀」, 『아이생활』 1940년 2월호

『희성이의 두 아들』, 『아이생활』 1940년 9·10월호~1941년 2월호
(총 5회) 연재

「네거리의 나룻배」, 만선일보, 1940. 11. 10

「딱따구리」, 『소년』 1940년 12월호

「허공다리」, 만선일보, 1941. 2. 26~3. 6 연재

이 시기 소천 동화의 가장 큰 특징 중 하나는 토끼·거북 등에 생
명을 부여하는 의인화 기법이라 할 수 있다. 이는 생명이 없는 대상
에 인간으로서의 생명과 감정을 부여하는 물활론物活論을 기초로 한
것으로, 흔히 동화처럼 어린이를 대상으로 하는 작품에 자주 쓰인
다. 소천의 동화 중에서 대표작이라고 할 수 있는 「돌멩이」 연작은
개울가의 돌멩이 부자 이야기를 다루었는데, 작품 속의 돌멩이가 마
치 인간처럼 사고한다. 전등불이 전해 주는 이야기를 그린 「전등불
의 이야기」도 마찬가지다. 토끼 삼 형제가 병든 엄마에게 먹일 샘물
을 구하러 다니는 「토끼 삼 형제」는 동물이 주인공으로 등장하는 우

화 동화이다. 소천은 이런 우화적 상황에 인간이 주요 인물로 개입하는 스토리를 즐겨 썼다. 물활론의 세계는 옛이야기와 우화 양식에서 쉽게 나타나는 현상이다. 그러나 소천은 이를 보다 현대적인 상황으로 옮겨 와 지금 살아가는 인간의 삶의 조건에서 물활론의 방법론을 구사했다.

이 중에서 『희성이의 두 아들』을 특히 주목할 필요가 있다. 이 작품은 '히성이의 두 아들'이라는 표기로 『아이생활』 1940년 9·10월 합본호에 1회가 게재되고, 이어 11월호에 2회, 12월호에 3회, 1941년 1월호에 4회, 1941년 2월호에 5회 등 총 5회에 걸쳐 연재된다. 이 동화의 첫 장면은 이렇게 시작된다.

내 이름은 희성이올시다.

우리 어머니는 연성이라는 지금 이 마을에서 제일 부자인 우리 형과 나를 낳은 지 십 년이 못 되어 돌아가시고, 어머니 돌아가신 지 삼 년 만에 아버지마저 돌아가셨답니다. 어머니 아버지 돌아가신 지도 벌써 이십 년이 훨씬 넘었습니다.

우리 형제는 어려서 이곳저곳에 머슴을 살았지요.

그러다 우리 형은 어떻게 되었는지 저렇게 커다란 기와집을 쓰고 잘 살게 되고 나는 이렇게 초가집을 쓰고 잘 못살게 되었지요.

어려서부터 머슴을 산 두 형제 중 형 연성이는 부자가 되고, 동생 희성이는 가난하게 산다는 설정이다. 1절에서 희성이의 위와 같은 독백으로 시작하는 이 동화는 2절부터는 3인칭 화자가 희성이와 두 아들인 일돌·이돌이 겪는 일을 서술하는 형식으로 이어진다. 심술궂은 형 연성이와 착하고 어리숙한 동생 희성이, 이 둘의 사연은 곧 「흥부전」를 연상케 한다. 즉, 이 작품은 '흥부와 놀부'를 새로운 이야기로 꾸민 일종의 고전 패러디 동화라 할 수 있다.

알다시피 「흥부전」에서 마음씨 좋은 흥부는 제비 다리를 고쳐 주어 벼락부자가 되고, 심술쟁이 놀부는 제비 다리를 부러뜨리기까지 하면서 재물을 탐냈다가 도리어 나락으로 빠진다. 『희성이의 두 아들』에서 희성이와 연성이의 관계 역시 비슷한 상황이다. 마을 사람들은 연성이는 영감이라 부르고 희성이는 '박 바보'라 부른다. 희성이는 연성이 말이라면 뭐든 다 한다. 여기까지는 대체로 「흥부전」과 다르지 않다. 그러나 소천은 이 스토리를 아주 이색적인 상황으로 끌고 간다. '희성이의 두 아들'이라는 제목에서 보듯이 이 동화는 마음씨 착한 희성이가 주인공이라기보다 희성이의 두 아들인 일돌이와 이돌이 주인공이다.

『희성이의 두 아들』은 소천이 월남한 뒤인 1952년 『어린이 다이제스트』에 『진달래와 철쭉』으로 개작·연재되고, 1953년 10월에 세 번째 동화책으로 발간된다. 일돌과 이돌로 등장한 희성이의 두 아들은 각각 진달래와 철쭉으로 이름이 바뀌어 전개된다. 희성과 연성 형제는 박희성과 박연성 형제로 바뀌고, 동화 전체는 3인칭 서술자가 이끄는 형식이다. 2006년 발간된 교학사의 '강소천 아동문학전집' 제 6권 『해바라기 피는 마을』에 수록된 『진달래와 철쭉』을 기준으로 이 작품은 전체 총 33절로 구성돼 있다.

스토리를 간략하게 설명하면 다음과 같다.

희성이의 두 아들은 희성이가 연성이에게 바친 황금새의 간 요리를 몰래 먹었다가 연성이에게 노여움을 산다. 연성이가 희성이에게 두 형 제를 산에 데려가 죽이라고 명령한다. 희성이는 두 아들을 데리고 가 서 차마 죽이지 못하고 버리고 돌아온다. 두 형제는 백 포수의 도움으 로 십 년 동안 잘 성장한다.

멋진 포수로 성장한 두 형제는 아버지를 찾아 고향으로 돌아가기로 마음먹는다. 두 형제는 어디인지도 모르는 고향을 찾기보다 서울에 가 서 그동안 쌓은 재주를 알려서 고향의 아버지를 찾기로 한다. 서울로 가던 두 형제는 위기에 처한 여러 동물들을 구해 주며 신망을 얻는다. 그 무렵 서울에서는 한 달에 한 번씩 색시를 앗아 가는 붉은 여우 때문 에 엄청난 고통을 받고 있었다. 붉은 여우의 횡포를 막을 수 없었던 임 금은 두 공주까지 바치는 상황이 되어 있었다. 임금은 붉은 여우를 잡 아 오는 사람에게 공주를 아내로 삼게 해 주겠다고 공언한다.

두 형제는 그동안 숲 속에서 얻은 지혜와 동물 친구들의 도움을 받 아 마침내 붉은 여우를 잡아들이는 데 성공한다. 아버지 희성이는 두 아들을 잃은 충격을 못 이겨 자취를 감추었으나, 공주를 얻은 두 아들이 행차하는 길에서 극적으로 부자 상봉을 이루게 된다. 연성이는 이후 참회하고 가진 토지를 소작인들에게 나눠 주는 선행을 베푼다.

이 이야기는 「흥부전」의 흥부와 놀부 이야기에 머물지 않는다. 다른 측면에서 보면 부모에게 혼이 날 상황에서 숲속으로 들어간 남매가 마귀할멈의 농간을 피해 위기에서 탈출하는 독일 설화 「헨젤과 그레텔」을 닮았다. 또한 서양의 무수한 설화에서 위기에 빠진 공주를 구출한 뒤 그 공주와 결혼하는 스토리와도 흡사하다. 누군가의 모함이나 시기로 버려졌다가 특별한 사람의 도움을 받아 훌륭하게 성장한 영웅으로 고향에 돌아오는 영웅서사 패턴을 지녔다고도 할 수 있다. 그런 점에서 이 동화는 소천이 어릴 때부터 읽어 온 서양 동화나 성경 등의 스토리를 우리 설화 「흥부전」에 접목한 것이라 할 수 있다. 또는 작중에서 붉은 여우가 발휘하는 둔갑술은 「홍길동전」과 같은 서사에서의 '둔갑 패턴'을 떠올리게 한다. 『희성이의 두 아들』은 이렇듯 개인과 나라에 찾아든 위기를 극복하는 소년들의 이야기를 통해 자라나는 어린 세대들에게 가르침을 전하려는 소천의 의도가 동서양의 다채로운 서사 양식이 혼합된 구성물에 녹아 있는 작품이다. 이 역시 그 당시는 물론이고 1960년대에 이르기까지 누구도 시도하지 않은 동화 양식으로, 앞으로 우리 동화 문학사에서 재조명이 이루어질 것으로 기대한다.

한편 광복을 전후한 이 시기에 소천은 경주의 박영종(목월), 평양의 황순원 등 전국의 많은 문우들과 편지를 주고받았다. 당시 서울 같은 대도시가 아니면 문인들이 수시로 모여 담소를 즐길 수 있는 상황이 되지 못했다. 여러 지역의 문인들은 서로 편지를 보내 자신의 작품을 선보이고 품평을 나누며 우의를 다졌다. 하지만 이런 전통은 전화가 생기면서 점점 줄어들었고, 인터넷이 발달하면서 완전히 사라진 구시대 풍습이 되었다. 그러나 당시 펜팔로 우애를 다진 이들 다수는 뒷날 소천이 월남해 부산에서 피란살이를 할 때 대부분 뜻깊은 조우를 하고 이후 끈끈한 관계를 유지한다.

소천이 영생고보 재학 시절, 펜팔 상대였던 소설가 손소희가 남긴 기록을 통해 그 당시 문인들이 주고받은 펜팔이 어떤 것인지를 짐작해 볼 수 있다. 다음은 소천이 작고한 1963년 『현대문학』 6월호 특집에 실린 손소희의 글 「강소천 씨와 나」 일부이다.

그해 4월이었다고 기억된다. 그러니까 내가 여고를 졸업한 해다. 집에서 병 요양을 하고 있는 어느 날 나는 흰 2중봉투의 편지 한 통을 받았다. 수신인은 여학교의 한 반 아래인 H라는 여학생이었다. 당시 H는 교내의 유일한 여학생 피아니스트로 알려져 있었다.

이 H와 나는 같은 기숙사에 있었다. 그러나 만나면 서로 얼굴을 붉히고 외면하는 사이였다. H의 연서에 내가 답장을 못 준 때문인지 지금은 기억이 없다. 어쨌든 H가 나에게 관심(어느 정도였는지는 모르지만)이 있다는 것은 알고 있었다.

그 H에게서 편지가 온 것이다. 뜻밖이었다. 편지의 내용은 더욱 뜻밖이었다.

강소천 씨는 자기의 이종사촌 오빠로 문학 공부를 하는 영생 남학교 졸업생이다. 오빠에게서 편지가 가면 회답을 주고 글벗이 되기를 바란다는 사연의 편지였다.

이 H의 편지를 받은 지 며칠 안 되어 강소천 씨로부터 짤막한 내용의 엽서 편지를 받았다. 나도 짤막한 내용의 엽서를 냈다.

엽서를 낸 지 한 주일쯤 지나서 이번에는 두둑한 봉함편지가 왔다. 편지 속에 몇 편의 동요와 동화가 들어 있었다.

그 편지의 답장에는 나도 시라는 것을 몇 편 써 보냈다.

이를 계기로 강소천 씨와 나는 한 주일에 한 통 정도의 편지와 작품 교환이 한동안 계속되었다.

당시 강소천 씨는 「호박꽃 초롱」이 동아일보에 당선되었던 것도 같으나 기억이 확실하지 않다.

어느 날의 강소천 씨 편지에 사진을 보내 왔다. 요즘 신문에 나오는 사진과 거의 같은 모습이었다. 나는 얼굴이 팥알만 한 조그만 사진을 보냈다. 답장에 사진이 너무 작아서 알아볼 수 없다는 불평이 쓰여 있었다. (……) 또 과수원에서 수밀도가 많이 나니 꼭 놀러 오라는 편지도 받았다. 또 내가 있는 R에 문우가(『맥貊』 동인) 있어서 놀러 오겠노라는 편지도 받았다. 그러나 강소천 씨네 과수원 구경을 못 했고 강소천 씨 역시 R에 온 적이 없다.

그 이듬해, 내가 동경에 가면서부터 편지 거래가 중단되었다. 내 편에서 꼭 한 번 잘라먹은 답장이 원인이었다고 생각한다.

이 글에서 '수신인'은 '발신인'의 오기로 보이고, 「호박꽃 초롱」의 신문 당선 얘기는 잘못 알고 있는 내용이다. 손소희가 요양하고 있던 R은 함경북도 청진이라 판단된다. 소천이 아는 R의 문우이자 맥 동인인 사람은 누구인지 알 수 없지만, 『맥』은 1938년 6월 청진에서 사화집 1호를 내고 1939년까지 6호 이상 발간한 시 전문 동인지이다. 역시 일제의 문화 탄압이 서울의 지면을 중심으로 강력하게 이루어지고 있을 때 지역 도시에서는 한글로 된 우리 문학이 어느 정도 가능했다. 청진은 그런 도시 중 하나였다. 또한 소천을 이종사촌 오빠라 얘기한 교내 유일한 피아니스트 H는 소천의 외사촌 누이 허홍순이다. 허홍순은 월남 후 서울 배화여고 등에서 음악 교사를 지낸다.

두 사람의 펜팔 관계는 소천이 영생고보를 졸업한 1937년 이후부터 1940년대 초반까지였던 것으로 보인다. 소천은 이 무렵 영생고보를 졸업한 뒤 미둔리에서 교회 일을 하고 있었기 때문에 과수원의 복숭아 이야기까지 편지에 썼던 것 같다.

손소희가 들려주는 소천과의 펜팔 경험은 당시 문사들의 교류 형태를 짐작하게 하는 한편, 영생고보를 졸업하고 나서 광복 이전까지의 소천의 행적을 어느 정도 파악하게 한다. 이를테면, 소천은 영생고보를 졸업하고 자신이 태어난 미둔리의 교회에서 일을 하고 있었으며, 할아버지 대에 벌어 놓은 과수 사업이 그 무렵까지 이어지고 있었음을 알 수 있다. 또한 이 편지에는 소천의 동요 「순이 무덤」이 창작되고 노래로 만들어지는 과정, 소천이 손소희가 기자로 있던 만선일보에 동화를 싣게 된 경위 등도 세세히 드러나 있다. 만난 적도 없는 두 사람이 오랜 기간 펜팔을 통해 많은 이야기를 주고받았다는 사실도 요즘 세태를 생각하면 경이롭기까지 하다.

광복 직후 젊은 문인들과 함께한 문화 활동도 전해진다. 소천은 작가 지망생인 친구 천세봉千世鳳 등과 함께 '문학의 밤'을 개최한다. 여기서 소천은 천세봉의 소설을 직접 낭독했다. 소천의 표현으로는, 그때 수많은 청중이 숨죽여 듣고 감동했다고 한다. 행사의 규모도 짐작할 수 없거니와 전문 배우가 아닌 문학인이 낭독해 주는 아마추어 작가의 소설을 많은 청중이 숨죽여 듣는 장면 역시 요즘 세대로서는 이해하기 어려울 것이다. 두 사람은 이 무렵 문학과 연극에 뜻이 있어 함께 많은 이야기를 나누었다고 한다. 천세봉은 이후 소설가로 등단하고 1946년에 결성된 북조선문학예술총연맹의 맹원으로 활약하면서 북한에서 주목받는 작가가 된다. 1961년 어느 날, 소천은 KBS 라디오 프로그램 「그리운 겨레에게」에 출연해 북한에 있는 천세봉에게 보내는 편지를 낭독하기도 했다.

강요하는 체제 은밀한 반전

    1945년 8월 15일, 광복은 소천에게도 찾아온다. 그러나 작가에게 는 작가로서의 사명이 있는 법이다. 소천은 광복을 맞아 우리 민족 이 나라를 제대로 세우기 위해 서둘러 해야 할 일에 대해 먼저 생각 했다. 소천은 우리나라 사람들이 우리글을 제대로 읽을 줄 알아야 우리나라가 제대로 설 수 있다는 사실에 주목했다. 실제로 8·15광 복 당시 우리 국민의 문맹률은 78퍼센트에 이르렀다. 열 명 가운데 거의 여덟 명이 글을 읽지 못했다. 소천은 주일학교 교사를 하면서 이 같은 현실을 뼈저리게 느꼈다. '우리글을 잘 읽는 사람이 되자!' 소천은 이런 자신의 주장을 누구나 쉽고 재미있게 이해할 수 있는 동화로 써야겠다고 생각했다. 이때 탄생한 동화가 「박송아지」다.

    어느 날 선생님이 창덕이에게 엽서를 전해 주며, 엽서 속에 나온 '박송아지'의 존재에 대해 묻는다. 송아지에게 '박'이라는 성이 붙 은 이유가 궁금했기 때문이다. 동화의 내용은 창덕이가 자기 집 송 아지에게 성을 지어 준 과정에 대한 설명으로 이어진다. 아버지는 창덕이가 족제비 사냥을 해서 번 돈으로 송아지 한 마리를 사 주었다. 창덕이는 그 송아지에게 자신의 성인 '박'을 붙여 '박송아지'라고 불렀다. 그걸 본 이웃 사람들이 의아해하자 창덕이는 박송아지가 글까지 읽는다고 자랑했다. 아무도 자신의 말을 믿지 않자, 창덕이는 몰래 '음매'라는 글자를 써서 박송아지에게 읽게 했다. 그래서 결국 박송아지가 글을 읽을 수 있다는 소문이 나게 되었다.

"자, 이만하면 우리 박송아지는 인제부터는 야학에 안 다녀도 된다는 것을 알아야 해!"

창덕이는 이렇게 뽐냈습니다.

이 일이 있은 뒤로, 박송아지의 소문은 한층 더 높아졌습니다.

겨울 동안, 글 모르는 이들을 위하여 마을에서는 야학교가 한창입니다. 나이 많은 할머니들까지 나와 한글을 배우고 계십니다.

누가 글을 읽다 모르든지 틀리게 읽으면

"우리 박송아지만도 못하다니……."

하곤 한바탕 웃어대곤 합니다.

동화 「박송아지」는 송아지와 한 가족처럼 지내기 위해 사람의 성을 붙여 준 뒤, '글을 읽는 송아지'라고 자랑하면서 생긴 촌극을 그리고 있다. 특히 박송아지가 '음매' 하면서 글을 읽는 부분은 이 동화의 남다른 재치라 할 수 있다. 창덕이의 기지가 마을 사람들에게 통했다는 이 이야기는 현실적으로 과장된 면이 있지만, 작가의 의도는 그것을 상쇄하고도 남는다.

훈민정음 창제 이유 중 하나로 우리는 백성들이 글을 읽을 수 있게 하려는 세종대왕의 '애민 사상'을 든다. 그러나 일제 강점기를 거치면서 우리 국민의 대다수가 문맹이라는 충격적인 사실에 소천은 가슴을 쳤다. 그리하여 광복의 기쁨과 이어지는 혼란 속에서 소천은 글 읽는 송아지 이야기를 통해 '재치 있게' 문맹 퇴치를 부르짖었다.

이 작품은 미발표작으로 피란 시절에 발간된 소천의 첫 동화집 『조그만 사진첩』에 수록돼 있다. 소천은 뒷날 자신의 작품을 스스로 선별해 엮은 『소년 문학선』(대한교과서주식회사, 1954) 후기에서, 8·15광복 후에 「박송아지」를 썼지만 월남할 때 원고를 잃어버려 다시 썼다고 밝혔다. 『조그만 사진첩』에 발문을 쓴 최태호는 동시 「닭」을 읽고 받은 최상의 이미지가 소천을 만난 뒤 깨어지면 어쩌나 걱정하다가, 소천이 피란 시절에 쓴 동화 「조그만 사진첩」과 「박송아지」를 읽고 자신의 걱정이 기우였음을 깨달았다고 썼다.

한편 「박송아지」가 북한의 '평화적 건설 시기(1945~1950)'의 정치적 테마인 '현물세, 문맹 퇴치, 조쏘친선, 인민군대, 인민항쟁' 등에서 '문맹 퇴치'라는 주제를 수용한 작품이라는 주장도 있다. 「강소천 소고–해방기 북한 체제에서 발표된 동화와 동시」(2013)에서 이런 주장을 편 아동문학 연구가 원종찬은 이 작품이 주인공 창덕이로써 "방정환의 「만년샤쓰」(1926)에 나오는 창남이 캐릭터"를 잇고, "문맹 퇴치의 테마를 아이들의 장난스런 소동 속에 감쪽같이 녹아들게 한 수작"이라고 평가했다.

소천은 광복을 맞이한 그해 11월에 고원중학교 교사로 부임한다. 명문 고보를 다닌 문학인이자 주일학교에서 다년간 교사 활동을 한 경력에 비추어 아주 합당한 일자리였다. 아이들을 가르치면서 문학을 통해 세상의 변화를 꿈꾸던 소천에게는 나름의 의미 있는 변화였다. 그러나 세상은 녹록지 않았다. 광복의 환희는 잦아들었고, 안타깝게도 역사는 우리에게 더 혹독한 시련을 요구했다. 소천 역시 그 시련에서 비껴갈 수 없었다.

제2차 세계대전이 막바지로 치닫던 1945년 7월 26일, 독일 포츠담에서는 미국·영국·중국 3개국 수뇌 회담이 열렸다. 일본에 무조건 항복을 권고하고 전후 일본에 대한 처리 방침을 의논하는 자리였다. 미국의 트루먼 대통령, 영국의 처칠 총리, 중국의 장제스 총통이 회담에 참가해 선언문을 발표했고, 그해 2월 4일부터 11일까지 소련 흑해 연안에 있는 얄타에서 열린 이른바 얄타회담의 약속대로 대일 선전포고를 한 소련의 서기장 스탈린도 뒤늦게 이 선언문에 서명했다. 얄타회담이 주로 제2차 세계대전 이후 독일(패전일 5월 8일)에 대한 처리 문제를 다루었다면, 포츠담 선언은 패전한 일본의 처리 문제가 주를 이루었다. 이 선언은 일본의 무조건 항복을 전제하고 있었지만, 일본이 이를 거부하면서 미국은 히로시마와 나가사키에 원자폭탄을 투하했고 소련도 참전해 북한에 상륙했다. 결국 일본이 항복을 하고 한반도에서 물러나자, 한반도에 가장 큰 영향력을 행사하고 있던 미국과 소련이 38선을 기준으로 남북을 각각 통치하게 되었다.

이후 남한과 북한은 각각 미군과 소련군의 군정 체제 아래에서 남북 단일 선거를 논의하기 시작했지만 현실적으로 진전이 없었고, 결국 남북 모두 독자적인 체제를 구축하는 길을 택했다. 북한에서는 북위 38선 이북 5도에 주둔한 소련의 군정 체제 아래 10월 10일부터 사흘 동안 평양에서 '조선공산당 서북 5도 당책임자 및 열성자 대회'를 개최해 조선노동당을 창설하고 실질적으로 북한 전역에 대한 통치 조직을 갖추게 된다. 이후 북한은 북조선임시인민위원회 설립(1946년 2월 8일. 위원장 김일성, 부위원장 김두봉, 서기장 강양욱), 전국 도·시·군 인민위원회의 대의원 선거(총 3458명 선출), 조선인민군 창설(1948년 2월 8일), 북한 단독 선거를 통한 조선민주주의인민공화국 수립(1948년 9월 9일) 등으로 공산 체제를 구축해 갔다. 한편 1949년부터 통일을 위한 전쟁 준비를 위해 조국통일민주주의전선을 결성하고 김일성을 조선노동당 중앙위원장으로 추대했다.

북한 정권이 이렇듯 김일성을 정점으로 하는 공산 체제로 구축되어 가는 과정에서 문학과 문화예술 역시 이에 종속되고 있었다. 광복 이후 남한과 북한에서는 각각 문학인과 예술인들이 협회를 구성해 광복 시대에 걸맞은 문화예술 활동을 위한 조직을 결성했다. 남한에서는 광복 직후인 8월에 임화·김남천·이태준 등의 조선문학가건설본부가 결성되고, 9월에 이기영·한설야·한효·송영 등의 조선프롤레타리아문학동맹이 결성되었다. 이들은 다시 남로당의 뜻에 부응해 조선문학가동맹(1945.12)으로 통합되면서 보다 분명한 정치색을 드러내다가 좌익 활동을 금지한 남한에서 벗어나 차례로 월북을 감행한다. 이들에 비해 우익 문학인들이 중심이 된 전국문필가협회, 조선청년문학가협회 등은 각각 1946년 3, 4월에야 발족돼 좌익 문학 단체에 맞서게 된다.

북한에서는 1945년 9월에 소설가 최명익崔明翊을 중심으로 한 평양예술문화협회平壤藝術文化協會가 발족되었다. 회원으로 거명된 사람은 유항림·전재경·한태천·남궁만·오영진·함윤수·장수철·김이석·김화정·박남수·황순원·원응서·양명문 등이었다. 처음에 평양 중심이던 것이 1946년에 이르러 음악·미술·연극·무용 등 여러 장르를 아우르고 북한 전 지역으로 확대되면서 더 많은 예술인들을 회원으로 확보하게 되었다.

그러나 이 조직은 1946년 3월, 평양에 북한 공산당의 하부 조직인 북조선문학예술총동맹(일명 문예총文藝總)이 결성되면서 자연스레 해산되고 만다. 문예총은 이기영·한설야·안막·이찬 등 초기 월북 문인들이 지휘부가 되고 북한 내 전 문인들이 가담하는 최대의 문화예술 단체였다. 이로부터 6·25전쟁 이전까지 북한 전역에 걸쳐 각 도와 시에 지부를 설치하고 전 장르를 아울러 새로운 조직으로 거듭나고 있었다(박남수, 『적치 6년의 북한 문단』).

1947년 당시 북조선문학예술총동맹의 전문 분과 위원은 다음과 같이 확인된다.

소설 위원 : 이태준, 이기영, 한설야, 최명익, 김사량 등
시 위원 : 이정구, 이찬, 박세영, 박팔양, 김조규, 이원우 등
희곡 위원 : 차영호, 송영, 신고송, 남궁만, 한태천 등
평론 위원 : 안막, 안함광, 한효, 엄호석 등
아동문학 위원 : 송창일, 강훈, 강승한, 강소천, 노양근 등
외국 문학 위원 : 정율, 박무, 유문화, 백석 등

이 시기에 북한 체제를 장악해 가고 있던 김일성은 사회주의 종주국인 소련식 사회주의 체제의 수용과 모방을 위해 '조쏘문화협회'를 건설하고 북한의 문학예술인들에게도 많은 주문을 했다. 뒷날 북한에서는 이 시기에 김일성이 했다는 말을 다음과 같이 적고 있다.

동무들은 문화전선에서 싸우고 있는 투사들입니다. 동무들에게는 동무들의 입으로, 동무들의 붓으로 조선 사회를 뒷걸음치게 하려는 반동 세력을 쳐야 할 책임이 있으며 민족문화를 발전시키며 인민대중을 애국주의와 민주주의 정신으로 교양할 책임이 있습니다. 우리가 반동 세력을 분쇄하고 새 민주조선을 건설하는가 못 하는가 하는 것은 동무들이 문화전선에서 잘 싸우는가 못 싸우는가에 크게 달려 있습니다.

—「문화인들이 문화전선의 투사로 되어야 한다 : 북조선 각 도인민위원회, 정당,
사회단체선전원, 문화인, 예술인 대회에서 한 연설 1946년 5월 24일」, 『김일성 저
작집2 (1946. 1~1946. 12)』

김일성이 말하는 문화전선 투사로서의 문학예술 활동이 어떤 것
인지 아직 명료하지 않은 때였다. 따라서 그 당시 주로 거론되는 방
식은 투사로서의 예술 활동을 찬양하기보다 투사로서의 예술 활동
에 미치지 못하는 데에 대한 비판이 주를 이루었다. 이를 보여 주는
대표적인 사건이 바로 1946년 8월 원산에서 있었던 '응향凝香 사건'
이다. 『응향』은 1946년 8월 원산 문학가동맹이 광복 1주년을 기념하
기 위해 지역 시인들이 모여 발간한 합동 시집의 제목이다. 이 시집
이 발간된 후 북한의 예술 단체는 기관지 『문화전선』을 통해 이를
맹렬히 비판하기 시작했다. "퇴폐주의적이고 악마주의적이며 부르
주아적이고 반인민적"이라는 것이 그 이유였다. 이 비판의 선봉에
선 사람은 연희전문 출신으로 1940년대 중반 일본으로 유학 갔다가
윤동주와 함께 독립운동을 모의한 혐의로 체포되었다 풀려난 바 있
는 평론가 백인준이었다.

1947년 초 평양에서 온 검열관들이 자리한 가운데 원산의 영화관
'원산관'에서 『응향』에 대한 대대적인 성토대회가 열렸다. 『응향』
의 중심 시인인 구상具常은 바로 그날 급히 짐을 싸 들고 월남을 감행
해 버렸다. 한 달 뒤, 서울의 남로당계 문학동맹 기관지인 『문학』에

서 구상을 '반인민적 시인'으로 비판하는 '응향 사건'을 대서특필하며 이 사건은 남한의 우익 문학인들을 크게 자극하게 된다. 이때 김동리·조연현·곽종원·임긍재 등이 응향 사건으로 드러난 북한 문학론에 대한 반론을 펼쳐 나갔다. 구상도 「북조선 문학 여담」이라는 글로 응향 사건의 경위를 밝혔다. 이 일은 한국 문학사에서 남북한의 문학에 대한 관점의 차이를 명료하게 보여 준 사건이기도 했지만, 무엇보다 당시 북한 체제 아래에서 활동하던 문화예술인들의 고충을 증명해 주는 극명한 사례로 남아 있다.

사례는 여기에 그치지 않는다. 소설가 황순원은 지주 계급으로서 토지를 몰수당했다. 게다가 박남수·양명문·김조규 등의 시인들과 함께 해방 기념 특집호로 낸 『관서 시인집』(평양; 인민문화사, 1946)이 "민주 건설의 우렁찬 행진을 도피하여 암흑한 기분과 색정적인 분위기를 읊었다"는 비판을 받은 것을 계기로 월남한다. 이때의 대표적인 비판자는 무용가 최승희의 남편인 평론가 안막安漠이었다(전승주 편, 『안막 전집』).

응향 사건 때 평양에서 원산으로 파견된 검열단 중 단편소설 「실비명失碑銘」의 작가 김이석이 있었다. 평양 출신으로 해방 후 북한 문단에서 활동하던 김이석은 6·25전쟁 중 북진하다 남하하는 유엔군을 따라 월남하는 데 성공한다. 김이석은 전쟁이 끝난 후 친하게 지내던 시인 김수영에게 북한에 있을 때의 일을 다음과 같이 이야기했다.

"우리가 써 내는 글 샅샅이 다 읽고 점수를 매기는데, 글쎄 내 소설은 밤낮 60점 미만이야. 주제가 어떻다는 둥, 주인공의 사상성이 투철하지 못하고 미흡하다는 둥 말이야. 난 단지 김사량 자식이 아니꼬와서 무작정 남한한 거요." ─ 김규동, 「김수영과 나」

김이석이 월남할 때 동행한 양명문의 증언으로는 당시 김이석이 "꾀가 없어 문학동맹에 충성을 바칠 줄 몰랐고, 원래 글을 빨리 써내는 재주를 못 가져" 평론가 안함광安含光에게 불려가 "동무는 너무 안일하고 태만하니 앞으로 주의하지 않으면 안 된다"는 훈시까지 들었다고 한다. 역시 함께 월남한 수필가 원응서는 김이석이 딱 한 번 농민들을 주인공으로 한 희곡 「소」를 써서 공연하게 되었는데, 하루 만에 이데올로기가 약하다는 이유로 공연이 금지되었다고 증언했다 (김용성, 「김이석」, 『한국 현대문학사 탐방』).

이와 같은 일은 소천에게도 다르지 않았다. 광복 이후 고원중학교 교사 생활을 하던 소천이 청진으로 옮겨 간 것은 1946년 6월이다. 그 무렵 청진에 가 있던 고향 친구 유관우가 '아동문학 건설회'를 조직했으니 함께하자는 편지를 보내 온 때문이라 알려져 있다. 소천은 가족들과 함께 청진으로 옮겨 가 청진여자고등학교에서 1948년 8월까지 교사 생활을 했고, 9월부터 1949년 2월까지 청진제일고등학교에서 국어 교사로 근무한다. 1963년 소천 자신이 작성한 이력서에 따르면 1949년 2월 청진제일고등학교를 그만둔 뒤 월남할 때까지의 행적이 기재돼 있지 않다. 일설에 따르면 소천이 청진제일고등학교에 근무할 당시 공산 체제의 이념에 어긋나는 태도를 보인 것이 문제가 되어 학교를 그만둔 것이라 한다.

소천은 아동문학 재건에 누구보다 매진할 수 있는 사람이었지만 현실은 달랐다. 일찍이 소천은 동시를 발표하던 초창기에 뒤늦게 불어온 카프 열풍에 영향을 받기도 했다. 초기작 「이 앞집, 저 뒷집」이나 「울어내요 불어내요」 같은 시가 바로 그렇다. 그러나 소천은 1941년 『호박꽃 초롱』을 내면서 그런 유의 카프계 시는 물론이고, 현실적 삶이 정제되지 않고 드러나는 시를 배제해 버렸다. 소천에게는 함께 살아야 할 민족끼리 삶의 환경이 서로 다르다 해서 적대시하는 내용은 도무지 어울리지 않았다.

소천이 이 시기에 쓴 작품 중 하나가 단편동화 「정희와 그림자」이다. 1947년 평양 어린이신문사에서 발행하는 『아동문학』 창간호에 게재된 작품으로, 길가 외딴집에 사는 정희의 하루를 그리고 있다. 시장에 간 부모를 마중 나가는 정희 뒤를 누군가 따라오는데 알고 보니 자신의 그림자였고, 정희는 그림자와 친구가 되어 함께 길을 가다 빈집이 걱정되어 다시 집으로 돌아오는 꿈을 꾼 이야기를 어머니에게 들려준다. 많은 작가들이 북한 체제를 찬양하는 작품을 쓴 데 비해 소천의 작품은 공산 체제의 이념에 전혀 물들지 않은 작품이라 할 수 있다. 이 작품은 이미 『호박꽃 초롱』에 수록된 동시 「그림자와 나」에서 모티프를 차용했다. 소천은 이 작품을 월남 후 처음

6 · 25전쟁 전 북한 체재기에 발표한 동시

제목	발표 지면	연월호
자라는 소년	아동문학	1949. 6
가을 들에서	소년단	1949. 8
나두 나두 크면은	아동문학	1949. 12
둘이 둘이 마주앉아	아동문학집(1집)	1950
야금의 불꽃	*미확인	1949(추정)

낸 동화집 『조그만 사진첩』에 수록하면서, 처음 발표 당시 북한 체제가 요구한 테마 중 '현물세 홍보' 부분을 없애 손색없는 '우리 동화'로 만들었다.

아동문학 연구가 원종찬은 여러 편의 논문에서 「정희와 그림자」 외에 소천이 북한에 있을 때 발표한 작품을 위 표와 같이 확인하고 있다(「발굴 작품 : 북한 인민공화국 체제에서 나온 강소천 동화」 「북한 아동문단 성립기의 '아동문화사' 사건」 「강소천 소고–해방기 북한 체제에서 발표된 동화와 동시」). 이 작품들은 북한 체제의 영향 아래 창작된 것으로 보이지만 실제로는 "계급주의 경향의 구호시와는 인연이 멀었다." 이 가운데 특히 「둘이 둘이 마주앉아」는 '문맹 퇴치'라는 정치적 주제가 드러나 있다고 볼 수 없는 작품으로, 적절한 율격 변화와 '책 읽기'를 통한 할머니와 손주의 교감을 천진하게 표현해 냈다. 이 동시는 뒷날 어린이들의 사랑을 듬뿍 받는 노래로 불리게 된다. 「자라는 소년」은 소천이 월남해 772부대에서 근무하는 동안 대전의 한 지역 신문에 「자라는 대한大韓」으로 재발표된다. 이때 「자라는 소년」의 "어서 커서 새 조선의 기둥 되라고"가 「자라는 대한」의 "어서 커서 새 나라의 기둥 되라고"로 바뀌어 있고 '육군 772부대 충남지구파견대 선전과 제공'이라 밝힌 것이 눈에 띈다.

소천이 북한에 체재하던 시기 아동문학은 상대적으로 체제 이념의 영향을 덜 받았다고 할 수 있다. 그러나 응향 사건이나 '관서 시인집 사건' 이후 1947년 평양의 아동문화사를 중심으로 아동문학에 대한 이데올로기 잔재 숙청이 벌어졌다. 소천은 북한에 살아남은 문학인으로서 북조선문학예술총동맹의 아동문학위원으로 활동해야 했고, 어쩔 수 없이 체제 이념이 요구하는 작품도 써야 했다. 소천의 괴로움은 점점 커졌다. 소천은 사상과 표현의 자유를 구가하는 문학인이었으며, 넓은 땅을 보유하고 있던 지주 계급이었다. 또한 예수의 부활을 믿고 그 영적 기적을 믿는 기독교인이었다. 북한 체제가 이런 소천을 그냥 둘 리 없었다.

광복 이전 북한에는 2600여 개의 교회가 있었다. 한반도 전체 교회 중 70~80퍼센트에 해당했다. 광복을 맞아 일제에 의해 강제로 통합 조직된 '조선기독교단'은 자연 도태되고, 장로교회의 각 노회, 감리교회의 연회가 새로운 조직 체계로 재건되고 있었다. 이 가운데 한경직·윤하영 목사가 이끄는 '한국기독교사회당'은 평안북도 신의주를 중심으로, 조만식 장로가 이끄는 '조선민주당'과 김화식 목사·김병섭 장로 등이 참여한 '기독교자유당'은 평양을 중심으로 기독교 사회 활동의 구심점이 되어 갔다. 그러나 소련군을 등에 업은 북한 공산 체제는 공산 정권 창출에 협조하는 '기독교도연맹'이라는 괴뢰 단체를 결성해 이에 반하는 세력을 탄압하기에 이르렀다.

탄압 대상은 북한 내 전 교회와 기독교인이었으며, 그 내용은 교회 재산 몰수, 종교 활동 방해, 성직자에 대한 잦은 심문과 주요 인물 숙청, 청소년 학생 신자에 대한 세뇌 등이었다. 탄압은 주로 조선노동당과 기독교도연맹을 통해서 행해졌다. 이에 맞서던 교인들은 체포되고 고문당하고 학살당했으며, 많은 성직자들이 처형되었다. 소천이 머물던 청진의 교회들도 그렇게 하나둘 뿌리가 뽑혀 나갔다.

일제 말부터 이미 쇠락해 가던 소천의 고향 미둔리 교회는 북한 체제 아래 완전히 폐쇄되고 만다. 이 무렵 미둔리 문중에서는 조림 사업으로 키운 나무를 일제 말 일본인 상인들에게 팔고 강용택의 처가인 문천으로 터를 옮겨 미둔리 때와 같은 '천명농원'이라는 이름의 과수 농장을 열었다. 이후 강용택 일가는 우동찬 목사가 이끄는 문천읍 교회를 중심으로 생활하다가 다시 원산으로 근거를 옮겼고, 결국 1947년 월남해 남한에서 실향민으로 살게 된다.

그 시기 미둔리의 소천 집안이 탄압당한 일은 다음 '사모思母'의 글에 잘 나타나 있다.

일제가 그렇듯 교회와 교인을 들볶았어도, 어머니는 까딱도 하지 않으셨고, 공산주의가 그렇게 못 살게 굴어도 어머니는 기도를 게을리하지 않았습니다. — 수필 「무슨 빛깔의 카네이션을 달까요?」

소천은 물론 동화에서도 광복 후 북한에서 핍박받은 사실을 수시로 드러낸다. 대표작 「꿈을 찍는 사진관」에는 집과 토지를 모두 빼앗기고 결국 남한으로 갈 수밖에 없었던 사연이 그려진다. 장편동화 『그리운 메아리』에는 북한 공산 체제에서 인민위원장으로 추대된 소작인이 지주인 강씨 집안 사람들을 학살하는 이야기와 기독교인들이 탄광에 끌려가는 이야기가 나온다. 소천은 이런 체제에서는 더 이상 살 수 없었다.

6

기적의 배를 타고

'금순이'는 살아 있다

알려진 대로 소천은 6·25전쟁 중에 남한으로 피란을 와서 정착한 월남 문학인이다. 소천처럼 함경도 일대에서 살다가 1·4후퇴 때 월남한 대다수의 사람들은 함경남도 흥남부두에서 미군의 철수 작전 때 화물선을 타고 피란에 성공했다. 이름하여 '흥남 철수'라고 불리는 이 사건은 6·25전쟁의 역사는 물론이고 세계 전쟁의 역사에서도 유례없는 성과를 낸 철수 작전으로 기록돼 있다.

6·25전쟁은 남북한을 포함해 참전국 군인 60만 명이 전사하고 민간인 80만 명이 사망한 참극이었다. 이 숫자에 들지 않은 실종자 수가 120만 명이 넘었으니, 실제 사망자 수는 집계된 숫자의 배에 달한다. 부상자는 이보다 훨씬 많은 300만 명에 육박했고, 이산가족의 수는 1000만 명에 달했다. 소천은 가족을 두고 단신으로 월남해서 살아남은 이산가족 중 한 사람이었다. 그것도 후퇴하는 국군과 유엔군을 따라 황급히 길을 나서 흥남부두에 닿았고, 수십만 명의 인파 중에서 기독교인이라는 이유로 먼저 배에 올라 무사히 월남하는 데 성공한 '기적'의 주인공이기도 하다.

이런 기적을 만든 사건이 바로 흥남 철수다. 6·25전쟁 초기, 일방적으로 밀려나 수세를 면치 못하다가 인천상륙작전 이후 승기를 잡은 미군과 국군은 그해 10월까지도 기세 좋게 국경까지 밀고 올라갔다. 하지만 예측하지 못한 중공군의 개입으로 전면적인 후퇴 작전이 펼쳐졌고, 이때 가장 규모가 크고 집중적인 형태로 진행된 것이 흥남 철수였다.

철수 작전의 주 공간인 흥남은 함경도의 중심 도시인 함흥의 남쪽에 위치한 도시라는 뜻에서 얻어진 이름이다. 함흥의 옛 지명은 함주였고, 흥남은 1920년대까지 함주에 속한 동해 바닷가 마을이었다. 이곳이 함경도 일대에서 주목받는 지역이 된 것은 1927년 일본의 재벌 기업 노구치의 질소비료 공장이 들어서고부터다. 이때를 전후해 압록강의 지류인 장진강과 부전강에 수력발전소가 건설되었고, 함흥에서 동해를 드나드는 부두는 원자재와 각종 장비를 수송하는 주요 관문이 되었다. 부두는 늘어난 하물의 입·출하량을 감당해야 했고, 인구 유동도 잦아지면서 점점 규모가 커졌다. 중일전쟁 이후 이곳을 중심으로 화약을 비롯해 각종 첨단 무기나 비행기 외강판, 항공 연료 등을 생산하는 일본의 군수산업 기지가 조성되기도 했다. 1944년 마침내 이 지역의 두 개 면이 함흥시에서 분리돼 새로운 도시 흥남부가 되었다. 질소 비료·경화유·화약·카바이트·가성소다·소다회·철강·아연 등의 산업이 총 집결된 공업 단지로 조성돼 명실공히 신흥 공업 항구도시로 이름을 낸 것도 이 무렵이었다. 이후 흥남은 우리나라 제1의 공업도시로 불렸고, 6·25전쟁 이후 함흥에 편입되었다 다시 분리되는 과정을 겪으면서도 지금까지 그 명맥을 유지해 오고 있다.

21세기를 사는 우리에게 흥남은 이런 도시 형태나 규모의 변모와는 전혀 다른 차원에서 뚜렷하게 각인돼 있다. 한국 현대사를 아는 사람이라면 누구나 '흥남' 하면 도시 그 자체의 이름으로 기억하기보다는 대개 '흥남 철수'라는 역사적 사건부터 떠올린다. 그와 더불어 귓전에 맴도는 노랫가락을 따라 콧노래를 흥얼거리곤 한다.

> 눈보라가 휘날리는 바람 찬 흥남부두에
> 목을 놓아 불러 봤다 찾아를 봤다.
> 금순아 어디로 가고 길을 잃고 헤매었더냐.
> 피눈물을 흘리면서 일사 이후 나 홀로 왔다.
>
> 일가친척 없는 몸이 지금은 무엇을 하나.
> 이 내 몸은 국제시장 장사치기다.
> 금순아 보고 싶구나 고향 꿈도 그리워진다.
> 영도다리 난간 위에 초생달만 외로이 떴다.
>
> 철의 장막 모진 설움 받고서 살아를 간들
> 천지간에 너와 난데 변함 있으랴.

금순아 굳세어다오 남북통일 그날이 오면

손을 잡고 울어 보자 얼싸안고 춤도 춰 보자.

이 노래는 눈보라가 휘날리는 흥남부두에서 누이동생 금순이를 잃어버린 채 부산으로 피란 가서 국제시장 '장사치기'로 전전하고 있는 한 사내가 그 누이를 다시 만날 날을 그리고 있는 「굳세어라 금순아」이다. 가수 현인의 히트곡이자 전쟁의 아픔을 치유해 온 대표적인 피란 가요로 지금까지도 많은 사람들에게 애창되고 있다. 이 노래는 당시 유명 작사자 강사랑이 가사를 썼고, 일제 강점기에 가수 남인수 등과 짝을 이루어 무수한 히트곡을 낸 바 있는 박시춘이 작곡했다. 현인은 그 무렵 박시춘에게 발탁돼 1948년 「신라의 달밤」 「비 내리는 고모령」 등을 불러 인기가 절정에 올라 있었다. 당시 유명한 음반 제작사인 오리엔트레코드사가 1953년 피란지 대구에 마련한 녹음실에서 이 노래를 취입했다. 첫 음절을 힘주어 내뱉은 뒤 다시 다음 어절의 첫 음절에 짧게 강세를 두는 현인 특유의 창법이 경쾌한 가락과 실제 체험을 그대로 반영한 가사와 어우러진 이 노래는 전쟁에 시달리는 전 국민을 위로하는 노래로 빠르게 퍼져 나갔다. 이 노래를 듣다 보면 1·4후퇴 때 흥남부두에서 부산으로 피란을 와서 국제시장과 영도다리 등을 전전하며 살았던 월남 피란민의 애환이 저절로 머릿속에 그려진다. 이 노래는 그런 점에서 고통에 공감하며 카타르시스를 느끼게 하는 대중문화 예술의 한 본보기가 된다.

상식적인 용어지만 1·4후퇴라는 말에 대해서도 짚고 넘어가자. 이 말은 1951년 1월 4일, 서울이 인민군과 중공군에게 재점령당한 날을 기준으로 한 것이다. 실제로 북한 지역 내에 깊이 침투해 있던 국군과 미군이 후퇴하고, 또 그 지역 주민들이 피란을 하기 시작한 것은 이보다 훨씬 앞의 일이다. 이런 후퇴와 피란은 9월 28일 서울을 수복한 뒤 북진을 거듭할 때는 아무도 예상하지 못한 일이었다. 결국 그해 10월 25일 중공군이 개입하면서 국군과 유엔군은 북진 통일을 눈앞에 둔 채 후퇴해야 했다. 광복 이후 북한 체제를 경험한 상당수의 북한 주민들이 대규모로 피란길에 나선 것도 이때였다.

바로 이곳 흥남부두는 북진한 함경도 일대의 국군과 미군의 철수 병력이 집결된 곳이자 북한 체제에서 벗어나려는 그 지역 주민들이 남한으로 피란을 가기 위해 한꺼번에 몰려든 곳이다. 이들 중 미 제 10군단 아래의 3개 사단, 국군 제1군단 등 10만 5000명의 병력, 1만 7000대의 차량을 비롯한 많은 물량의 장비와 물자, 그리고 9만 1000명에 이르는 북한 지역 피란민들이 이 흥남부두에서 출발해 기뢰가 다량 매설된 동해를 헤치고 철수와 피란에 성공한다. 1950년 12월 14일부터 12월 24일 크리스마스이브 사이에 일어난 이 철수 작전 덕분에 전시 상황에서 긴요한 병력과 물자가 38선 후방으로 재배치되고, 북한 체제 아래 당할 화를 모면하려는 피란민들이 부산과 거제도 등에 안착할 수 있게 되었다. 바로 이것이 대중가요 「굳세어라 금순아」의 배경이자, 6·25전쟁의 역사에서 '흥남 철수'라고 기록되는 사건이다. 흥남은 우리에게 바로 흥남 철수의 흥남부두로 오래 기억되고 있는 것이다.

운명의 결단

    잘 알려졌다시피 6·25전쟁은 초반 수세에 몰린 한국이 유엔군을 맞아들여 낙동강 방어선에서 인민군의 공격을 막아 냈고, 그 사이 인천상륙작전을 계기로 북진을 시도해 통일을 완수하는 과정으로 이어지고 있었다. 그러나 중공군의 대대적인 기습에 속수무책이 된 맥아더 원수는 결국 후퇴 명령을 내리고 만다. 이때가 11월 29일이었다. 함경도 지역은 국군 1군단이 동해안을 따라 청진까지 치고 올라가 있었고, 미 육군 3사단과 7사단의 병력 일부가 함경남북도의 내륙으로 북상해 두만강 쪽으로 향해 가던 중이었다. 이들이 후퇴 작전을 펼치고 있는 사이에 인민군과 중공군이 미리 퇴로를 차단하게 되면서 미군과 국군은 큰 위기에 빠져 버렸다.

    12월 1일, 흥남에서 원산으로 가는 육로와 철도가 차단되었다는 보고가 올라왔다. 12월 3일, 원산으로 몰려 내려간 국군과 미군 병력 3000여 명, 피란민 7000여 명, 차량 1000여 대, 화물 1만여 톤이 함선 편으로 부산으로 철수한 이후 원산은 이미 중공군과 북한 인민군에 접수되고 말았다. 또 함경북도 합수까지 올라갔던 제3사단이 성진으로 후퇴해 해상으로 철수한 뒤, 성진 지역 역시 12월 9일 이후에 적의 수중으로 들어가 버렸다. 그러니까 함경도 내륙과 해안 일대로 진군하던 병력의 상당수가 제대로 후퇴를 못한 상황이었는데, 함남의 북부 이북 지역과 남단, 강원의 원산 지역 일대를 모두 중공군이 차지해 버린 것이다. 북진했다 빠져나가지 못한 모든 병력이 후퇴를 위해 집결할 수밖에 없었던 곳이 바로 함흥이었고, 이들의 후퇴를 완성시킨 부두가 바로 흥남이었다. 흥남은 항구가 좁지만 7~11척의 함선이 계류할 수 있는 곳이었다. 게다가 상륙 작전용 수송함인 LST가 접안할 수 있는 해안이 갖춰져 있어서 철수 작전을 수행하기에는 최적지였다.

여기서 먼저 한 가지 기억해야 할 사건이 있다. 이름하여 장진호 전투다. 미군 해병 1사단은 11월 중순까지도 함경도 내륙으로 북진하면서 평안도와 함경도를 가로막은 산악 지대를 헤치고 나가야 했다. 이들의 임무는 경계를 넘어가 청천강 유역에서 서부 전선의 병력과 합세한 뒤 국경선까지 완벽히 장악해 간다는 거였다. 그러나 그것은 이론에 불과했다. 영하 40도까지 내려가는 강추위에 해발 1000미터가 넘는 험준한 산들이 가로놓인 지형이었다. 1사단장 올리버 P. 스미스 장군은 산악 지대에 진입했을 때부터 작전이 무리라는 것을 알고 진군을 계속하라는 상부의 명령을 의도적으로 회피하면서 만약의 사태를 대비했다.

아니나 다를까, 20만 명이 넘는 중공군 병력의 반 이상이 내륙 지역으로 진격해 왔고, 이에 대한 미군의 대응 과정에서 장진호 일대에서 치열한 전투가 벌어진다. 이 전투에서 미 해병 1사단은 중공군 6개 사단에 맞서 싸워 보름간의 시간을 벌었다. 이때 미군은 500여 명의 전사자를 냈고, 중공군은 무려 4만 명이 넘는 전사자를 냈다. 이것이 제2차 세계대전 때 독일과 소련 간에 벌어진 스탈린그라드 전투와 함께 세계 2대 동계 전투로 꼽히는 장진호 전투다. 중공군 주력 부대를 손상시키고 공격을 지연시킨 이 전투가 없었다면 흥남 철수는 성립될 수 없었다.

그 무렵 함흥에 머물러 있던 미군 10군단 앨먼드 소장은 흥남부두를 통한 대규모의 철수 작전을 수립했다. 흥남은 함흥에서 4마일 거리, 항공통제본부 역할을 하는 연포 비행장에서도 역시 4마일 거리에 있었다. 12월 초 10군단 사령부가 함흥에서 흥남으로 철수하면서 역사적인 철수 작전의 서막이 펼쳐졌고, 철수 병력들은 속속 흥남으로 몰려들었다. 흥남에 설치된 제10군단 사령부에서는 시시각각 달라지는 전황을 보고받으면서 철수 작전을 펼쳐 나갔다.

여기서 또 하나의 중요한 사실을 기억해야 한다. 흥남 철수는 원래 적진에 투입된 군사들의 퇴로가 막힌 상황에서 해상을 이용해 이들을 후방 지역으로 철수시키는 군사작전이었다. 그런데 북한 체제에서 살고 있던 엄청난 규모의 지역민들이 철수하는 군인들을 따라나서는 바람에 흥남은 역사 이래 가장 많은 사람들로 북적거렸다. 미군으로서는 전혀 예측하지 못한 일이었다. 군사의 후퇴와 군 장비의 철수를 담당할 선박도 절대적으로 부족한 상황이라 피란민 수송은 상상조차 할 수 없었다.

앨먼드 소장은 피란민들을 격리시키고 철수 작전을 서둘렀다. 이때 한국군 1군단 군단장 김백일 소장, 3사단장 최석 준장, 수도사단장 송요찬 준장, 군단 민사처장 유원식 중령 등이 피란민들을 동반할 것을 강력하게 요청했다. 이들의 뜻을 앨먼드 소장에게 전달한 사람은 앨먼드 소장의 고문으로 있던 현봉학玄鳳學이었다. 현봉학은 함경북도 성진 출신의 재미 의학자로, 6·25전쟁 때 한국 해병대에서 문관으로 활동하다가 앨먼드 소장의 고문이 되어 전장 깊숙이 따라와 있었다. 기독교인인 그는 북한 체제에서 박해받는 기독교인들의 사정을 누구보다 잘 알고 있었다. 현봉학은 부두 관리와 상이륙 작전 전문가인 에드워드 포니 대령의 도움으로 앨먼드 소장에게 20만 명의 지역 주민들이 피란을 가려고 몰려들고 있다는 사실을 유창한 영어로 설명했다.

반대가 심했다. 특히 피란민들 사이에 인민군과 중공군이 섞여 들 수 있다는 의견이 강했다. 그러나 앨먼드 소장은 북진 당시 자신들을 열렬히 환영해 준 북한 주민들을 떠올리며 생각을 바꾸었다. 우선 함흥의 피란민 4000명을 기차로 홍남까지 실어 나르고, 군대 외의 철수 대상을 '함흥에서 유엔군을 위해 일해 준 사람들과 기독교인'으로 한정했다. 그러나 현봉학은 "함흥과 홍남의 이십만 민간인이 어디로 피란을 갈 수 있겠느냐, 적들이 사방에서 쳐들어오고 있는 데 갈 곳이 어디에 있겠느냐"며 호소했다(현봉학, 『현봉학과 홍남 대탈출』). 앨먼드 소장은 결국 모든 피란민들을 수송하겠다고 약속하고, 동해와 태평양 가까이 와 있던 미 함정과 한국 해군의 대형 발동선을 비롯해 상선·화물선 등 200여 척의 선박을 집결시켰다.

홍남 철수는 12월 15일, 홍남과 함홍 사이에 구축된 교두보의 방어선이 점차 홍남을 중심으로 좁혀 들어오고 있는 사이, 미 해병 제1사단 병력 일부를 실은 함정이 출항한 것으로부터 시작되었다. 12월 20일을 넘기면서 홍남부두는 이미 아수라장이 돼 있었다. 차례를 기다리다 배에 타지 못한 피란민들은 발을 동동 굴렀다. 부모형제가 서로 떨어져야 하는 경우도 수없이 많았다. 가까스로 배에 타긴 했으나 부두에 남은 부모형제의 이름을 소리쳐 부르는 아이들, 배를 타고 멀어져 가는 가족을 바라보며 울부짖는 사람들, 어린 자식을 떠밀어 올리며 제발 데려가만 달라고 애원하는 사람들, 차마 혼자 떠나지 못하고 선창가에서 차가운 바닷물에 뛰어드는 사람들, 이미 시신이 되어 바다에 떠오른 사람들······. 차마 눈을 뜨고 바라볼 수 없는 단장의 이별이었다. 대중가요 「굳세어라 금순아」에서 누이동생을 잃어버린 사내는 실제 철수 작전이 펼쳐지는 홍남부두에서는 매우 흔한 사건의 주인공이었다. 가족을 잃고, 양식을 떨어뜨리고, 보퉁이가 뒤바뀌고, 바다에 빠져 죽고, 울부짖고 부르고 찾고 꾸짖는 1950년 겨울의 홍남부두는 마치 마지막 지구의 날에 구원을 받기 위해 우주로 향하는 비상 탈출구 같았다.

김동리 단편소설 「흥남 철수」(1955)는 바로 이 흥남 철수를 다룬 대표적인 작품이다. 이 소설에는 9·28수복 이후 북진을 하던 국군을 따라가 함흥 일대에서 선무 활동을 펼치던 종군 작가와 그를 도와주던 지역 주민의 인연이 흥미롭게 펼쳐진다. 이 소설의 내용에 따르면 9·28수복 후 서북·동북 두 방면으로 나뉘어 북진하던 유엔군과 국군은 11월 말에 중공군의 개입으로 큰 위기를 맞는다. 그중 서북 방면으로 진군한 유엔군은 11월 28일부터 후퇴하기 시작한다. 한편으로는 11월 25일 나남·청진을 탈환한 국군과 유엔군은 서북 쪽으로 진군한 병력이 후퇴하는 것과 상관없이 29일까지 회령·나진을 향해 계속 진군하고 있었다.

　이 무렵 함흥에 와 있던 '사회단체연합회' 파견 '종군 문화반' 소속의 시인 박철이 시국 만화를 그리는 화가 이정식, 노래를 가르치는 음악가 김성득과 같은 조원으로 선무 활동을 한다. 이들 셋이 11월 6일 서울에서 항공편으로 원산에 닿아 3일을 묵고, 다음 목적지인 함흥으로 가기 위해 원산을 떠나 흥남에 닿은 것이 10일이었다. 여기서 다시 7일을 묵고 함흥으로 간 것은 그달 20일이었다. 이들의 임무는 "전과의 보도나 전황의 기록을 위한 전선 종군이 아니라, 수복 지구의 동포들에 대한 계몽 선전 위안을 주는 데" 있었다. 그런데 그들은 두만강 탈환의 명장면을 보기 위해 청진으로 가려고 주둔지의 정훈대로 가서 청진 가는 배편을 구하던 중 "한꺼번에 두부頭部가 없어지는 듯한 순간"을 맞는다. 11월 28일 이미 맥아더 사령관의 후

퇴 명령이 떨어져 있었던 것이다. 결국 그들은 함흥에서 용케 흥남
으로 들어서는 데 성공해서 흥남부두에서 철수하는 배에 몸을 싣게
된다.

이들이 닿은 1950년 12월 20일 아침 6시경, 철수 직전의 흥남부두
의 모습은 다음과 같이 묘사되고 있다.

> (……) 눈바람을 무릅쓰고 얼음판 위에서 밤을 새운 군중들은 배가
> 부두에 와 닿는 것을 보자 갑자기 이성을 잃은 것처럼 와~ 하고 소리
> 를 지르며 곤두박질을 하듯 부두 위로 쏟아져 나왔다. (……) 부두 위
> 는 삽시간에 수라장이 되었다. 공포가 발사되고, 호각이 깨어지고, 동
> 아줄이 쳐지고 하여 일단 혼란은 멎었으나, 그와 동시, 이번에는 또 그
> 속에 아이를 잃어버린 어머니, 쌀자루를 떨어뜨린 남편, 옷 보퉁이가
> 바뀐 딸아이들의 울음소리와 서로 부르고, 찾고, 꾸짖는 소리로 부두
> 가 떠내려가는 듯했다.

이는 소설의 한 대목이지만 실제 상황은 이보다 더하면 더했지 결
코 덜하지 않았다. 그런데 김동리가 한국문학에서 흥남 철수라는 역
사적 사건을 다룬 보기 드문 작품이 될 이 「흥남 철수」를 창작하는
데는 바로 소천의 실제 경험담이 큰 도움이 되었다고 한다.

청진제일고등학교 교사직에서 물러나 있던 소천은 전쟁이 나던
그해 11월 25일 청진에 입성한 국군과 유엔군을 보았다. 그들은 곧

이어 북진을 거듭해 회령과 나진을 거쳐 국경을 향해 갔다. 이제 교회도 없고 문학도 죽은 시절은 종식되리라 믿었다. 그러나 청천벽력 같은 소식이 들려왔다. 중공군의 대대적인 침투로 유엔군이 후퇴한다는 거였다.

소천은 북조선문학예술총동맹 소속 작가였다. 그러나 아마도 소천이 아동문학을 하지 않았다면 벌써 여러 번 문책을 받았을 것이다. 소천의 문학은 그만큼 체제 이념을 따르지 않았다. 게다가 기독교인이자 지주 계급 출신으로 이미 많은 것을 앗겨 버린 상황이었다. 그대로 북한에 남아 있으면 미군과 국군이 물러나는 즉시 부역 혐의로 몰려 목숨을 부지하기 어려웠다. 우선 몸을 피하고 봐야 했다. 많은 짐을 쌀 시간도 없었지만, 머지않아 돌아올 수 있으리라 생각했다. 소천은 옷 보퉁이 속에 그동안 써 온 원고 뭉치를 단단히 넣고 보자기로 꼭 쌌다. 그리고 가족을 두고 단신으로 피란민 대열에 끼어들어 후퇴하는 미군을 따라 하염없이 걸었다. 기진맥진한 몸으로 다다른 흥남부두는 이미 피란민들로 인산인해를 이룬 상황이었다.

생전에 소천은 가족들에게 이때 흥남부두에서 배를 타게 된 경위를 다음과 같이 설명한 바 있다.

기적이었다. 많은 사람들이 발을 구르며 부두에서 아우성치고 있었다. 출발하려던 배에서 내린 군인 하나가 "예수 믿는 사람은 이쪽에서 줄을 서세요!" 하며 왼편을 가리켰다. 귀가 번쩍 틔어 재빨리 군인이

가리킨 쪽에 가 섰다.

소천은 그렇게 배를 탈 수 있었다. 아직 온전한 철수가 아니었다. 소천은 배 화물칸에서 난생처음 굶주림을 겪는다. 뒷날 위암 수술을 받을 때 소천은 그때 일을 회상한 바 있다.

배 안에서 먹은 건 밥을 뭉쳐서 양동이에 담긴 바닷물에 적셨다가 건져 준 주먹밥 한 덩이뿐이었어. 그게 얼어서 이가 들어가지 않았어. 앞니로 조금씩 긁어서 먹어야 했지. 공복에 그거 하나로 며칠씩 버텼으니, 그때 위를 버린 것 같아.

그때 소천이 언제 어떤 배를 탔는지 정확히 알 수는 없다. 소천이 쓴 한 수필에 따르면 배를 타고 장승포에 도착한 것은 크리스마스 새벽이었다고 한다. 어떻든 소천은 그렇게 살아남았다.

흥남 철수를 두고두고 기억하게 한 결정적인 사건의 한가운데에 메러디스 빅토리Meredith Victory 호라는 배가 놓인다. 선장 레너드 라루가 지휘하는 이 배는 12월 20일 아수라장이 된 항구로 들어섰다. 라루 선장은 여기서 인생 최대의 결단의 순간을 맞는다. 빅토리 호는 승객을 태우는 여객선이 아니었다. 승무원 35명 외에 승선할 수 있는 정원이 12명이었다. 더구나 자칫 잘못하면 작은 불꽃 하나로 배 전체가 폭발해 버릴 수 있는 제트 연료를 300톤이나 탑재한 상태였다. 중공군을 향한 미군의 폭격 소리가 멀지 않은 곳에서 들려오고 있는 때였다. 부두에 몰려든 피란민들은 바다를 향해 아우성치고 있었다. 시간은 빠르게 흘렀다. 라루 선장은 미군 수뇌부와 수 차례 교신했다. 마침내 라루 선장의 입에서 배 안에 있는 모든 화물을 바다에 던지라는 명령이 떨어졌다.

승선은 12월 22일 밤 9시 30분부터 시작되었다. 피란민들도 가져온 짐을 버리고 맨몸으로 배에 올랐다. 밤을 꼬박 넘기고 있었지만 잠든 사람은 아무도 없었다. 추위를 피해 몸을 오그릴 곳도 없었고 그럴 수 있는 시간은 더더욱 없었다. 승객은 1만 4000명이었고, 이 중에서 다친 승객이 17명, 임산부가 5명이었다. 피란민들이 계속 몰려들었지만 안타깝게도 더 이상 자리가 없었다. 라루 선장은 마침내 갑판의 문을 끌어올리라 명령했다. 이때가 12월 23일 오전 11시 10분이었다.

피란민들은 혹독한 추위와 싸우면서 힘겨운 항해를 시작했다. 5층 밑창의 화물창에서부터 피란민들로 빼곡히 채워져 있었고, 이들을 위한 난방 시설이나 목욕통·화장실 따위는 없었다. 심지어 마실 물도 남아 있지 않았다. 군인용 화장실은 배의 고물 밖으로 튀어나온 노천 갑판에 설치되어 있어서, 용변을 보는 동안 난간을 단단히 붙잡고 있지 않으면 그대로 바다에 굴러떨어질 수도 있었다. 뒷날의 일이지만 이 배가 철수 작전을 마치고 일본과 미국으로 돌아갔을 때, 아무리 청소를 해도 배에 스민 악취가 가시지 않아 고통스러웠다고 한다. 더욱 놀라운 일은 항해 도중 배 안에서 5명의 새 생명이 태어났다는 사실이었다.

12월 24일, 마침내 메러디스 빅토리 호가 부산항으로 들어서고 있었다. 피란민들은 세상에서 가장 빛나는 크리스마스 선물이 하늘에서 내린다고 생각했다. 그때 청천벽력 같은 소리가 들려왔다. 부산에 이미 백만 명이 넘는 피란민들이 들어와 있어 더 이상 피란민을 받을 수 없다는 소식이었다. 악몽 같은 시간을 견뎌 온 피란민들은 엄청난 충격을 받았다. 자칫 잘못하면 폭동이 일어날 수도 있었다. 몇 시간 동안 실랑이가 벌어졌다. 통역병들의 도움으로 피란민들을 진정시킨 다음 7시간에 걸쳐 옷가지와 식량을 배에 실었다. 다시 부산을 떠난 메러디스 빅토리 호는 12월 26일 거제도에 도착해 5시간에 걸친 하선 작업으로 자신이 구출한 1만 4000명의 피란민들을 평화로운 섬 거제도의 장승포 항에 내려놓는 데 성공한다.

우리에게 흥남 철수가 그토록 기억에 선명한 것은 무엇보다 전쟁 중의 철수 작전으로 단기간에 10만 명이 넘는 군인과 10만 명에 달하는 민간인을 모두 안전하게 수송했다는 점에 있다. 특히 메러디스 빅토리 호가 12월 22일 흥남을 출발해 크리스마스이브인 24일 부산항에 닿았다가 다시 이틀 뒤 거제도에 정박하는 동안 1만 4000명의 피란민 중 단 사람도 희생되지 않고 살아남은 기적적인 사건이 한 편의 감동적인 드라마처럼 오래 기억에 남는다. 어디 그뿐이랴. 흥남에서 배를 타고 부산으로 거제도로 온 사람들 모두가 하나의 감동으로 살아남아 있다.

6·25전쟁 발발부터 정전협정까지 총 1129일 동안의 사건을 날짜별로 정리한 『6·25전쟁 1129일』(이중근 편)은 흥남 철수를 다음과 같이 기록하고 있다.

작전 기간   1950. 12. 15~24

참가 부대   미 제10군단(앨먼드 소장)

국군 제1군단(김백일 소장)

수송선 132척

작전 상황   12. 4 평양 철수

12. 6 북한군 평양 점령

12. 8 흥남 철수 지시

12. 15 미 해병대 제1사단, 철수 개시

12. 24 미 해병대 제1해병사단, 최종 철수

철수 내용   미 제10군단 병력 10만 5000명

차량 1만 7000대

피란민 약 9만 1000명

군수품 35만 톤

특기 사항   메러디스 빅토리 호 : 흥남 철수 작전에서 활약한 미 상선
　　　　　　— 미 제10군단 앨먼드, 고문 현봉학, 메러디스 빅토리 호
　　　　　　선장 라루의 결단. 선적한 무기 하역하고 피란민 1만

4000명 탑승하여 철수 성공.

— 흥남 철수 작전 관련 대중가요 「굳세어라 금순아」(강

사랑 작사, 박시춘 작곡, 1953)

어떻게 살 것인가

거제도는 한반도 남동단에 위치한 따뜻한 섬이다. 1950년 6월 25일 전쟁이 발발하고 그해 여름 낙동강까지 전선이 밀려 내려왔으나 9월 중순 들어 북진 분위기가 확연했다. 라디오에서는 승전 소식이 거듭 흘러나왔고 곧 통일이 될 거라는 희망찬 소리도 들려왔다. 그러나 거제도는 뜻밖에도 어느 후방 지역보다 더 전장에 가까워져 있었다. 정부는 전쟁 포로들을 수용할 장소로 거제도를 지목했다. 육지와 멀지 않으면서도 섬이라는 지형 조건상 관리 인력과 경비를 줄일 수 있다는 점, 급수도 쉽고 포로들이 식량을 경작할 수 있는 땅이 있다는 점 등이 고려된 조치였다. 이에 따라 거제도의 중심부인 일운면 고현리(지금의 고현동)를 중심으로 총 1200만 제곱미터의 땅에 포로수용소가 들어서게 되었다. 이때 이곳에서 살고 있던 수만 명의 주민들이 삶의 터전을 양보하고 다른 곳으로 옮겨 가야 했다. 그로부터 3년 뒤인 1954년 어느 신문에, 살던 집을 징발당한 채 떠나야 했던 주민 중 1만 4000명에 대한 보상이 제대로 이루어지지 않았다는 기사가 있는 걸로 보아 당시의 급박했던 사정을 짐작할 수 있다.

그렇게 들어서기 시작한 포로수용소에는 1951년 2월 말에 5만 명, 1951년 6월 말에 중공군 2만 명을 포함해 최대 17만 3000여 명의 포로가 수용되기에 이른다.

1950년 12월 24일, 포로수용소가 들어서고 있던 이 섬에 저 아득한 북쪽 함경도에서 배를 타고 온 사람들이 몰려들고 있었다. 그때 장승포 경찰서에서 나온 경찰 병력이 피란민들의 하선을 지켜보았다. 주민들이 준비한 주먹밥은 이내 동나 버렸다. 당장 이들을 수용할 곳도 마땅치 않아 경찰은 인근 초등학교로 피란민들을 데려갔다. 이북에서 온 사람들이라 나름대로 경비도 삼엄하게 해야 했다. 그러나 이튿날 피란민을 태운 배가 또 들어왔다. 경찰들도 이젠 속수무책이었다. 주먹밥은 턱없이 모자랐다. 피란민들은 여기저기 흩어져 스스로 먹고 잘 곳을 해결해야 했다.

원래 이들이 닿기로 돼 있던 곳은 부산이었다. 그러나 부산은 이미 피란민들로 몸살을 앓고 있었다. 12월 중순부터 흥남 철수 작전으로 배를 타고 수천 명씩 밀려드는 피란민들은 부산항 입구에서부터 차고 넘쳤다. 12월 20일을 넘기면서 더 이상 피란민들을 받을 수 없게 되자, 22일부터는 아예 배를 대지 못하게 부두를 막아 버렸다. 정부가 마련한 다음 장소는 거제도였다. 그 무렵 거제도에는 포로수용소가 설치돼 있어 대규모의 피란민들은 불청객일 수밖에 없었다. 그러나 피란민들은 며칠째 계속 밀려들었고, 거기에는 메러디스 빅토리 호를 타고 온 1만 4000명의 피란민들도 있었다.

1951년 1월 15일 기준으로 거제도에 상륙한 피란민은 10만 명으로 집계되고 있다. 정부는 수용 시설을 제공하고 구호물자를 보내는 등 대책 마련에 힘썼다. 그러나 역부족이었다. 피란민들은 스스로 대책을 마련해야 했다. 피란 올 때 금붙이라도 지니고 온 사람은 그걸 팔아 장사 밑천이라도 했지만 대부분은 수중에 가진 게 없었다. 산에서 나무를 해다 팔거나 막노동, 구두닦이 등이 그나마 그들이 할 수 있는 일이었다. 그런 중에도 차츰 안정을 찾게 되자, 부두에서 쌀이나 고무신, 광목 장사를 하거나 솥을 걸어 놓고 국밥이나 국수, 팥죽을 만들어 팔기도 했다. 이북 음식이 섬사람들에게 인기가 있어 이때 제법 돈을 번 피란민도 있었다. 장승포항을 중심으로 옥포항·고현항 등이 이들 피란민들의 생활 터전이 되었다.

나중의 일이지만 포로수용소 근처로 가서 포로들을 상대로 장사를 해서 먹고산 사람들도 있었다. 수용소 철조망을 사이에 두고 포로들한테 먹을 것을 주고 옷가지와 모포를 받아와서 'PW'(prisoner of war, 전쟁 포로)라는 글씨를 지운 다음 국방색을 탈색해서 시장에 내다 팔면 돈이 꽤 되었다. 그럴 즈음에는 미군 구호미가 내려오기도 했다.

이로부터 57년이 흐른 뒤, 한 피란민은 그때의 정황을 이렇게 전하고 있다.

내가 거제에 처음 발을 들여놓은 지도 벌써 57년이나 됐다. 지금 포로수용소 유적지에 머리만 엉성히 만들어져 있는 그 메러디스 빅토리호를 타고 부산을 거쳐 장승포 앞바다에 내린 때가 1950년 겨울 칼바람이 몰아치는 12월 26일이었다.

1951년 여름, 포로수용소가 커지면서 많은 거제도 피란민들도 먹을 것을 찾아서 지금의 연초로 몰려왔다. 두무실 부면장 댁에서 머슴살이를 하던 나도 연초로 왔다.

MP 다리(지금의 연초교) 조금 북쪽 개울가에 움막을 지어 천막과 짚으로 지붕을 잇고 수십 명이 그 안에서 살았다. 미국 구호미가 없었으면 아마도 죽었을 것이다. 납작보리(壓麥), 밀 그리고 깡통 우유가루가 먹을거리 전부였다. ― 김동호, 「거제 유감」

소천은 크리스마스 새벽에 장승포항으로 내려섰다. 춥고 배가 고파 몸이 덜덜 떨렸다. 씻기는커녕 배변조차 제대로 하지 못했다. 거지꼴이 따로 없었다. 이집 저집 돌아가며 밥을 청하다가 몇 집 만에 어느 교인 집에서 밥을 얻어먹고 그 자리에서 고꾸라져 잠이 들기도 했다. 그 후로도 여러 집을 전전하며 지냈다. 고향에서는 꿈에도 그려 본 적이 없는 아득한 남쪽의 작은 섬나라. 고향보다야 기후 조건이 좋았지만 그건 집이 있는 사람들 얘기였다. 추위와 배고픔, 그리고 두고 온 가족 생각으로 고통받는 나날이 이어졌다. 소천은 미둔리 숲길과 아이들의 노랫소리가 들리는 주일학교 교실 풍경을 그려 보았다. 살고 싶었다. 살아서 그 고향으로 돌아가야 했다. 고향에서 가족들과 함께 살면서 이 나라를 바로세우는 이야기를 마음껏 들려주고 싶었다.

'문학이 밥 먹여 주나?'라고 말하는 사람들이 있다. 이 말 속에는 당장 먹고살 것도 없는데 문학에 빠져 무능한 상태로 살아가는 사람들에 대한 비난의 뜻이 담겨 있다. 위기 상황에서 문제를 직접 해결하기보다는 그에 대한 시나 쓰고 있다면 그런 비난을 들어도 할 말이 없다. 그러나 위기 상황을 겪는 동안에도 사람의 머릿속에는 무수한 생각들이 스쳐 지나간다. 그리고 그 생각들은 어떤 작품, 어떤 시구보다 더 절절한 이미지가 되기도 한다. 심지어 자신이 죽어 가는 긴급 상황에도 인간의 머릿속에서는 '나는 죽는다' 하는 의식 외에 무수히 조각난 언어의 향연이 벌어진다. 그 언어들은 너무 절박해서 위대한 시인이 죽도록 떠올려 온 시적 표현에 맞닿는다. 인간은 죽어 가면서도 '무능하게' 그런 걸 떠올리고 있는 거다. 그러니 오래 작품을 생각하고 써 온 사람들은 그런 위기를 겪을 때마다 습관적으로 '문학 언어'를 불러오곤 한다. 문학이 밥 먹여 주지 않아도 문학은 인간에게 '죽도록' 살아 있는 것이다.

소천은 가족을 두고 홀로 배를 탈 때 자신의 작품 노트를 보자기에 싸서 몸에 지녔다. 그 보자기가 과연 무얼 해 줄 수 있었겠는가. 어쩌면 몸에 끌어안고 있어서 조금이나마 온기를 나눌 수 있었을지 모른다. 고단한 몸을 누일 때 베개가 되어 주었을지도 모른다. 아니면 몸뚱이 하나 지탱하기 어려운 상황에서 불편한 애물단지가 되었을 수도 있다. 어쨌든 소천은 그 보따리를 지니고 배에 올랐고, 그 보따리와 함께 피란지에 머물렀다. 소천은 남의 집 헛간이나 창고 같은 곳에서 틈틈이 그 보따리를 풀어 자신의 작품을 읽고 고치고 이어 갔다. 그것이 없다 해도 소천에게서 문학은 죽지 않았을 테지만, 절박한 상황에서 그것은 구체적이고 가시적인 '문학의 실체'로서 소천을 지탱하게 해 주었다.

산에 가서 나무를 하거나 생선을 내다 팔아 겨우 입에 풀칠을 하면서 살던 소천은 이 무렵 이색적인 경험을 하기도 한다. 어느 날 근처 초등학교 운동장을 거닐고 있었는데, 그 모습이 학교 교장의 눈에 띄었다. 교장은 처음에 내쫓을 듯이 소천을 경계했다. 소천이 신분을 밝히자, 그제야 교장은 소천이 잡지에 쓴 글을 읽었다며 점심식사까지 대접했다. 이 이야기는 뒷날 김영자의 『강소천 전기』에 다소 극적인 스토리로 기술돼 있다.

소천은 그때 처음으로 척박했던 일제 강점기에 동시와 동화를 써서 신문과 잡지에 발표한 것이 얼마나 큰 힘을 발휘하는지를 실감했다. 6·25전쟁 전 국민학교 교과서에 소천의 동시 「닭」이 실려 있었지만, 청진에서 고등학교 교사 생활을 하던 소천은 그 사실을 몰랐다. 소천은 비록 "거지처럼 사는 월남 피란민 신세"였으나 윤석중에 이어 두 번째로 창작 동시집을 냈고, 유수한 일간지에 동화를 수십 차례 발표한 작가였다. 소천은 그 사실만으로 다시 힘을 낼 수 있었다. 『강소천 전기』는 이날 소천의 다짐을 이렇게 쓰고 있다.

여기 이러고 있을 때가 아니다. 내가 할 일을 찾아 나서자. 전쟁에 시달리고 마음이 메마른 어린이들에게 꿈과 용기를 심어 주자.

소천의 다짐은 머지않아 현실이 되었다. 소천은 의지할 곳 없는 피란민 신세였지만 자신이 앞으로 어떻게 살아야 하는가를 생각했고, 그 길을 찾아 마침내 수용소 생활을 접고 부산으로 떠났다. 대부분의 피란민들이 거제에 오래 남아 있었던 것에 비하면 소천은 매우 일찍 그곳을 빠져나온 셈이었다.

7

피란지에서 피운 꽃

던져진 사람들

소천과 동갑인 작가 황순원은 평안남도 평양의 바로 남쪽 도시인 대동군 출신으로 평양과 서울, 그리고 유학 도시 동경을 오가며 문학 활동을 했다. 광복 직후 평양에서 활동하다 집안 재산이 몰수되고 교회가 폐쇄당하는 데다 지역 동인 작품집 『관서 시인집』 등이 비판을 당하자 일찌감치 38선을 넘어와 버린다. 월남 후 서울에서 교사 생활을 하던 중 6·25전쟁이 나자 피란을 가지 못하고 용케 한강 이남으로 도망쳐 지내다가 다시 1·4후퇴 때는 어쩔 수 없이 부산으로 피란을 가게 된다. 이 과정에서 겪은 일은 단편 「곡예사」(1952) 등 서너 편의 소설에 실화로 전개되고 있다. 모 변호사 댁 헛간 생활로부터 수삼 차례 남의 집 생활을 하던 대구에서의 경험, 일가족이 세 부류로 흩어져 살게 된 상황에서 그마저도 또 거리로 나앉게 된 일이 사실 그대로 그려진다. 이 중 특히 「곡예사」는 전쟁으로 가족을 책임질 수 없게 된 피란민 가장의 비참한 형편을 해학적으로 그려 내면서 아이들의 순진무구한 심성을 통해 극한 상황을 극복하는 '희망의 가능성'을 제시한 작품으로 평가받는다.

황순원의 경우는 가족이 함께 피란 와 있는 것만으로도 큰 위안이 되었을지 모른다. 김동리의 단편소설 「밀다원 시대」(1952)의 작중인 물인 소설가 이중구는 가족 없이 단신으로 부산에 와 있다. 그는 부산에서의 첫날은 보수동 K통신사 지국에서, 둘째 날은 남포동에 있는 평론가 조현식의 집에서, 셋째 날은 부산에서 활동하고 있는 소설가 오정수의 집에서, 그리고 넷째 날은 다시 조현식의 집에서 기숙한다. 그러나 그에게 부산은 여전히 막막한 땅끝으로 느껴지기만 한다. '밀다원'은 낮에 그들이 주로 머무는 다방 이름이다. 작중 말미에는 밀다원을 무대로 한 시인 박운삼 자살 사건이 펼쳐져 있다.

「밀다원 시대」는 등장인물의 이름만 다를 뿐 전쟁 중에 부산으로 피란 가 있던 당시 문학인들의 모습을 그대로 딴 것으로 알려져 있다. 작중 화자 이중구는 김동리 자신, 조현식은 평론가 조연현, 오정수는 소설가 오영수를 모델로 했다는 얘기다. 게다가 작품 말미에 나오는 박운삼 자살 사건도 실제로 있었던 일이다. 1951년 2월 16일 통금시간이 지났을 때, 남포동의 지하 다방 '스타'에서 군복 차림의 종군기자 한 사람이 자살한 시체로 발견된 것이다. 옆에는 프랑스어 사전이 한 권 있었고, 군복 안주머니에는 원고지 두 장짜리 유서가 있었다. 유서에서 밝혀진 것으로는, 그가 먹은 약은 페노바르비탈이었고, 자살 이유는 '다만 정확하고 청백히 살기 위해서'였다. 자살한 종군작가는 시인 전봉래인 것으로 밝혀졌다. 시인 전봉건의 형인 전봉래는 평안북도 안주 출신으로 낭만주의적 경향의 시인으로 알려져 있었다. 전봉건이 6·25전쟁에 참전했다 부상으로 제대한 후 피란 간 형을 찾고 있을 때였다. 전봉건은 이후 형이 죽은 스타다방이 있던 국제시장에서 양담배와 도색 잡지, 라이터 등을 파는 노점을 하며 연명했다.

평양 출신인 작가 손창섭孫昌涉도 이 무렵 부산 동래에서 피란 생활을 하고 있었다. 20세기 명단편 중 하나인 「비 오는 날」(1953)은 이때의 체험을 바탕으로 한 소설이다. 이북에서 피란 와 있던 한 청년(원구)이 고향 친구이자 역시 피란민인 두 남매(동욱, 동옥)를 만난 사연이 주된 내용이다. 원구는 비 오는 날이면 어김없이 동욱 남매의 "금방 쓰러질 듯 빗속에 서 있는" 집을 떠올린다. 영문학 전공자인 동욱은 미군들을 상대로 초상화 주문을 받아 오고, 한쪽 다리가 가늘고 짧은 동옥은 그 초상화를 그려 주는 일로 생계를 유지한다. 그러나 그들은 사기를 당해 돈을 잃고 충격에 빠진다. 모처럼 동욱 남매의 집을 찾아간 원구는 동욱은 강제 징집돼 먼저 사라졌고, 그 뒤 동옥마저 어디론가 떠났음을 알게 된다. 전쟁으로 안전한 땅을 찾아왔지만 그곳 또한 집이 될 수 없었다. 그들의 피란지는 비극과 상처를 씻지 못한 채 끊임없이 생명을 위협받는 위험 지역이었다.

소설가 최인훈도 흥남부두에서 LST를 타고 월남해 남한에 정착한 대표적인 월남 작가이다. 함경북도 회령에서 목재소를 운영하던 부친이 자산계급으로 분류돼 재산을 몰수당하고 원산으로 이주해 살던 중 6·25전쟁을 맞았다. 가족들이 북진한 국군에게 협력을 했던 터라, 국군이 후퇴하자 따라나설 수밖에 없었다. 이 사연은 자전적 장편소설 『화두』(1994)를 비롯해서 여러 작품에 등장하는 소재가 된다.

소설가 이호철도 흥남 철수 때 단신으로 월남해 부산에서 피란 생활을 했다. 부두 노동자, 제면소 직공, 그리고 미군 부대 경비원 등으로 생계를 유지했다. 이때 겪은 일은 등단작인 단편소설 「탈향」(1955)에 그대로 살아 있다. 이 소설은 부산 초량동의 제3부두를 무대로 하고 있다. 작중에서 철길의 빈 화차간을 잠자리로 삼고 있는 젊은 피란민 남자 넷은 모두 흥남 철수 때 미군 함정을 타고 살아나온 사람들이다. 이들은 고향을 못내 그리워하지만 결국 자신들이 살아갈 곳은 고향이 아니라 바로 언제나 삭막할 뿐인 땅 부산이라는 사실을 깨닫는다. 「탈향」의 주요 인물 '나'는 "중공군이 밀려 나온다는 바람에 무턱대고 배를" 타고 부산으로 피란 와 제면소 직공으로 일하고 있는 처지로, 이는 작가 자신의 이력을 그대로 닮아 있다.

실제로 이호철은 몸 누일 공간도 없을 정도로 춥고 배고픈 시절을 견디며 소설 습작에 매진했다. 당시 부산에 와 있던 무수한 피란민들 가운데 이호철에게 구세주 같은 사람들이 있었다. 바로 이미 문단에서 문명文名을 떨치고 있던 선배 작가들이었다. 이호철이 처음 만난 문인은 근대문학의 개척기 때 김동인과 쌍벽을 이루었던 소설가 염상섭廉想涉이다. 염상섭에게 "싹수가 보인다"는 칭찬을 들은 이호철은 이어 역시 피란 와 있던 황순원을 알게 된다. 황순원에게 여러 편의 습작을 보여 주며 지도를 받는데, 그 끝 작품이 바로 1955년 황순원 추천으로 『현대문학』에 발표한 「탈향」이다. 뒷날 이호철은 이 무렵의 피란민 체험을 장편소설 『소시민』으로 확대해 낸다.

시인 김수영金洙暎은 6·25전쟁 때 인공 치하인 서울에 있다가 인민군에 징집돼 북으로 간 상황에서 탈출에 성공했다. 서울로 돌아와 서대문 파출소에 자진 신고를 하고 집으로 가던 중 해군 본부 앞에서 체포돼 이후 거제도 포로수용소에서 수감 생활을 했다. 반공포로 석방 전인 1952년 11월 28일 충남 온양의 국립구호병원에서 다른 민간 억류인 환자 200여 명과 함께 석방되고는 휴전 때까지 부산에서 지냈다. 김수영과 동인 활동을 함께한 「목마와 숙녀」의 시인 박인환朴寅煥은 9·28수복 당시 딸을 얻었고, 대구·부산 등지에서 피란 생활을 하면서 종군작가로 활동해 생계를 유지했다.

1960년대 이후 『조선총독부』 『대원군』 등으로 낙양의 지가를 올리게 되는 작가 유주현柳周鉉은 경기도 양주의 형 집에서 6·25를 피했다. 수복 후 국방부 정훈국 편집실에서 근무했고, 이후 종군작가로 많은 작품을 낳았다. 「남으로 창을 내겠소」의 시인 김상용金尚鎔은 전쟁이 났을 때 서울에 은거해 있었다. 9·28수복과 함께 당시 공보처장 김활란金活蘭의 천거로 공보처 고문을 지내다, 1·4후퇴 때 부산으로 피란 가서 1951년 9월 김활란이 개최한 필승각 파티에서 먹은 게가 식중독을 일으켜 사망했다. 극작가 한운사韓雲史는 피란지 부산에서 포로수용소에 물건을 대 벼락부자가 된 친구의 부탁을 받고 잠시 유엔군 장교구락부의 지배인을 맡아 유엔군 환영회를 개최하기도 했다.

소설가 박용구朴容九는 문총구국대로 인천까지 종군했다가 1951년 말 인천에서 금파호를 타고 부산으로 왔지만 입항하지 못하고 제주도로 가게 된다. 제주도에서는 6일간 머물렀는데, 그때의 경험을 「제주도의 육일간」이라는 수필로 남겼다. 아동문학가 장수철은 원래 북한에서 북진한 유엔군을 따라 월남했다가 인천에서 배를 타고 제주도로 내려가서 1년 반 동안 머물렀다. 소설가 계용묵은 1·4후퇴 때 제주도로 가서 4년여를 살면서 시와 수필을 남겼다.

단편 「오발탄」의 작가 이범선李範宣은 평안남도 안주 출신으로 광복 후 토지를 소작인들에게 나누어 주고 서울에 와서 연세대 교무과에 근무하던 중 6·25를 만났다. 피란을 못 가고 3개월을 숨어서 지냈는데 9·28수복 때 뺨과 다리에 파편을 맞고 말았다. 이후 다리의 흉터는 평생 지우지 못한 채 살아야 했다. 이범선은 1·4후퇴 때 부산으로 피란을 갔다가, 1951년 가을 거제도 장승포의 거제고에서 교사 생활을 하면서 가난을 이겨 냈다.

「사슴」의 시인 노천명盧天命은 전쟁이 났을 때 피란을 가지 못하고 인공 치하의 서울에 남아 있었다. 이때 북한에서 온 옛 문학인들이 인도하는 궐기대회에 나간 일로 수복 후에 부역 혐의를 받게 된다. 결국 무기징역을 언도받고 1·4후퇴 때 부산으로 이감되었는데 동료 문인들의 탄원으로 풀려난다. 수필가 조경희趙敬姬도 같은 혐의로 사형 언도를 받았으나 역시 탄원으로 풀려난다.

이들 피란민 작가들이 남긴 피란 체험 소설은 이후 피란민소설로 분류되기도 한다. 황순원의 「곡예사」, 손창섭의 「비 오는 날」, 김동리의 「밀다원 시대」 외에도 「목숨」(최인욱), 「두 개의 심정」(김송), 「6·25」(조진대), 「광풍 속에서」(김이석), 「낙인」(이명온) 등이 실제 부산 일대에 피란해 살던 작가들이 자신들의 체험을 바탕으로 피란민의 모습을 형상화한 피란민소설이라 할 수 있다.

또 하나 주목해야 할 사실은 이들 피란민 작가들 다수가 종군작가단으로 활동했다는 점이다. 종군작가단은 군인들의 전의를 고무시키거나 전쟁 지역 주민들에게 선무 활동을 하거나 아니면 전황의 승전을 묘사해 후방에 전하고 민심을 안정시키는 일이 주된 임무였다. 광복 이듬해인 1946년 2월 12일 좌익 문화단체에 맞서고자 결성된 전국문화단체총연합회가 6·25전쟁 직후 비상국민선전대로 전환해 꾸린 한국 최초의 '종군기자단'이다. 평론가 임긍재, 시인 조영암·구상, 소설가 김송·박연희 등이 첫 구성원이었다. 이어 정부를 따라 대전으로 후퇴한 시인 김광섭·서정주·서정태·조지훈·박목월·조영암·이한직·박노석·박화목·구상, 평론가 이헌구, 소설가 김송·박연희·조흔파 등이 김광섭을 대장으로 하는 '문총구국대'에서 활동했다(신영덕, 『한국전쟁과 종군작가』).

전세가 불리해지면서 이들 문총구국대의 활동도 소극적이 되었다. 그러다가 1950년 9월 들어 전세가 역전돼 보다 본격적인 종군 활동을 하게 된다. 시인 유치환柳致環은 문총구국대 부산지대장으로 오영수·박용덕·홍영의 등과 동부전선에 종군했다. 유치환은 함경남도 원산을 탈환하는 과정을 겪고 나서 그 체험을 전선 시집 『보병과 더불어』(1951)에 남겼다. 최태응·조지훈·오영진·박화목 등은 평양 방면으로 종군하는데, 당시 평양의 분위기를 최태응은 「평양 인상기」라는 글로 남기고 있다. 김송·조영암은 해군을 따라 인천상륙작전에 참가한다. 이때의 체험을 김송이 종군기 「해병과 함께」, 단편소설 「달과 전쟁」 등으로 남겼다. 이 무렵 영등포 한강 대안 접전에 참가한 평론가 임긍재가 부상을 입는데, 이는 종군작가 최초의 전상戰傷으로 기록되고 있다.

피란민 작가들이 이 종군작가단에 가입한 것은 물론 일차적으로는 국가의 위기를 초래한 북한 공산당의 침략에 맞서 승리를 쟁취하고 통일을 이루는 데 일조해야겠다는 일념에서였다. 한편으로는 피란민 신분으로 일용할 양식이나 잠자리를 해결할 수 없는 절박함도 컸을 것이다. 일단 종군작가단에 들어가 열심히 활동하는 동안은 먹고 자는 문제가 어느 정도 해결되었던 것이다. 또 군복을 입고 완장을 차고 야간 통행증을 지닌 신분이었으니 민간인으로서는 그만한 신분 보장이 없었다. 마지막으로 중요한 것은 이전에 좌익 혐의 또는 부역 혐의를 받은 적이 있었던 사람에게는 그런 혐의를 벗을 수 있는 절호의 기회라는 점이었다.

하지만 거제를 거쳐 부산으로 들어온 피란 문학인 소천에게는 아직 이런 기회가 오지 않았다. 집도 절도 없는 빈털터리로 어떻게든 목숨을 부지하는 일부터 당면 과제였다. 굶주림 사이로 밀려드는 고향에 대한 그리움, 거기에 명확히 알 수 없는 공포까지 서서히 밀려왔다. 피란민 소천에게는 육체적으로나 정신적으로나 참으로 견디기 어려운 시간이었다.

대한민국으로 편입되다

부산에 온 소천은 1947년 먼저 월남한 형 강용택의 가족을 만날 수 있을까 하여 여기저기 기웃거렸으나 존경하는 형과 사랑하는 장조카 경구를 비롯한 조카형제들을 찾을 수 없었다. 역시 먼저 월남한 누이 용옥도 전시 상황에서 연락이 닿지 않았다. 소천은 자신이 월남한 사이 이북의 다른 누이나 친척들도 피란 와 있을지도 모른다는 희망을 품고 눈에 띄는 교회부터 찾아다녔다. 그러나 좀처럼 아는 사람이 나타나지 않았다.

1951년 찬 기운이 가시지 않은 이른 봄, 소천은 부산 영도다리 근처의 헌책 파는 난전을 기웃거리고 있었다. 책 한 권을 집어 훑어보던 중이었는데 누군가 다가왔다. 바로 용정 출신으로 소천과 함께 영생고보를 다니던 동기생 박창해였다. 박창해는 영생고보를 졸업하고 연희전문학교에서 국어를 전공한 학자가 됐고, 이 무렵 임시수도 정부에서 문교부장관 백낙준白樂濬의 비서로 근무하고 있었다. 이날 박창해는 점심 식사를 하고 사무실로 들어가던 중에 소천을 알아본 것이다. 박창해는 뒷날 이 무렵의 소천이 "껑충한 키에 누더기 같은 군복을 걸치고…… 본래 얼굴이 까맸지만 그날은 더 까맣고 눈은 더 휘둥그레 커 보였다"고 기억했다. 감격적인 해후에 이어 소천의 먹고사는 문제가 대두됐다.

소천의 자술 이력에 따르면 1949년 2월 청진제일고등학교 교사를 그만둔 이후부터의 내용이 없다. 이후 다시 나오는 이력은 1951년 8월부터 1952년 8월까지 문교부 편수국에서 근무한 내용이 기술돼 있다. 편수국은 당연히 박창해가 소개한 자리이다. 그런데 흥남 철수 뒤 편수국에 다니기까지 약 7개월 가까이 공백이 있다. 그뿐 아니라 이 무렵 소천은 일정 기간 육군본부 직할인 정훈대대 2개 대대 중 1대대, 일명 772부대에서 근무한 것으로 드러나 있다. 따라서 소천이 부산에 온 이후 772부대에 근무한 경위와 시기가 정리되어야 보다 정확한 이력서를 다시 작성할 수 있게 된다.

소천이 문교부 편수국에서 일할 수 있었던 것은 분명 박창해의 소개 덕분이다. 그런데 문교부는 정부의 수뇌 부처 중 하나이므로 이북에서 온 사람에게 쉽게 자리를 내주기 어려웠을 것이다. 소천에게는 보다 확실한 신분 증명서가 필요했다. 이때 마침 좋은 기회가 찾아온다. 전시에 창설된 육군 정훈대대의 772부대에 자리가 난 것이다. 772부대 근무 경력이면 신분도 보장되고 당분간 먹고사는 문제도 해결할 수 있었다.

소천이 어떤 계기로 772부대에 근무하게 된 것인지는 정확히 알 수 없다. 이때 772부대 부대장 김기웅 대위가 소천에게 많은 편의를 제공한 것으로 알려져 있다. 772부대 부대원이었던 이헌주(당시 19세)는 김기웅이 함경도 말을 썼으며 소천의 제자일 것이라 추측한 바 있다. 김기웅은 나중에 경희대 교수와 문화재 위원을 지내게 되는데, 소천과는 실제 어떤 사이였고 이 시기에 어떤 인연으로 소천을 만났는지 알 수 없다. 고원중학교나 청진제일고등학교 등에서 소천에게 배운 제자일 수도 있고, 아니면 연희전문을 마친 뒤 1940년을 전후해 모교인 용정의 은진중학교에서 근무한 박창해의 제자일 수도 있다. 어쨌건 소천은 1951년 여름 772부대에서 정훈 관련 업무를 보고 일시적으로 종군도 하면서 잃어버린 원기를 회복할 수 있었다.

정훈부대의 주요 임무 중 하나가 수복지구에 들어가 적군의 죄악을 폭로하고 대한민국 이념을 계몽 선전하는 일이었다. 적진 깊숙이 침투해 있는 아군을 따라 위험 지역에서 활동해야 해서 실제적인 위험도 따랐다. 소천도 당시 북상하는 국군과 유엔군을 따라 대전까지 올라가 활동을 했다. 소천은 생전에 이 일에 대해 그리 많은 얘기를 하지 않았지만 이 무렵의 글이 여러 편 남아 있다. 앞서 밝힌 대로 소천이 북한에서 동요로 발표한 적이 있는 「자라는 소년」이 대전의 한 지역신문에 「자라는 대한」이라는 제목으로 발표되었는데, 그 끝에 '육군 772부대 충남지구파견대 선전과 제공'이라는 문구가 있다. 당시 이 부대에 근무한 이홍렬(당시 21세)은 육군 772부대를 '전시에 문화예술인들을 임시 보호하는 기능'을 한 곳으로 기억하고 있다. 소천은 이 시기의 인연으로 대전 문단과 인연을 맺어 대전의 호서문

학회에서 발행하는 『호서문학』 창간호(1952. 9)에 동시 「소라」를 기고
하기도 했다. 뒷날 동시인 윤석중은 소천이 이 충남지구파견대에 있
을 때 쓴 글을 보고 찾아간 일을 밝혔다.

　　파주 산골에 식구들과 숨어 지내던 나는 1·4후퇴 뒤에 대전까지 걸
어서 내려갔는데, 충청도 진잠이라는 데로 피란 가 있던 식구들과 몇
밤 같이 지낸 뒤 세상일이 궁금해서 대전으로 나와 친척집 신세를 지
고 있었다. 하루는 대전일보 전쟁판에 정훈파견대 소식이 났는데 기획
부장에 강용률이라는 이름이 눈에 띄었다. 강용률! 그는 아동문학가가
아니던가. 1932년 무렵에 『아이생활』 독자 작품란에 내 손을 거쳐 뽑
힌 적이 있는 그가 아닌가. 강용률이 강소천임을 아는 이는 드물었다.
　　나는 신문을 들고 정훈파견대가 묵고 있는 한국은행 대전 지점을 찾
아갔다. (……) 우리는 십여 년 만에 만났지만 서로 대번 알아볼 수 있었
다. 작업복 차림의 그는 잠자는 방으로 들어가더니 조그만 괴나리봇짐
을 내다가 내 앞에서 풀어 보였는데, 꾀죄죄 때묻은 몇 권의 공책에는
동화며 동시가 가득 적혀 있었다. ─ 윤석중, 「동심을 지킨 아동문학가들」

이 회고에 따르면 윤석중은 6·25전쟁 때 파주에 피신해 있다가
1·4후퇴 때는 대전까지 걸어 내려간 상황이었다. 수도를 강탈당하
고 충청 일원까지 전선을 물릴 수밖에 없었던 미군과 국군은 중공군
과 일진일퇴를 거듭하면서 북진의 발판을 마련해 갔다. 772부대가

대전에 와 있었다면 1951년 봄 이후라고 볼 수 있다. 윤석중이 대전일보에 게재된 전쟁 관련 기사에서 '강용률'이란 이름을 보고 소천을 찾아온 것이다. 실제와는 일부 다른 내용도 눈에 띄지만 윤석중의 기억으로 두 사람이 상봉하게 되었다는 사실은 분명하다. 그뿐이 아니다. 피란지의 친척집에서 힘겹게 지내고 있던 윤석중이 육군본부 심리 작전과에 배치된 것도 이날의 상봉이 계기가 된 것으로 알려져 있다.

한편 아동문학 연구가 김제곤은 『윤석중 연구』(청동거울, 2013)에서 윤석중이 파주로 피신해 있던 중 중공군의 개입 소식을 듣고 식구를 부인의 고향인 계룡산 근처 진잠으로 피란시킨 일, 우연히 대전일보에 실린 육군 정훈대 기획부장 강용률(강소천)의 이름을 발견한 일, 얼마 뒤 대구에서 육군본부 작전국 심리 작전과에 들게 된 일 등을 기술하고 있다. 이 중 윤석중이 심리 작전과 문관(기감)에 임명된 때를 1951년 3월 1일로 적고 있다. 이 날짜가 사실이라면 소천은 1951년 3월 이전에 772부대에 들어가 있었다는 얘기다. 어떻든 소천으로서는 문단의 선배이자 안내자이기도 했던 윤석중에게 제대로 보은을 한 셈이다.

윤석중의 회고에서 또 하나 인상적인 것은 "작업복 차림의 그는 잠자는 방으로 들어가더니 조그만 괴나리봇짐을 내다가 내 앞에서 풀어 보였는데, 꾀죄죄 때묻은 몇 권의 공책에는 동화며 동시가 가득 적혀 있었다"는 사실이다. 소천은 가족들과 생이별을 하고 왔지만 "작품 초고만은 결사적으로 몸에 지니고 온" 행색이었다. 지인들은 소천이 뒷날 형편이 나아진 뒤에도 원고나 책을 가방 같은 데 넣지 않고 늘 책보자기에 싸 들고 다녔다고 기억한다. 아마도 모든 것을 다 버리고 단 하나 원고 뭉치만 책보에 싸서 사선을 넘어온 소천에게 문학은 자기 몸과 한 몸이고 그렇게 한 몸이 되려면 가방이 아니라 책보라야 했을 것이다.

소천은 772부대에 소속되어 대전까지 올라가 군인들에게 용기를 북돋우고 지역민을 안심시키는 한편, 스스로도 대한민국의 국민으로 살아갈 현실적인 힘을 얻었다. 그리고 다행히 그 기간은 길지 않았다. 소천은 772부대에서 일정 기간 정훈 업무를 수행하고 부산으로 돌아왔다. 박창해는 그제야 편하게 소천에게 문교부 편수국 일을 맡길 수 있었다.

새로운 인연의 시작

편수국은 1948년 정부의 문교부 출범 당시부터 편제된 부서로 국정교과서의 편찬·발행·공급을 지도·감독하는 일이 주 업무였다. 1951년 당시 문교부 편수국장은 한글학자 최현배였다. 최현배는 광복 직후인 1945년 9월 21일 미 군정청의 편수국장으로 취임했고, 교과서 편찬 분과위원회의 위원장이 되어 교과서 편찬의 기본 방향 수립에 주도적인 역할을 한 바 있다. 우리 교과서의 한글 전용과 가로쓰기 원칙은 이때 정해진 것이다. 최현배는 1948년 9월 21일 퇴임 때까지 만 3년 동안 『한글 첫걸음』을 비롯해 50여 종의 각종 교과서 편찬을 주도했다.

미군정 시대 당시 최현배는 일본의 교과서가 아닌 다른 선진국의 교과서를 시급히 필요로 했다. 이때 그 교과서를 구하는 데 도움을 준 사람은 군정청 교육 담당 책임자 로카드Rockard 대위였다. 로카드 대위는 미국의 명문 교육대학인 피바디 대학 출신으로 다른 부서 책임자들에 비해 직급은 낮았으나 교육에 대한 식견과 이해가 남달랐다. 편수국에서 일하던 박창해가 빠지지 않는 영어 실력으로 "세계

각국 교과서를 구해 달라"고 요청하자, 로카드는 시급한 '군수물자'를 입수하는 것으로 해서 미국과 그 수교국에 요청해 16개국의 교과서를 구해 주었다고 한다.

광복 후 우리나라의 교과서는 대부분 총독부 시절 것을 번역해서 썼다. 그런 중에 1947년 우리나라 국어 교과서가 발간되었다. '낱말 중심, 글자 중심'으로 된 일본어 교과서와는 완연 달랐다. 우리가 흔히 아는 "바둑아 바둑아 나하고 놀자"나 "철수야 영이야" 하는 대화체 형식은 이때부터 채택된 것이고, 1948년 8월 대한민국 건국 이후에도 그대로 이 형식을 유지했다. 그때 만일 일제의 교육에 익숙한 학자들이 교과서 편찬에 참여했다면, 우리의 국어교육은 한동안 일본의 영향을 벗어나지 못했을 수도 있었다.

정부는 1951년 1월 20일 임시 수도 부산에서 다시 최현배를 편수국장으로 불러들였다. 소천의 영생고보 동창 박창해는 바로 최현배의 제자로서 광복 직후부터 편수국 일을 맡은 우리말과 우리글 전문가였다. 소천 역시 우리글에 대한 인식이 누구보다 투철한 사람으로 '우리글 우리 문학'으로서의 아동문학을 몸소 실천한 사람이었고, 또 그것을 바탕으로 주일학교와 중고등학교 교사로서 일한 경력 또한 상당했다. 그런 점에서 소천이 최현배와 박창해가 이끄는 문교부 편수국 일을 하게 된 것은 어쩌면 하나의 숙명 같은 것이라 할 수 있다.

소천은 문교부 편수국에서 또 한 사람의 친구를 사귀게 된다. 바로 편수국에 선임으로 와 있던 최태호이다. 최태호는 소천과 동갑으로, 1933년 경성사범을 나와 국민학교 교사 생활을 하다가 광복 후 문교부에서 교과서 편찬을 시작했다. 피란 당시 문교부는 부산시청에 있었으나 편수국은 따로 바다가 내려다보이는 묘심사라는 절에 있었다. 이 무렵 편수국을 떠나 문교부장관의 비서실장으로 자리를 옮겨 가 있던 박창해가 "웬 초라한 옷을 입고 풀이 죽은 낯선 사람"을 데리고 편수국에 나타났다. 최태호는 박창해가 소개하는 사내와 악수했다. 그때의 일은 다음과 같이 기록돼 있다.

> 그때 편수국장은 최현배 선생님이고, 나는 국민학교 국어 교과서를 새로 꾸미는 중이었습니다. (……) 그 초라한 사람이 강소천이라고 인사를 했습니다. 그래서 나는 동요를 쓰는 강소천이냐고 물었습니다. 그가 바로 강소천 선생이라고 대답하였을 때, 나는 당신의 동요 「닭」이 2학년 교과서에 실려 있다고 하니까 그는 깜짝 놀라면서 매우 반가워하였던 것입니다. — 최태호, 「강소천 선생님」

소천과 최태호의 만남은 교과서에 작품이 실린 작가와 그 작품의 게재를 추진한 편찬자의 만남에 그치지 않았다. 최태호는 뒷날 동화 『리터엉 할아버지』(1955) 등 여러 작품을 남기는 작가로서, 그리고 소천 문학의 이론적 후원자로서도 큰 역할을 한다. 이때 형성된 강소천–박창해–최태호의 인맥 또한 교과서 편찬과 아동문학 기획에 상당한 성과를 낳았음은 물론이다. 소천의 타계 이후 둘은 소천의 문학을 널리 알리고 기리는 사업에 앞장선다.

소천은 묘심사에 있던 문교부 편수국에서 전시의 학생들이 읽을 수 있는 학습용 교재인 『전시독본』의 기획과 집필에 참여했다. 당시 제작된 교과서는 『국어』 『셈본』 『사회생활』 『자연』 『가사』 『농사짓기』 등이 있었고, 여름 방학과 겨울 방학용 교재도 따로 제작했다. 소천은 특히 방학용 교재 편찬에 참여한 것으로 보인다. 1951년 7월에 초등학생용과 중학생용 『전시부독본 여름공부』, 12월에 『겨울공부용 전시부독본』 등이 각 6종씩 발간되었다. 1951년 12월에 발간된 중학생용 『겨울공부용 전시부독본 4』에는 소천의 동화 「조그만 사진첩」이 게재돼 있다.

전쟁 중 열악한 환경에서 공부하는 학생들에게는 재미있고 유익한 내용의 교재가 필요했다. 게다가 국가로서는 공산당과 싸워 나라를 지켜야 하고, 하루빨리 통일을 이루어 진정한 국가 건설을 해야 하는 상황이었다. 반공과 통일의 당위성을 교육하기 위한 도서는 국가의 체제 유지 전략이자 방침이기도 했다. 따라서 자라나는 세대에게 국가 건설과 통일 그리고 반공 정신을 심어 주어야 했다. 그것이 삶의 지향이자 생존의 조건이 되고 있었다. 소천은 거기에 이야기 방식, 참신한 언어 기법, 그리고 쉽고 부드러운 문장을 구사할 수 있는 탁월한 예술가였다.

이 시기의 소천을 기억하는 또 한 사람이 있다. 바로 광복 직후 좌익 문학 단체들이 범문단적인 세력을 형성하고 있을 때 이에 맞서기 위해 예리한 필봉을 휘둘러 우익 문단의 선봉장이 된 소설가 김동리이다.

6·25전쟁 중 임시 수도 부산에 모인 예술인들은 틈만 나면 광복동과 남포동 일대의 다방가로 몰려들었다. 1950년대 당시 예술인이 즐겨 찾은 다방은 밀다원·스타·금강·춘추·녹원·청구·루네쌍스·망향·비원 등이었고, 번성기에는 최대 20곳이 성업 중이었다고 한다. 이 가운데 문인들이 즐겨 찾던 곳이 밀다원과 금강다방이었다. 밀다원이 김동리·황순원·조연현·김말봉 등 기성 문단의 주축들이 즐겨 찾은 곳이라면, 금강다방은 박인환·김경린·이봉래·김규동 등 신진들이 즐겨 찾았다고 전해진다. 반면 음악인들은 스타와 비원의 단골손님이었다(조갑상 편저, 『소설로 읽는 부산』).

유유상종이라 분야별로 각각 다른 거점이 생겨나게 마련이지만 이들 문화예술인들이 함께하는 자리 또한 많았다. 금강다방에서는 동시인 박화목이 쓴 시에 윤용하가 곡을 붙여 오늘날 전 국민이 즐겨 부르는 가곡인 「보리밭」이 탄생했고, 원산에서 월남한 이중섭은 녹원·망향·금강다방을 오가며 담뱃갑 속 은박지에 그림을 그렸다.

피란 공간의 다방 문화는 환도 후 서울에서도 일정 기간 재현된다. 김동리는 남대문로에 있는 문예살롱이라는 지하 다방을, 이봉래·김규동 등은 정부청사 1층에 있는 다방인 동방살롱을 즐겨 찾았다. 이때 이봉래는 명동을 중심으로 다방과 주점을 자주 드나들어

'명동백작'이라는 칭호를 얻는다.

전시 부산에서 가장 일찍 문을 닫은 다방은 밀다원이다. 물론 이 사실을 증명해 주는 기록은 김동리의 단편소설 「밀다원 시대」뿐이다. 「밀다원 시대」는 작중 등장인물인 시인 박운삼의 자살 사건으로 마무리되는데, 이는 앞서 말한 대로 실존 인물인 시인 전봉래의 자살을 다룬 것이다. 이 작품은 이렇게 끝맺고 있다.

밀다원다방에는 '내부 수리'라는 종이딱지가 붙고, 손님들은 더러는 남포동의 스타다방으로, 더러는 창선동의 금강다방으로 옮겨 갔다.

이 내용은 실제 전봉래가 자살한 장소가 스타다방이었다는 설과는 배치된다. 그러나 그 무렵 밀다원다방은 문을 닫은 게 확실한 듯하다. 소천이 김동리를 만난 곳은 중견급 문인들이 옮겨 가 단골이 된 금강다방이었다. 김동리의 회상은 좀 특별하다.

강소천 형은 1951년 10월경이던가 그 무렵, 피란지 부산에서 처음으로 만났다. 그 무렵 우리는 부산시 광복동에 있는 금강이란 다방에 매일 출근을 하다시피 할 때인데, 하루는 웬 낯선 사람이 나를 찾아왔다. 얼굴은 검은 편이고, 키는 중간이요, 두 눈이 머루알같이 윤기를 머금고 있었다.

앉으라고 했더니 일단 의자에 앉았다가 다시 허리를 일으키며 인사

를 했다. 강소천이라고 했다. 나도 강소천이란 이름은 알고 있었으므로,

"아, 그래요. 그런데 여긴 웬일이에요? 이번에 월남을 해 오셨나요?"

이렇게 물었더니, 강소천 형은 그렇다고 했다. 함경도에서 월남을 해 왔다는 것이었다. 그것도 그 유명한 흥남 철수의 배를 타고 왔다는 것이었다.

커피를 시켜서 한 잔씩 들고 나서 강소천 형은,

"손소희 씨는 부산에 와 있습니까?"

하고 물었다.

나는 맘속으로 '음, 그렇지. 손소희 씨는 함경도니까, 고향이 같거나 근처인 모양이지?' 하며,

"그럼요, 조금 있으면 여기 나올 거예요."

했다.

손소희 씨가 나오자 나는 곧 강소천 형을 손소희 씨에게 인사시켰다. 이것은 나중 안 일이지만, 강소천 형과 손소희 씨는 펜팔 관계로 상당히 친분이 있는 사이였다.

그 뒤부터 강소천 형은 가끔 금강다방에 나와 우리와 이야기를 나누곤 했다. 내가 「흥남 철수」란 소설을 쓰게 된 동기도 강소천 형의 체험담을 들은 것이 그 계기였는지 모른다. — 김동리, 「강소천, 그 인간과 문학」

손소희의 기억으로는 1951년 초여름이라 하고, 김동리의 기억으로는 10월 어느 때였다. "얼굴은 검은 편이고, 키는 중간이요, 두 눈

이 머루알같이 윤기를 머금은" 소천은 밀다원다방이 폐업한 뒤 중앙 문단의 거물들이 드나드는 금강다방에서 1930년대 이미 신춘문예 스타로 알려진 이후 해방 문단에서 우익 문사로 맹활약하던 소설가 김동리를 만난 것이다. 김동리도 이미 여러 지면에 동시와 동화를 발표하고 동요 시집까지 낸 소천을 모를 리 없었다. 소천은 자신이 어떤 경로로 그곳에 왔는지 설명했을 것이다. 김동리는 1951년 3월 일명 '창공구락부'로 불리는 공군 종군문인단에 시인 조지훈과 함께 부단장으로 이름을 올렸다. 단장은 동화작가 마해송이었다. 김동리의 종군 경험은 다른 이들에 비해 잦지도 않았고, 또한 그리 위험한 것도 아니었다고 알려져 있다.

그런 김동리가 쓴 단편 「흥남 철수」가 6·25전쟁을 다룬 보기 드문 작품으로 남은 데는 소천과 같은 사람의 증언이 절대적이었을 것이다. 몰려드는 피란민들 중에서 기독교인을 나오게 해서 먼저 구출되는 과정이며, 사람들을 빽빽이 태운 배 안에서 언 주먹밥 한 덩이로 사흘을 견디며 살아낸 이야기를 들은 사람이라면 누구든 소설을 꿈꾸지 않겠는가. 더구나 그 사람이 소설가 김동리였으니 더 말할나위 없다. 1955년 김동리의 「흥남 철수」는 그렇게 탄생했다.

금강다방에서 만난 김동리와 소천이 동시에 거명한 사람은 소설가 손소희였다. 앞서 소천과 손소희가 펜팔 친구로 많은 것을 공유한 사이였음을 밝혔는데, 김동리는 그 사실을 모르고 있었거나 알았어도 제대로 기억하지 못했다. 반면, 소천은 이 무렵 김동리와 손소희가 부부가 되어 있음을 알고 있었던 것 같다.

펜팔 친구 소천과 손소희는 금강다방에서 김동리가 소천을 만난 이날 처음으로 상봉했다. 그때의 상황은 앞에서 인용한 바 있는 손소희의 글에 다음과 같이 기술돼 있다.

> 편지로 사귄 오랜 벗이었지만 만난 것은 그때가 처음이었다. 처음이었으나 강소천이라는 그의 이름을 듣기 전에 나는 그가 강소천이라고 대뜸 알 수 있었다. 그 뒤로 소꿉동무와 같이 우리는 함경도 사투리로 농담도 하고 스스럽지 않게 이야기를 나누기도 했다.

피란 시절 부산은 임시 수도가 있는 정치 중심지이기도 했지만 문화의 중심지이기도 했다. 김동리의 단편소설 「밀다원 시대」에서도 드러나듯이 서울에서 피란 온 문화예술인들은 부산을 근거지로 삼은 문화예술인들을 압도하며 새로운 문단 분위기를 형성해 나갔다. 그들 중 다수는 종군작가로 활동하면서 부산 문화예술의 중심지인 광복동 일대를 드나들었다. 종군은 그들에게 생존의 보증수표 같은 것이었다. 그리고 그들이 모이는 광복동은 전쟁의 극한 상황에서도 우리가 왜 인간인가를 확인하는 실존의 안식처 같은 곳이었다.

문학 연구가 김윤식은 당시 부산의 이런 다방들의 기능을 1) 고립무원에 빠진 문협 정통파(대한민국 정식 정부의 문학 및 문화 이데올로기 집단)의 최후의 도피처이자 숨구멍, 2) 대한민국 정식 정부가 최대의

위기의식에 몰렸을 때의 그 문학적 이데올로기의 보루, 3) 문협 정통
파의 자기 확인의 최종 지점 등으로 설명하고 있다(「땅끝 의식과 가부장
제-밀다원 시대와 실존무」).

문협 정통파, 그 한가운데 있던 한 사람이 바로 광복 이후 좌우익
이 공존하던 시절, 시대의 흐름을 좌익 문사들에게 선점당한 상황에
서 우익 문단을 재편하고 역공에 앞장서 남한 문학의 중요한 축을
이룬 김동리였다. 소천은 그 김동리를 만남으로써 이후 전개되는 한
국 문단 형성에 주도적으로 관여할 수 있게 된다(이충일, 「1950~1960년
대 아동문학 장의 형성 과정 연구」).

8

꿈을 안고
꿈을 찾아

다양한 인맥과 풍성한 기획

　소천은 문교부 편수국에서 일하는 동안 대한민국에 정착할 수 있는 기반을 마련한다. 사람으로서 일다운 일을 하면서 먹고사는 것에 대한 고마움을 뼈저리게 느낀 때이기도 했다. 또한 교과서 편찬 사업에 관여하면서 문학의 교육적 효능에 대한 깊이 있는 생각도 가졌고, 책을 편찬하는 일에 대해서도 더 많은 경험을 쌓을 수 있었다. 이런 경험은 소천에게 축적돼 새로운 일을 해 나가는 원동력이 되었다.

　문교부 편수국에서 일하던 소천에게 색다른 기회가 찾아온다. 이 기회의 문을 열어 준 사람 또한 박창해였다. 박창해는 『리더스 다이제스트Reader's Digest』의 한국어판 발행 회사 대표인 이춘우를 소천에게 소개했다. 다이제스트digest는 말 그대로 '요약한다'는 뜻으로, 『리더스 다이제스트』는 세계의 주요 잡지나 단행본에서 재미있는 대목을 요약해 소개하는 기법으로 전 세계의 중요 소식이나 정보를 전하는 월간 잡지였다. 1922년 미국에서 D. 월리스가 처음 이 잡지를 발간할 당시에는 5000부를 찍었지만 1930년부터는 독자적인 기사를 실어도 될 정도로 인기를 모았고, 1930년 독일판, 1938년 영국판,

1946년 일본어판을 연이어 내면서 세계적인 선풍을 일으켰다. 이춘우는 1950년 1월에 『리더스 다이제스트』 한국어판을 창간했고, 나중에 미국 본사와 정식 계약까지 체결했다. 바로 이 『리더스 다이제스트』를 응용한 『어린이 다이제스트』의 주간으로 소천이 발탁된 것이다.

당시 상황을 이춘우는 다음과 같이 적고 있다.

(……) 그 시절 가깝게 지내던 사람으로 한글학자이고 아동문학가인 박창해 선생이 있었다. 박 선생은 그때 당시 문교부장관 백낙준 박사의 비서실장으로 들어가 있었는데, 문교부가 부산시청 안에 있어 우리 사무실과 가까운 까닭에 곧잘 우리 사무실을 방문해 담소를 나누고는 하였다. 그분은 또 아동문학가 강소천 선생과도 친분이 있었다. 어느 날인가 와서는 자신이 주선할 터이니 강 선생 주간으로 『어린이 다이제스트』를 발간해 보는 것이 어떻겠느냐고 하였다. 나 역시 해 봄직한 일이었다. ─ 이춘우, 『율원록, 하나님과 이웃과 흙을 사랑한 삶의 기록』

이춘우는 박창해의 제안으로 강소천을 주간으로 영입해 『어린이 다이제스트』의 발행에 뛰어든다. 1952년 9월에 창간된 『어린이 다이제스트』를 우리나라 잡지 역사에서는 다음과 같이 소개하고 있다.

강소천 주간으로 피란지 부산에서 1952년 9월에 창간되어, 1954년 1월까지 통권 14호를 발행하였다. B6판. 60~80면. 원색사진이나 그림으로 표지를 장식하였다.

당시 일반 대중들에게 인기가 있었던 『리더스 다이제스트』 한국판을 모방한 것이었다. "영양이 되지 않는 군것질 같은 글을 피하고, 살이 되고 피가 되고 새로운 힘이 될 수 있는 글을 싣겠다"라고 창간사에서 밝힌 그대로 교화적 목적성을 강하게 드러낸 종합 교양지의 성격을 띠고 있었다.

주요 필진은 박창해 · 홍웅선 · 최병칠 · 최태호 등을 주축으로 박목월 · 주요섭 · 강소천 · 김영일 · 박경종 · 박화목 · 김요섭 · 장수철 등으로 주로 동화와 동시 등을 많이 썼다.

소천은 이렇듯 월남한 피란민 신분으로 피란 수도 부산에서 '교화적 목적성'을 지닌 종합 교양지 성격의 어린이 잡지를 창간하며 능력을 실험했다. 이때의 필진은 대개 세 부류로 나눌 수 있다.

하나는 비록 임시였지만 피란지에서 소천에게 나름대로 안정된 안식처를 제공해 준 문교부 편수국의 박창해, 최태호 등과 같은 이들이다.

다음은 일제 강점기 때부터 지면을 통해 교류한 선배 주요섭, 그리고 동시계의 단짝과 같았던 박영종(목월) 등과 같은 사람들이다.

그 다음은 역시 광복 이전부터 지면으로 서로 친교를 맺어 온 사이로, 이북에서 피란 온 김영일·김요섭·장수철·박경종·박화목 같은 아동문학가들이다.

이 가운데 세 번째 부류인 월남 문학인들에 대해서는 좀 더 설명해 두는 것이 좋을 듯하다. 이 시기 부산에서 이들의 만남이 어떤 식으로 이루어졌는지를 알려 주는 기록이 있다. 1916년생으로 역시 일제 강점기인 1930년대부터 동시를 써 온 박경종이 소천을 회상하면서 쓴 글이다.

강소천이란 이름 석자를 처음 알게 된 것은 지금부터 30년 전이다. 내가 사는 고향은 조그마한 농촌이기에 한 달에 한 번 정도 함흥으로 책을 구하러 간다.

마침 성문각이란 서점 앞을 지나가니 그곳에 커다란 벽보판에다가 소천 형의 동요 「순이 무덤」을 크게 써 놓고 길 가는 사람들의 발걸음을 멈추게 하였다.

나는 이 동요를 읽고 비로소 소천 형이 영생중학교에 재학 중인 것을 알았다. 그 후부터 나는 『소년』 창간호에 실린 「닭」을 비롯하여 지상에 발표하는 형의 작품은 하나도 빼지 않고 모두 읽었다.

해방 후 소천 형이 청진여고에 있다는 소식을 들었다. 아동문학이란 모진 가시밭길을 같이 걸어가면서도 서로 얼굴을 한 번도 대한 적이 없다. 그저 1년에 한두 번 지면을 통하여 안 분이다.

생각만 하여도 등허리에 구슬땀이 흐르게 하는 1·4후퇴 때, 나는 거제도를 거쳐 부산 영도에 오게 되었다. 대한민국에 처음 오니 옛날 『아이생활』을 통하여 알게 된 김영일 형을 만나 보고 싶었다. 그러나 김형이 어디 있는지 알 수가 없었다.

지금 새벗사가 부산 시청 곁에 있을 때 나는 새벗사를 찾아갔다. 그곳을 찾아가면 혹 영일 형을 알 수 있을 것이라고 믿었다. 그런데 내 피란민의 초라한 꼴이 이상하여 그런지 나를 들어오지 못하게 했다. 나는 할 수 없이 영도에 와서 다시 편지를 써서 부쳤다.

사흘 후 영일 형이 내가 쓴 편지 주소를 들고 찾아왔다. 한 5년 만에 만났다. 우리는 얼싸안고 눈물을 흘리며 반가워하였다. 영일 형은,

"얘, 경종아! 소천이도 왔다."

"그래?"

하고 나는 영일 형을 따라 문교부 편수국을 찾아갔다.

이리하여 나는 처음 소천 형을 만나게 되었다.

그 후부터 소천 형과 나는 더 가깝게 지내었다. 우리는 같은 처지였다. 가족을 이북에 두고 혼자 월남한 처량한 신세들이다. 자나깨나 가족 생각이고 고향 생각뿐이다.

그해, 나는 교회도 나가지 않는 사람이 크리스마스 날 밤을 소천 형의 집에서 보내었다. 그날 밤은 함박눈이 몹시 내리었다. 새벽 찬양대가 올 때까지 나는 소천 형과 같이 윷놀이를 하였다. 이리하여 지금 생각하니 이것도 모두가 추억의 한 토막이 되고 말았다. — 박경종, 「대보다 더 곧은 소천 형」

박경종은 함경도, 김영일(1914~1984)은 황해도, 장수철(1916~1993)은 평안도 출신으로 일제 강점기 때부터 여러 지면을 통해 아동문학 활동을 해 온 사람들이다. 모두 소천과 연배도 비슷했다. 이 중 박경종과 장수철은 소천처럼 1·4후퇴 때 미군을 따라 월남했다. 이들보다 연배가 한참 아래인 박화목(황해도 해주 출신, 1923~2005), 김요섭(함경북도 나남 출신, 1927~1997) 등도 6·25전쟁이 나기 전에 먼저 남한으로 내려와 있었다. 이들은 지면을 통해 서로의 존재를 잘 알고 있었고 일부는 편지를 주고받으며 만나기까지 한 사이로, 부산에서 피란민 신분으로 모두 함께 만나고 있었다.

소천은 이렇듯 이들 월남 아동문학가들과 교류하면서 문학적 연대를 심화시켜 갔다. 그것이 곧 아동문학을 일으키는 일이었으며, 또한 피폐한 조국에 미래를 위한 꿈을 심어 주는 일이었다. 한편으로는 같은 피란민으로서 울분과 설움을 서로 다독이며 극복해 나갈 수 있는 힘을 얻기도 했다. 『어린이 다이제스트』는 소천이 어릴 때부터 쌓아 온 남다른 문화적 경험에 이런 인맥이 더해져, 화려한 필진에 주목받는 내용을 갖출 수 있었다.

앞에서 소개한 정원석의 글에는 이 시기 부산 영도에 살 때 다이제스트사를 찾아가 만난 소천이 또렷이 묘사되고 있다. 그 당시 다이제스트사는 자갈치시장 쪽에서 영도다리를 건너자마자 오른쪽에 있었다.

소천은 그 당시 독서계를 석권하던 『리더스 다이제스트』의 자매지인 『어린이 다이제스트』를 주관하고 계셨다. 영도다리를 건너서 영도 땅을 밟자, 바로 오른편에 나지막하게 자리잡은 목조 건물이 그 사무실이었다. 나는 조심스레 유리문을 드르륵 밀었다. 창고나 다름없는 구조인데, 안에는 책상이 많고 부산하였다.

11월의 엷은 햇살이 밝은 창가에, 얼굴이 검은 중년 한 분이 앉아 있었다. 머리는 가르마 없이 올백처럼 뒤로 넘기고, 굵은 눈썹에 광대뼈가 툭 튀어나온 야윈 얼굴인데, 목이 길고 눈매가 좀 매서웠다. 한마디로 시골티가 물씬했는데, 그것을 증명이나 하듯이 몸에 걸친 더블이 썩 어울리지 않는 풍채였다. 그것이 소천이었다.

나는 두렴두렴 찾아온 뜻을 밝히고, 최태호 선생님의 소개 명함을 내놓았다.

"아! 그래요? 앉으시오."

사투리가 심한 말투였다.

(……)

소천은 얼굴에 희색을 띠며 하얀 이를 자랑하듯 웃었다. 성미가 좀 급한 것처럼, 생각이 떠오르면 바로 행동하고 말씀하셨다. 사업가형이라 할까, 도저히 한가하게 볕을 쬐며 즐기는 성미는 아닌 것 같았다. 웃을 때 눈은 쟁글쟁글 즐겁게 빛나고 움직여서, 처음 매섭던 인상은 어느새 다 달아나 버리고 없었다.

피란 시절이었지만 소천은 문교부 편수국을 거쳐 『어린이 다이제스트』 일을 하면서 특유의 이미지를 회복하고 있었다. 뭔가 일을 하지 않으면 견디지 못하는 조금 급한 성격, 마른 얼굴에 매서운 눈빛이지만 대화를 나누는 동안 웃음을 담은 눈으로 상대와 친해지고 마는 인간적인 모습. 소천은 고향을 잃고 가족도 없이 홀로 피란 생활을 하면서도 어느덧 아동문학의 한가운데서 글을 쓰고 책을 기획해 내는 맹렬한 문화 전사가 되어 있었다.

잡지 전문가들은 전쟁 중에 발간된 청소년 잡지 중 특히 3종의 활약을 기억하고 있다. 그중 가장 대표적인 것이 일제 강점기에 소천 등의 주 활동 지면이었던 『아이생활』을 이어받아 광복 이후 새롭게 재창간을 준비했다가 전쟁이 발발하는 통에 1952년 1월에야 창간한 『새벗』이다. 다음은 1952년 7월 피란지 대구에서 아동문학가 이원수가 편집 주간을 맡아 창간한 『소년세계』이다. 그리고 또 하나가 1952년 9월 소천이 부산에 피란 와 있을 때 만든 『어린이 다이제스트』다. 이 중 『새벗』은 1980년대 한때 중단될 위기를 맞았다가 다시 살아나 지금까지 유지되고 있다. 이원수가 이끌던 『소년세계』는 1955년 11월 통권 36호로 종간되고, 소천이 이끌던 『어린이 다이제스트』는 1954년 1월에 통권 14호로 종간된다.

소천의 이력서에는 『어린이 다이제스트』에서 1952년 7월부터 1954년 2월까지 주간으로 근무한 것으로 기술돼 있다. 이춘우는 "모두가 어려운 때여서 재정적으로는 큰 성과를 못 냈다"고 회상한다.

어쨌거나 소천은 전쟁 중인 피란지에서 "타지에 비해 귀족적이며 통속에 물들지 않은 고고한 아동지"이자 "과거 구호적 문화운동성을 극복한 국제성과 보수성을 동시에 지닌 종합 교양지"인(이재철, 『한국현대아동문학사』) 『어린이 다이제스트』의 주간으로 잡지의 기획과 편집에 관한 다양한 경험을 쌓았다. 봉급을 받고 일하면서 동화 창작에 박차를 가할 수 있다는 점도 더없이 다행스런 일이었다.

사진이 없어도 소중한 사진첩

소천은 『어린이 다이제스트』의 편집 주간을 맡으면서 또 하나의 일을 준비했다. 그것은 다이제스트사의 단행본 사업이자 동시에 자신의 첫 동화집 『조그만 사집첩』의 발간이었다. 이 동화집은 『어린이 다이제스트』의 창간호인 9월호와 때를 같이한 1952년 9월 1일을 발간일로 하고 있다. 바로 그달 12일, 동아일보·경향신문 등 피란 수도 부산에서 발행되고 있던 신문 한 귀퉁이에는 다음과 같은 책 광고가 실린다.

강소천 동화집 『조그만 사진첩』
발매 개시 5000원

동요 시인 강소천 선생님이 10년 동안 심혈을 기울여 창작 발표한 수십 편의 동화 중에서 「토끼 삼 형제」「돌맹이」「정희와 그림자」 등등······ 대표작만 추려 놓은 주옥 17편. 거기에 예쁜 동요 12편을 겸해 수록했다. 신추新秋 다이제스트사가 만천하의 어린이와 교육자에게 보내는 알뜰한 선물!

다이제스트사 발행
부산시 대교로 3가 71 전화 4288번

이런 광고가 적어도 두 종 이상의 신문에 실린 것으로 확인된다. 신문사에서 통칭하는 규격으로 치면 3단 10센티미터 정도로, 책 표지나 이미지 사진 같은 것은 전혀 없고, 오직 굵게 쓴 책 제목과 작은 글씨의 선전 문구가 전부인 광고다. 그리고 역시 그달 25일 경향신문 단신란에는 다음과 같은 안내 기사가 실린다.

조그만 사진첩 출판기념회 개최

아동문학계의 중진 강소천의 동화집 『조그만 사진첩』의 출판기념회는 오는 9월 27일 하오 5시 30분 금강다방에서 개최하게 되리라는 바 각계 인사의 참석을 바란다고 한다. 그런데 회비는 오천 원(당일 지참)이며 발기인은 박종화·이헌구·모윤숙·한정동·김영일·김동리 외 26인 등이라 한다. ― 경향신문 1952. 9. 25

이 출판기념회 개최 안내에 이어, 바로 다음 날인 26일의 한 신문은 소설가 주요섭이 쓴 신간 서평을 싣고 있다.

신생 대한민국의 장래를 어깨에 짊어진 우리 어린이들에게 마음놓고 읽힐 책이 별로 없고 오직 비속하고 해독한 소위 만화책들이 서사에 범람하는 것을 통분히 여겨 온 것은 교육자들뿐 아니라 일반 학부 형매모學父兄妹母들의 공통된 느낌이었는데, 이번 강소천 씨는 "맘놓고"가 아니라 한걸음 더 나아가서 발벗고 나서서 전 국민에게 권면하고 싶은 동화 동요집을 내놓아 주었다. 보석 같은 13편의 동화와 주옥 같은 12편의 동요로 채워진 이 한 권서를 어린이들에게만 읽힐 것이 아니라 성인들에게도 꼭 읽혀야 되겠다고 나는 믿는 바이다. 이 서평을 쓰는 목적도 어린이들에게 읽히기보다는 성인들에게 읽힐 목적인데, 성인은 먼저 이 책 맨 끝에 달린 '발'부터 읽기를 권한다.

문교부 국어 담당 편수관이신 최태호 씨가 쓰신 발문은 이 책을 가장 잘 평한 것으로 내가 지금 새삼스레 평을 가하는 것은 사석일 것이다. 그러나 나는 반세기 이상을 살아온 '어린이'로서 이 책을 읽으면서 잊어버렸던 동심을 도로 찾았다는 사실을 고백하고 싶어서 이 글을 쓰는 것이다. ― 동아일보 1952. 9. 26

서평을 쓴 「사랑손님과 어머니」의 소설가 주요섭은 형인 「불놀이」의 시인 주요한과 함께 일찍이 소천이 『아이생활』 등에 작품을 투고할 때부터 익숙한 선배 작가였다. 이 서평 외에 당대 문단의 거목이었던 소설가 염상섭도 다른 지면에 서평을 남겼다.

주요섭, 염상섭 등 문단의 대선배들에게 환영받고 평가받게 된 소천은 피란민 신분으로 스스로의 문단사를 일구어 내고 있었다. 소천은 이들에 대한 고마움을 잊지 않았다. 뒷날, 병으로 앓아 누운 염상섭을 위해 문단 지인들과 함께 성금을 거두어 신문사에 보내 보은의 시간을 갖기도 했다.

1952년 9월 27일 오후 5시 30분, 부산 창선동 금강다방. 일제 강점기를 거쳐 해방 정국을 지나는 동안 신문지상에 자주 이름이 오르내리던 인사들이 수십 명이나 모여들었다. 소천의 동화집『조그만 사진첩』 출간을 기념하는 자리다. 이날 모임의 사회자는 키가 작고 머리가 동글동글하게 생긴 중년 사내였다. 경상도 사투리를 쓰는데 부산 사람들이 들을 때는 그리 억센 편이 아니고, 목소리가 크지 않지만 어딘가 강단이 있게 느껴지는 사람, 바로 김동리였다. 사회를 보던 김동리는 이날 모인 사람들을 보고 몹시 놀랐는데, 그때의 느낌을 이렇게 쓰고 있다.

이듬해 여름엔가 강소천 형은 조그만 동화집을 내었다. 금강다방에서 출판기념회를 가지게 되어 내가 사회를 보았는데, 그때 내가 놀란 것은 소천 형을 아는 사람이 뜻밖에도 많다는 점이었다. 강소천 형과 같이 그렇게 단신으로 피란 온 사람이 그 사이에 동화집을 내놓는다는 것도 장한 일이지만, 그의 출판기념회를 축하해 주기 위해 모여든 문인, 교수 그리고 친지들이 의외로 많은 데는 더욱 놀라지 않을 수 없었다.

김동리는 소천의 출판기념회에 모인 사람들의 수와 그 면면에 놀라움을 금치 못했다. 이는 이북에서부터 쌓아 온 명성에다 문교부 편수국 편찬 요원을 거쳐『어린이 다이제스트』에서 주간으로 활동하기 시작하면서 자연스레 주변인들 사이에서 여러 가지 일로 중심적 역할을 하게 된 덕분이라 할 수 있다. 더욱이 이 출판기념회 자리에는 혈혈단신 월남한 소천에게는 너무나 소중한 친척이 몇 와 있었다.

소천이 부산에서 누이동생 강용옥을 만난 것은 1952년 전후로 보인다. 소천에게는 여섯 살 위 형 사이에 누나가 있고 아래로 누이가 셋 있었는데, 용옥은 아래로 둘째 누이였다. 다른 누이들은 모두 이북에 남았고, 전쟁 전에 이미 월남한 용옥만이 서울에서 살다가 부산으로 피란 와 있었다. 강용옥의 남편 최경휘는 부평동에 있는 친척의 군용 피복 공장에서 일했고, 집은 부산 토박이들이 사는 아미동에서 세를 살고 있었다. 큰길에서 조금 떨어진 골목 안 구멍가게가 주인집이었고, 강용옥 부부는 마루를 사이에 둔 방 둘에 부엌 하나 딸린 뒷집을 썼다. 소천은 누이를 만난 뒤 함께 살기 시작했는데, 부부에게는 아이가 없어서 소천이 방을 혼자 쓸 수 있었다. 접이식 작은 밥상은 식탁도 되었다가 소천의 책상이 되기도 했다. 원고를 쓸 때는 펜에 잉크를 찍어 썼고 만년필을 구해 쓰기도 했다. 집 밖 동네 맞은편 산동네에는 피란민들이 깡통으로 지붕을 이은 천막집에서 살고 있었다.

1952년 여름 어느 날, 퇴근한 소천이 집으로 들어서니 누이 강용옥 뒤에 있던 웬 장정 하나가 소천을 맞이했다. 광복 전에 헤어진 뒤로 한 번도 만난 적이 없던 장조카 강경구였다. 동화 「돌멩이」 연작에 나오는 인물인 경구는 바로 이 장조카의 이름에서 따 온 것이다.

미둔리에서 태어난 강경구는 고원보통학교 3학년 때까지 고원에 있는 소천의 집에 머물렀다. 두 사람이 마지막으로 본 것은 1943년 강경구가 함흥사범학교에 입학했을 때였다. 그 이후 강경구가 겪은 일은 소천에게 한 편의 기나긴 소설처럼 들렸다.

강경구가 다니던 함흥사범학교는 일본인 학교로 광복과 더불어 폐교가 되었다. 그러자 강경구는 서울에 와 살던 외삼촌 전이태의 집에 머물면서 배재고보를 다녔다. 강경구의 아버지 강용택은 문천에서 다시 원산으로 옮겨 가서 살다가 많은 재물을 땅에 묻고 1947년 월남했고, 2년 뒤 어머니 전마리아도 월남했다. 이들 가족은 전쟁이 나자 부산으로 피란을 갔는데, 이때 강경구는 한국신학대 신입생 신분으로 피란 도중 헌병의 검문을 받고 곧바로 군대에 입대하게 된다.

강경구가 중대 병력 규모의 한국인 입대자들과 함께 배치받은 부대는 다름아닌 미8군이었다. 일본 후지 산 아래서 2주간 훈련을 받은 이들은 9월 들어 인천상륙작전에 투입된다. 이 작전이 성공한 뒤 부산을 거쳐 다시 함경북도 성진까지 올라간 강경구는 이후 장진호 전투에 투입되었다가 흥남을 거쳐 부산으로 철수했다. 한국인이 군인으로 인천상륙작전에 투입된 일, 더구나 미국과 중국에서 동시에 '엄청난 전투'로 손꼽는 장진호 전투에 참전했다 흥남 철수로 후퇴한 일은 매우 특별한 예였다.

흥남 철수 중 강경구가 먼저 철수한 미군 부대원이었고, 소천은 이보다 며칠 뒤에 배에 오른 피란민이었다는 점도 기이한 운명처럼 느껴진다. 부산으로 철수한 강경구는 다시 38선 지역 '철의 삼각지' 일원에서 전투에 투입되었다가, 휴전 전 '2년 이상 전방에서 복무한 대학생'을 우선 제대시키는 정책으로 비로소 군문을 나왔다. 소천의 형이자 강경구의 아버지인 강용택은 1·4후퇴 때 제주도로 피란 가 살게 되면서 소천과는 만나지 못하는 사이가 되었다. 강경구 역시 아버지를 만나지 못하고 부산에서 먼저 고모부의 회사를 찾은 거였다.

둘은 이후 일 년 동안 아미동 강용옥의 집에서 한방을 쓰며 함께 지낸다. 소천이 다니던 『어린이 다이제스트』의 사장 이춘우의 동생이 마침 강경구의 친구여서 삼촌인 소천과는 여러모로 살가웠다. 강경구는 이 무렵 소천의 모습을 "글을 쓰실 때는 생각을 깊이 하시느라 그런지 매우 근엄했고, 때때로 '경구야!' 하시며 물끄러미 쳐다보실 때는 북에 남기고 오신 가족들이 생각나서 그러시는구나 하는 걸 느꼈다"고 회상한다. 또한 전쟁이 끝나고 서울에 와서 살 때는 소천이 몰래 불러내 동시인 박경종이 차린 을지로의 양복점에 데리고 가서 양복을 맞춰 준 일도 있었다고 한다. 이 또한 북의 가족을 그리는 마음 때문이었으리라는 걸 나중에 짐작했다.

강경구는 소천의 성격에 대해서도 이렇게 기억한다.

하지만 작은아버지는 결코 여린 분이 아니셨어요. 어릴 때 주일학교에서 아이들을 가르치시던 모습을 많이 봤는데, 책도 잘 읽어 주시고 당신이 쓰신 동화도 들려주셨어요. 또 동극 같은 걸 만들어 시범도 보이셨는데, 아주 다채로운 내용으로 잘 가르치시면서도 얼마나 엄격한지 몰라요. 좋고 싫은 것에 가름이 분명했지요. 제 아버지가 좀 부드러운 데 비해 작은아버지는 그렇지 않았어요. 술도 입에 대지 않으셨고요. 그래도 술친구는 많았는데, 최태호 선생님이 청주를 사 가지고 집에 놀러 오시면 밤늦게까지 대화를 하시곤 했지요. 부산 살 때 한번은 친구이신 한 유명 작가분이 신문에 무슨 동시를 발표한 것을 보고 "일본 동시를 번역해서 창작 동시로 발표했다"고 흥분하시던 게 기억이 나요. 사람들한테 잘 대해 주시면서도 선을 그을 때는 분명히 그으셔서 저도 작은아버지가 가깝고 좋으면서도 늘 어려웠어요.

누이동생의 집에서 장조카와 함께 지내면서 고향 생각을 달랠 수 있었던 소천은 이북에 있을 때 쓴 동화들을 한 편 한 편 꺼내 정리하기 시작했다. 월남할 때 가지고 나와 되살릴 수 있는 것은 베껴 썼고, 못 가지고 온 원고는 기억을 되살려 새로 썼다. 『조그만 사진첩』은 피란지 부산에서 이렇게 엮은 동화집으로, 나중에 소천은 이 작품집에 대해 고향의 가족들과 "재미있는 이야기를 시작"하며 얻은 동화들이라 고백했다(수필 「잃어버린 동화의 주인공들」).

『조그만 사진첩』에는 신문 광고에서 확인되는 바와 같이 총 17편의 동화가 수록되어 있다. 일종의 우화 동화라 할 수 있는 「토끼 삼

「조그만 사진첩」에 수록된 동화들

제목		면수
박송아지		4~12
딱따구리		13~19
조그만 사진첩		20~26
아버지		27~33
꼬마 동화 다섯 편	잠꾸러기	34
	마늘 먹기	35~36
	과일점	37~38
	일요일	39~40
	빨간 고추	41~43
새해 선물		44~49
술래잡기		50~54
정희와 그림자		55~59
바둑이와 편지		60~69
달밤에 만난 동무		70~78
돌멩이1		79~86
돌멩이2		87~102
토끼 삼 형제		103~131
跋(최태호)		132~135

형제」를 비롯해 2~3편을 제외하면 길어야 5~6쪽 되는 단편이 대부분이다. 이북에 있을 때 이미 발표된 것이 대다수이지만, 피란 생활을 하면서 쓴 동화도 눈에 띈다. 길이가 매우 짧으면서도 단일한 구성, 단일한 효과를 내고 있는 다섯 편의 짧은 단편은 '꼬마 동화 다섯 편'이라는 제목 아래 함께 묶었다.

최태호는 이 동화집에 부친 '발'에서 다음과 같이 적고 있다.

초기 작품인 「마늘 먹기」—소천은 이런 경지에서 출발한 것이었다. 그는 기교로서 출발하지 않고 무한한 애정으로 먼저 어린이를 관찰하고 파악하였다. 참으로 어린이와 함께 생활함으로써 출발하지 않았다면, 이러한 소박하고 대담한 작품이 나오지 못하였을 것이다.

그러면서, 소천 역시 시대와 같이 현실과 맞씨름을 하면서 살아 왔었다. 왜정의 중압 속에서 그는 안으로 불타 들어가는 정열을 「돌멩이」로 팽개쳤고, 넘쳐흐르는 울분을 「딱따구리」로 발산하였으며, 「토끼 삼 형제」로 승화시켰다. 그리하여 해방의 기쁨을 「박송아지」로 수줍게 환희하였다. 「조그만 사진첩」의 종교에까지 정화된 휴머니즘도 동란이 가져온 시대의 산물이라고 믿는다.

소천은 동요 시집 『호박꽃 초롱』을 내기 전인 1937년 무렵부터 이미 여러 편의 동화를 발표해 능력을 충분히 인정받았다. 소천의 동화는 어린이와 더불어 살며 애정으로 어린이를 관찰한 경험을 바탕으로 대담한 상상력이 발휘되고 있었다. 최태호는 매우 짧은 동화 「마늘 먹기」 한 편으로도 이를 증명할 수 있다고 설명한다. 「돌멩이」 연작은 『호박꽃 초롱』에 게재돼 이미 그 상징성과 진의가 드러난 바 있고, 글 읽는 송아지를 모티프로 한 「박송아지」의 재미와 의미도 각별하게 다가온다.

표제작 「조그만 사진첩」은 피란지 부산에 있을 때 쓴 동화로, 군인으로 전쟁에 나간 오빠를 위해 순이를 비롯한 집안 식구들이 만들어 선물한 가족 사진첩을 모티프로 하고 있다. 물론 사진을 찍을 수 있는 환경이 아니어서 식구들의 모습 하나하나를 그림으로 그려 사진첩을 만든 것이다. 그림은 어린 남동생 영식이가 그리고, 그림 설명은 순이가 달았다. 아버지, 어머니, 순이 언니, 순이, 영식이, 윤이, 그 다음에 바둑이, 나비(고양이)까지 그려진 그림과 글을 본 오빠는 답장을 보내 오고, 순이가 또다시 답장을 한다. 오빠가 군인으로서의 임무를 완수하고 무사히 돌아오기만 기다리는 가족, 그런 가족을 생각하며 묵묵히 자기 할 일을 다하는 오빠, 이들 가족의 깊은 사랑과 우애를 드러낸 것이다. 간명한 스토리와 절제된 문장, 동심 어린 재치 등은 최태호에게 "종교에까지 정화된 휴머니즘도 동란이 가져온 시대의 산물"이라는 설명을 이끌어 냈다. 한편 전쟁으로 혼란을 겪고 있는 나라에서 비참한 삶을 살더라도 새로운 세상을 건설해 나가야 한다는 목적성 또한 선명했다.

이 작품집에는 이 밖에도 아버지가 인민군에 끌려간 뒤 병든 어머니와 어렵게 살아가는 한 소년의 이야기(「아버지」), 군대 간 덕재의 형이 편지와 함께 사진을 넣어 보낸 편지 봉투를 먼저 알아본 강아지가 덕재에게 편지 봉투를 전하는 이야기(「바둑이와 편지」) 등 피란 중에 쓴 새로운 작품들이 실려 있다. 역시 선명한 주제만큼이나 문학적 향취와 동심의 상상력이 잘 어우러지는 동화들이다.

『조그만 사진첩』에 수록된 동시들

제목	면수
둘이 둘이 마주앉아	12
새하얀 밤	19
내 이름	26
송아지	33
포푸라	49
코끼리	54
닭	60
가을 바람	69
고양이	78
아기와 나비	86
버들피리	102
사슴뿔	131

　동화집 『조그만 사진첩』에는 『호박꽃 초롱』에 실리지 않은 동시 12편이 수록되어 있다. 주지하다시피 생전의 소천이 온전한 창작 동시집 형태로 출간한 것은 1941년 2월에 나온 『호박꽃 초롱』밖에 없다. 그 이후 쓴 동시는 이 경우처럼 동화집에 함께 수록되거나, 아예 책에 실리지 않고 곧바로 노래로 만들어진 작품도 있다. 그러다 보니 『호박꽃 초롱』에 실린 「닭」 「호박꽃 초롱」 등에 견줄 만한 동시 작품이 적지 않음에도 새롭게 조명되는 예는 거의 없다.

　사슴아, 사슴아,

네 뿔엔 언제 싹이 트니?

사슴아, 사슴아,

네 뿔엔 언제 꽃이 피니?

　―「사슴뿔」 전문

　소천은 일찍이 「닭」에서 무엇이든 입에 물면 그걸 제대로 먹기 위해서는 숙명처럼 고개를 쳐드는 닭의 한 움직임에 생명의 원리, 나아가 자연의 모든 섭리를 단번에 담아 버렸다. 사물을 아무 선입견 없이 있는 그대로 본 직관의 시라고 할까. 이런 직관은 바로 세상이 만들어 놓은 관념을 전혀 의식하지 않은 천연 그대로의 마음가짐에서 나온다. 그 마음가짐을 지닐 수 있는 자리가 바로 동심인 것이다.

　「사슴뿔」은 어떤가? 눈이 크고 겁이 많은 사슴의 머리에 난 뿔은 원래 뭇 상대를 제압하고 거느릴 수 있다는 위엄, 그로부터 생겨나는 수컷이 지닌 본능에 대한 상징이다. 그러나 그런 정보는 사물의 온갖 관계를 배워서 아는 사람의 지식일 뿐, 그것을 첫눈에 보고 느끼는 것과는 아무 관련이 없다. 초식동물인 사슴의 뿔 모양은 아이들이 보기에 사슴이 즐겨 먹는 풀이나 나무를 닮아 있다. 그런 동심에서 사슴뿔은 싹이 트고 꽃이 피는 나무가 될 수 있다. 사슴을 처음 본 동심의 자리에서 이런 직관은 자연스럽다. 사슴뿔에 대한 이런 동심의 직관을 운율에 담아 낸 시가 「사슴뿔」이다.

　그 밖에 아기와 나비가 함께 술래잡기를 하는 장면을 의인화한

「아기와 나비」, 어두운 데서 더욱 빛나는 고양이의 두 눈을 자동차 헤드라이트에 비유한 「고양이」, 닭의 붉은 볏을 머리에 꽂고 다니는 '빨간 꽃잎'이라 노래한 「닭」 등의 특징적인 동시를 볼 수 있다.

동화의 대명사 「꿈을 찍는 사진관」

6·25전쟁은 1953년 7월 27일 휴전협정으로 일단락되었다. 전쟁이 멎고 평화의 시대가 열렸으나 소천 같은 실향민에게는 아픔이 심화되는 시간이 예정되고 있었다. 전쟁 중에는 죽고 다치고 집이 파괴되고 가난이 깊어지는 고통 한가운데 있지만, 그런 중에도 단 하나의 희망은 있었다. 그것은 바로 고향으로 돌아가 가족들을 만날 수 있다는 생각이었다. 그렇게 되리라 믿고 모든 역경을 딛고 살아냈다. 그러나 6·25전쟁은 지금 살고 있는 그 자리에서 이도 저도 아닌 휴전으로 정리되고 있었다. 이긴 사람은 아무도 없었다. 죽은 사람, 다친 사람, 사라진 사람, 헤어진 사람…… 한반도에 살아남은 모든 사람들은 바로 이들의 가족이고 이웃이었다. 전쟁이 끝나고 생명의 위험은 줄었지만, 너무나 많은 것을 잃어버린 아픔은 갈수록 생생했다. 소천의 문학과 삶은 그 생생한 아픔과 함께했다.

휴전 이후 부산에서 서울로 상경하던 시기에 소천은 월간 소년소녀 잡지 『새벗』과 깊은 인연을 맺는다. 이 인연의 고리가 되어 준 사람은 전택부였다. 전택부는 소천의 형수가 살던 문천 출신으로, 소천이 보통학교를 다닐 때부터 알던 사이였다. 영생고보에 먼저 입학한 선배였으나 동맹휴학의 주모자로 학교를 떠났다 돌아와서는 소천과 동기가 되었다. 그 무렵까지 기독교 신앙을 가지지 않았던 전택부는 그 뒤 신학교를 다니고 어느새 독실한 기독교인이 돼, 1952년 전시 부산 시절 대한기독교서회의 편집부에서 『새벗』의 편집을 맡았다. 전택부는 『새벗』 편집 일을 하면서 소천에게 도움을 요청했다. 편집위원이 된 소천이 얼마나 적극적으로 일했을지는 굳이 설명하지 않아도 충분히 짐작할 수 있다. 전택부도 이미 그때부터 소천이 주간 역할을 모두 맡아 했다고 증언하고 있다. 소천은 1955년 전택부가 『사상계』 주간으로 자리를 옮기면서 『새벗』 주간 직을 맡게된다.

소천은 1953년 10월에 동화집 『꽃신』과 『진달래와 철쭉』을 낸 데 이어, 이듬해 6월에 동화집 『꿈을 찍는 사진관』을 낸다. 이 중 『진달래와 철쭉』은 앞에서 설명한 대로 광복 이전인 1940년 『아이생활』 10월호부터 5개월간 연재된 『희성이의 두 아들』을 원본으로 하고 있다. 소천은 이 작품을 개작해 『어린이 다이제스트』에 12회에 걸쳐 연재한 것을 책으로 냈다. 이에 비해 『꽃신』과 『꿈을 찍는 사진관』은 몇 편의 작품을 제외하면 모두 월남 이후에 쓴 작품들을 모은 것이다. 이는 첫 동화집 『조그만 사진첩』이 두어 편을 제외하고 주로 이북에 있을 때 쓴 동화를 실은 것에 대비된다. 소천은 피란 생활 중에도 부지런히 동화를 써서 발표했고, 이때 발표한 작품들을 차곡차

동화집 『꽃신』 수록 작품 목록

장르	제목	면수
동화	그리운 얼굴	4~14
	방패연	15~23
	꽃신	24~35
	만점 대장	36~40
	신파 연극	41~48
	푸른 태양	49~52
	가사 선생	53~57
	제일 반가운 편지	58~62
	인형과 크리스마스	63~69
	산타 할아버지의 선물	70~73
	준이와 구름	74~80
	눈사람	81~83
	아기 참새 삼 형제	84~86
	꽃이 되었던 나	87~89
	빨강눈 파랑눈이 내리는 동산	90~93
	사슴골 이야기	94~99
	설맞이하는 밤	100~111
시	크리스마스 종	112
	신나라 꽃	113

곡 모은 것이다. 대개는 전쟁으로 고향을 떠나 살게 된 소천 자신의 정서가 투영된 작품들이 많다.

두 번째 동화집 『꽃신』의 표제작인 「꽃신」은 소천이 부산에 있을 때인 1953년 『학원』 5월호에 발표한 동화다. 이 동화는 일선에서 전쟁을 치르는 남편에게 아이(란이) 엄마가 보내는 두 통의 편지로 스토리의 시작과 끝을 알리고 있다.

시작 때의 편지는 이렇다.

— 아기 아버지께!

세상에 나서 처음으로 당신을 이렇게 불러 봅니다. 당신이 아기 아버지가 된 것같이 나도 이젠 아기 어머니가 되었습니다.

바라던 아기 란이를 낳은 뒤, 란이 엄마가 남편을 향해 감격을 담아 보낸 편지다. 전쟁터에서 이 편지를 받은 남편은 란이의 첫돌을 앞두고 꽃신을 보내 온다. 꽃신을 신고 잘 놀던 란이는 어느 날 신발 한 짝을 잃어버리고 돌아온다. 화가 난 엄마가 남은 꽃신 한 짝으로 란이의 궁둥이를 두 대 때리고 만다. 이날의 충격으로 란이는 시름시름 앓다가 세상을 떠난다. 충격 속에서 나날을 보내던 엄마가 꾼 꿈속에서 란이는 엄마가 즐겨 불러 주던 노래를 부른다. 엄마는 마음을 가다듬고 남편에게 란이가 죽었다는 소식을 알리는 편지를 쓴다.

'란이 아버지.'

란이를 안고 섰는 당신 뒤에 서서 이렇게 한번 불러 보지 못한 채 란이를 보낸 것은 못 견디게 슬픈 일이어요.

동화는 위와 같이 마감되는 편지를 소개하고 더 이상 '란이 아빠'

라고 부르지 못하게 된 란이 엄마의 심정을 서술하는 것으로 마무리
된다.

소천 동화의 가장 큰 특징 중 하나는 '잃어버린 것에 대한 그리
움'이라 할 수 있다. 이때 잃어버린 것은 물론 소중한 것으로, 대개
전쟁이나 실향으로 잃어버린 가족들이 된다. 분단에 따른 이산으로
고향의 가족을 그리워하는 마음을 담은 내용이 대표적이다. 그에 비
하면 「꽃신」은 잃어버린 것이 가족(딸)인 데다, 엄마의 부주의가 그
원인이었다. 소천은 자기가 쓴 동화 중에 유일하게 "인물을 죽인
예"라고 고백한다(수필 「잃어버린 동화의 주인공들」).

소천의 동화에는 잃어버린 것을 전제로 하는 예가 많다. 「그리운
얼굴」 「방패연」 등에서 주인공은 가족을 잃은 사람들로, 그들은 가
족을 향한 그리움을 안고 산다. 이 무렵부터 그리움은 소천의 동화
를 가장 특징짓는 '꿈' 모티프로 재창출된다. '꿈'이라는 말에는 인
간이 바라는 것과 잠을 자면서 꾸는 것, 두 가지 의미가 내재돼 있다.
그런데 대개 인간은 소망하는 것을 꿈속에서 이루게 된다. 꿈은 그
러니까 도구도 되고 목적도 되는 것이다. 꿈을 안고 꿈을 찾아가는
것, 소천의 동화에서 '꿈'은 이렇듯 양면성으로 동일성을 지향하고
있다.

『조그만 사진첩』과 『꽃신』에서 이미 잃어버린 것에 대한 간절한
그리움을 담은 스토리를 드러내던 소천은 동화책으로서는 제4집에
해당하는 『꿈을 찍는 사진관』에 이르러 아주 구체적이고 다양한

동화집 「꿈을 찍는 사진관」 수록 작품 목록

제목	면수
준이와 백조	4~13
꿈을 파는 집	14~25
꿈을 찍는 사진관	26~37
웅이와 제비	38~42
크리스마스 종이 울면	43~51
비둘기	52~54
봄날	55~57
푸른 하늘	58~60
아기 토끼	61~63
명수의 시험 공부	64~66
허공다리	67~72
고향으로 돌아가는 배에서	73~84
통수와 거울	85~97

'꿈'을 선보인다. 이 책의 표제작 「꿈을 찍는 사진관」은 『소년세계』 1954년 3월호에 발표되었다. 다른 동화들과 달리 이 동화는 이미 성장한 어른의 체험을 어른의 관점에서 구체적으로 서술하는 구성을 취하고 있다.

'나'는 따뜻한 봄날 스케치북과 그림물감을 가지고 뒷동산에 올라갔다가 '꿈을 찍는 사진관'으로 가는 안내판을 발견한다. 그 사진관에 들어간 '나'는 어릴 때 고향 뒷산에서 순이와 함께 할미꽃을 꺾어 들고 놀던 꿈을 사진으로 찍는다. 그런데 꿈을 찍은 그 사진은

'나'를 실망시킨다. 순이는 어린 시절의 모습 그대로인데, '나'는 이미 나이 든 어른의 모습이었기 때문이다. 사진관을 나와 다시 뒷동산에 앉은 '나'가 사진을 꺼냈을 때 그것은 사진이 아니라 동화집 갈피 속에 끼어 있던 노란 민들레꽃 카드였음을 알게 된다. 스토리로 보면 이 동화는 '어떤 사람이 우연히 꿈을 꾸었고 그 꿈속에서 고향에서 함께 놀던 여자아이를 만나 함께 사진을 찍어서 가져왔는데, 알고 보니 그건 사진이 아니고 동화집 책갈피였다'라는 데 그친다. 그러나 이 동화는 주지하다시피 지난 20세기 후반 내내 동화작가 강소천의 대표작이자 한국 동화의 상징적 기호가 되어 왔다. 그 까닭은 무엇일까?

우리는 '간절한 바람으로 성취하는 스토리'에 대한 서사적 패턴을 너무나 잘 알고 있다. 그때의 성취는 대개 잠을 자서 꾸는 꿈이나 일상에서 일으킨 공상, 아니면 마법의 힘 등으로 이루어진다. 이런 패턴은 전래 동화·공상소설·만화·영화 등에서 아주 흔하게 볼 수 있으며 현대 동화에도 빠지지 않는 형식의 하나다. 「꿈을 찍는 사진관」에서 주인공은 뒷동산에 올라갔다가 나무 사이에 놓인 간판이 인도하는 '사진관'으로 들어가 스스로 꿈꿔 온 고향의 옛 시절로 돌아갔다 사진을 들고 돌아온다. 그리고 그 사진이 실제가 아님이 밝혀지면서 주인공이 겪은 '사진관' 체험 또한 실제가 아니라 환상임이 드러난다. 그런데 여느 '판타지 서사'처럼 현실–환상–현실의 패턴을 보이고 있지만, 성취하는 스토리가 아니라 다시 한 번 이루지 못하는 스토리를 담고 있다. 투박하게 말하면 '간절한 그리움으로 꿈을 이룰 듯했지만 끝내 이루지 못하고 만 스토리'인 것이다. 어린이들에게 성취되는 스토리의 카타르시스를 쉽게 제공하지 않는다는 점이 이 동화의 대단히 중요한 개성이라 할 수 있다.

물론 이런 개성 역시 넓게 보면 '꿈을 통한 성취 체험'의 변형이라 할 수 있기 때문에 그 자체로 큰 의미를 지니는 것은 아니다. 이동화에서 반드시 주목해야 할 것은 '꿈을 통한 성취의 탈락'이라는 아픔을 드러냈으되, 스토리 전개 과정에서 다양한 방법적 모티프들이 활용되면서 일종의 '낯설게하기'라는 미적 체험을 가능하게 한다는 점이다. 앞에서 이런 환상 기법은 동화나 만화·영화 등에서 흔히 볼 수 있다고 했지만, 실은 이 작품이 발표된 1954년 대한민국은 전래 동화조차 쉽게 대할 수 있는 시절이 아니었다. 그런 시기에 아이도 아닌 어른이 뒷동산 연분홍 꽃나무 밑줄기에 붙은 '꿈을 찍는 사진관으로 가는 길, 동쪽으로 5리' '남쪽으로 5리 되는 곳' '서쪽으로 5리'라는 안내를 받으며 새하얀 양옥의 '꿈을 찍는 사진관'으로 들어가 말 그대로 '꿈을 찍는' 스토리를 선보인 것이다. 이 점은 "우리 동화 문학을 미학적 차원에서 한층 높이 끌어올린 새로운 꿈의 모형을 창조하였다"(김용희, 「소천 동화에 나타난 꿈의 상징성」)는 말로 그 의의를 설명할 수 있다.

이 동화에서 또 하나 놀라운 발상은 '어릴 때 여자친구와 함께 찍은 사진에 드러난 심각한 나이 차'다. 게다가 그 사진마저 알고 보니 사진이 아니라 주인공이 지닌 동화집 속에 들어 있던 노란 민들레꽃 카드였다. 그리워하는 세계와 그 세계에 이르지 못하는 현실의 간극은 그만큼 크고, 그래서 더욱 간절하다는 사실이 이렇듯 다양하게 이어지는 모티프로 내재화되고 있었던 것이다.

그렇다고 이 작품이 이해 불가능한 담론을 형성하는 것도 아니다. 짐작한 대로 이 동화 역시 분단 현실에 대한 뚜렷한 가치관을 드러낸다.

"저어, 말이지. 이건 정말 비밀이야. 우리 아버지도 어머니도 그랬어. 아무에게도 얘기해서는 안 된다고. 그렇지만 난 네겐 숨길 수 없어. 우리는 며칠 있으면 38선을 넘어 서울로 이사를 간단다. 여기서야 살 수가 있어야지. 지난해 8월 해방이 되었다구 미칠 듯 즐거워했지만, 우리는 토지와 집까지 다 빼앗기지 않았어, 지주라구. 그리구 우리더러 딴 데로 옮겨 가 살라구 그러지 않아. 빈손이라도 좋아. 우리는 마음놓고 살 수 있는 자유로운 곳을 찾아가야 해……."

작중에서 월남하기 전 '나'가 북에 남게 되는 '순이'와 이별하기 며칠 전에 한 말이다. '나'에게 이북은 '지주라는 이유로 토지와 집을 다 빼앗긴 땅'이다. '나'의 상처는 곧바로 작가의 것으로 연결된다. 분단의 실향민으로서 자신에게 고통을 안겨 준 현실에 대한 분노와 울분이 향하는 곳은 아주 분명했다. 북한 공산 체제는 작가에게 모든 것을 앗아 간 대상이었다. 소천은 공산 체제가 안긴 분단과 실향의 고통을 견디고 이기는 삶을 꿈이라는 환상성을 다양하게 모티프화하면서 폐허의 시대에 가장 돋보이는 동화 세계를 창출했다.

소천 동화가 가장 중심에 두어 온 꿈, 즉 환상성이 분단의 피해를 고스란히 받은 그 시대에 얼마나 소중한 가치였던지에 대해서는 「꿈을 찍는 사진관」의 작중에서 정체를 드러내지 않는 사진관 주인의 말로 설명을 대신할 수 있다.

오늘, 더욱이 6·25전쟁을 치르고 난 우리들이, 많은 잃은 것 대신에 가진 것은 안타깝게 보고 싶고 그리운 얼굴들입니다. 눈에 보이지 않는 것 중에 우리에게 없애지 못할 가장 귀한 것의 하나는, 과거를 다시 생각할 수 있는 '추억' 이라는 것입니다.

우리는 옛날을 다시 생각하기 위해서, 묵은 앨범을 꺼내어 사진 위에 머물러 있는 지난날의 모습들을 바라봅니다. 그러나 사진이란 다만 추억의 그 어느 한 순간이요, 그 전부는 아닙니다. 정말 아름다운 추억이란 흔히 사진첩 속에서는 찾아보기 어려운 것입니다.

우리는 그런 불완전한 것이나마, 전쟁으로 인하여 거의 잃어버리고 말았습니다.

그러나 요행히 우리에겐 '꿈' 이란 게 있습니다.

이미 저세상에 가 버리고 없는 그리운 얼굴들도 꿈에서는 서로 만날 수 있습니다. 남북으로 갈리어 서로 만나지 못하는 사이라도 쉽게 만날 수 있습니다. 꿈길엔 38선이 없습니다.

정말 꿈을 꿀 수 있다는 것은 얼마나 행복한 일입니까?

꿈길에는 38선이든 분단이든 다른 그 무엇이든 가로막힌 게 없다. 사진관 주인이 한 이 말은 그냥 꿈의 일반적인 속성을 드러낸 게 아니라 실은 이 동화에서 말하고자 하는 주제 그대로라 할 수 있다. 소천의 동화에 왜 그처럼 '꿈'이 중요했던가가 「꿈을 찍는 사진관」의 작중에서 이미 고스란히 설명되고 있었던 셈이다.

「꿈을 찍는 사진관」의 사회사적 의미도 생각해 볼 수 있다. 이는 「꿈을 찍는 사진관」을 읽으며 성장해 동화작가가 되었고, 강소천 연구로 석사학위를 받았으며, 「꿈을 찍는 사진관」을 오마주한 동화로 제34회 소천아동문학상을 수상한 남미영의 다음 말에서 확인된다.

그리고 얼마 뒤에 이산가족 상봉과 소 떼를 몰고 고향으로 가는 정주영 씨를 보았습니다. 그 장면을 보면서 저는 소천이 1954년에 제시한 '꿈을 찍는 사진관'의 현실화라는 사실을 깨닫게 되었습니다.

1950년대에 강소천은 우리 국민에게 '꿈을 찍는 사진관'에 대한 믿음을 주었고, 작품을 통하여 우리나라 어린이, 젊은이, 혹은 어른들은 각자의 가슴속에 '이산가족 상봉'이라는 꿈의 화두를 심게 되었습니다. 그리고 40여 년이 지난 지금, 그 꿈은 꿈이 아닌 현실이 되어 있습니다. ─「꿈 고향 그리움」

남북 이산가족 상봉이나 정주영 회장의 이른바 '소 떼 방북'이 소천의 동화 덕분이라고 말하려는 게 아니다. 소천의 「꿈을 찍는 사진관」은 전쟁의 비극과 분단의 절망 아래 고통받던 시기에 헤어진 가족, 분단된 민족이 언젠가는 다시 만날 수 있다는 희망을 품게 해 준 가장 두드러진, 어쩌면 거의 유일한 작품이었다는 뜻이다.

9

벗들과 함께한
세월

어린이헌장으로 어린이를 지키다

소천은 동시와 동화에서 탁월한 업적을 남긴 아동문학가이다. 소천의 생애는 마땅히 그 문학적 업적과 더불어 설명되는 것이 옳다. 그러나 그런 정도로 말하는 것은 본의 아니게 소천이 가진 많은 것, 또는 소천이 영향을 미친 많은 것을 대수롭지 않게 여기는 결과를 가져온다. 소천은 탁월한 문학작품을 발표해 동시대는 물론이고 후대까지 사람들에게 많은 영향을 준 아동문학가에 머물지 않는다. 소천이 작품 외에 아동문학을 중심에 두고 벌인 다양한 문화 활동에 대해서 설명할 것들이 작품 못지않은 분량에 이른다.

소천은 무엇보다 훌륭한 문화 기획자였다. 전쟁 중 문교부 편수국에서 일할 때 이미 그런 능력을 발휘한 바 있지만, 이후 『어린이 다이제스트』의 주간을 맡으면서 시작된 문화 기획력 또한 정평이 나 있었다. 우선 소천은 잡지 기획에서 탁월함을 드러냈다. 그런 능력이 집중적으로 발휘된 것은 휴전협정 뒤 서울에 와서 『새벗』의 주간으로 일할 때였다. 이 『새벗』은 일제 강점기인 1925년 11월부터 1933년 3월까지 발행된 청소년 잡지 『새벗』과는 관련이 없다. 소천이 참여한 『새벗』은 1930년대 최고 인기를 누리다 일제의 탄압으로 1944년 종간된 『아이생활』의 원래 모습을 계승한 잡지다. 『아이생활』을 발간해 온 조선예수교서회는 한국 교회문서 선교 연합기관으로 광복 후 대한기독교서회라는 이름으로 활동하면서 1946년부터 재창간 준비를 해 왔다. 그러다 전쟁을 만나 여러 달 미루게 됐고, 전쟁 중인 1951년 부산에서 『새벗』이라는 이름의 잡지를 창간하게 된다. 전택부는 기독교서회 편집부 일을 하다 『새벗』 주간을 맡아 보고 있었다. 그 사이 피란 온 소천이 두드러진 창작 활동을 하면서 『어린이 다이제스트』 등에서 기획력을 발휘한 것을 알고 도움을 청하기도 했다. 전택부는 그때의 일을 다음과 같이 설명하고 있다.

그때(부산 피란 시절—인용자 주) 나는 대한기독교서회 편집부에 있다가 『새벗』의 주간이 되었는데, 이때부터 우리는 자주 만나게 되었다. 1954년 내가 서울에 환도하여 『새벗』을 더욱 키웠을 때, 나는 이름만 주간이지 사실은 소천이 주간 일을 다 하는 셈이었다. 이듬해 내가 『새벗』사를 그만두고 『사상계』로 갈 때에는 소천을 내 후임자로 삼았다. —「소천의 고향과 나」

『새벗』의 발행사인 기독교서회에서 편집국장으로 일하고 있던 「화수분」의 작가 전영택 또한 소천이 『새벗』의 주간이 되는 데 반대했을 리 없다. 전영택은 이후 기독교서회에서 발간하는 소천의 동화집 『종소리』와 『대답 없는 메아리』에 추천의 말을 보태 준다. 누가 봐도 소천은 『새벗』의 준비된 주간이었다. 소천이 보통학교에 들어가기 전부터 탐독했고, 첫 발표작을 비롯해 가장 많은 작품을 실은 잡지가 『새벗』의 전신인 『아이생활』이다. 소천은 피란 시절 『어린이 다이제스트』의 주간으로 다양한 기획을 실험하면서 『새벗』에 관여해 왔다. 친구가 주간이고 신임해 주는 선배 작가가 발행사 편집국장이란 점에서 소천이 『새벗』 주간이 되어 기획 편집을 전담하게 된 일은 하나의 숙명이라 할 수 있다.

소천이 『새벗』에서 얼마나 뛰어난 필진을 다채롭게 초대하고, 또 얼마나 재미있고 유익한 꼭지를 많이 만들었는지는 쉽게 짐작할 수 있다. 윤석중·이원수·장수철·최태호·박화목·최계락 등 아동문학가는 말할 것도 없고, 전영택·김동리·안수길·박목월·황순원·조병화 등의 최정상급 문학인들이 필자로 활약했다. 동시·동화 등 문예 작품에 교양·오락·학습 분야에서도 다양한 읽을거리가 제공되었다.

과학동화, 사진소설, 저학년 동화 등 전에 못 보던 기획이 엎어졌다. 소천의 동요 「태극기」 「유관순」 「금강산」 「생일 축하의 노래」 등은 『새벗』에서 주창한 우리 노래 보급 운동의 일환으로 노래로 만들어져 악보로 제공되었다. 소천은 또한 잡지에서 쉼터 기능을 중시했다. 편집 지면에서 빈자리가 남으면 그곳에 들어갈 원고를 직접 썼다. 여러 편의 '꼬마 동화'가 여기서 탄생했다. 나중에 과학소설계의 개척자로 기리게 되는 작가 한낙원이 이때 과학동화란의 고정 필자로 활약했다. 신인 여성 동화작가 김영자는 저학년 동화로 필력을 단련해 나중에 유명 작가로 발돋움했다. 1954년 현상 공모로 제정해 운영한 아동문학상인 '새벗문학상'은 한동안 뛰어난 아동문학가들의 산실이 되어 2015년 현재까지 그 전통을 유지해 오고 있다. A5판 70면 정도로 발행되다가 소천이 주간을 맡고 있던 1959년에는 150면으로 지면이 늘어났다. 아동문학 이론가 이재철은 소천이 이끈 『새벗』을 "상당한 양의 아동문학 작품을 게재해 당시 중요한 문학인들에게 작품을 발표할 지면을 제공함과 동시에 읽을거리에 목말라 하는 어린아이들에게 뜻깊은 읽을거리를 제공"한 잡지로 평가하고 있다(이재철, 『한국현대아동문학사』).

소천은 폭넓은 인맥을 자랑해 많은 필자를 『새벗』으로 초대했지만 그렇다고 그 지면에 쉽게 글을 실을 수 있는 것도 아니었다. 소천이 『새벗』의 필자를 어떻게 대했는지 알려 주는 일화를 소개한다.

『새벗』에 동시 「꽃다발」을 실을 적 일이다. 다달이 한 사람의 동시가 너덧 편씩 한목에 실렸다. 하루는 소천이,

"다음번엔 당신 차례니 작품을 보내시오."

하기에, 내 딴엔 꼭 발표하고 싶었던 고아와 어머니를 주제로 한 일련의 동시를 보였다. 한번 죽 훑어보더니 못마땅한 표정으로,

"왜 이렇게 슬픈 걸 쓰우?"

하고 책상 서랍에 넣어 버렸다. 그달엔 다른 분의 것이 실렸다. 소천은
작품에 대해서 이렇게 엄격했다. ―「『호박꽃 초롱』은 내 교과서」

동요 「꽃밭에서」의 동시인 어효선의 회상이다. 소천보다는 네 살
이 어렸지만, 어효선은 식민지 시절부터 소천의 『호박꽃 초롱』을 지
니고 다니면서 애지중지했고 자신의 동시 쓰기의 길잡이로 삼았다
고 고백하고 있다.

소천은 『새벗』에서 1954년 8월부터 1960년 1월까지 일했다. 이 시
기는 소천의 생애에서 어쩌면 가장 안정된 시기였다고 할 수 있다.
휴전이 되어 서울로 올라온 소천은 누상동, 한남동 등에서 살았다.
1954년에는 외사촌 누이 허홍순의 소개로 황해도 해주 행정고녀幸町
高女 출신의 네 살 아래 최수정崔壽貞을 소개받아 결혼을 했다. 한남
동에서 살림을 시작하고 얼마 뒤 용산구 청파동 언덕에 앞이 시원하
게 트인 단층집을 구해 살았다. 살림이 점점 나아져 청파동 2가 10번
지 14호의 이층집을 사서 개조한 뒤 이사했다. 단층집도 그대로 쓰
다가 나중에 팔았다. 그러는 동안 장녀 남향南香(1955년생)에 이어 차
녀 미향美香(1956년생), 이어 세 살 터울의 아들 현구玄龜(1959년생)를 얻
어 더욱 다복한 분위기가 가꾸어졌다. 이층은 서재로 꾸며져 소천
동화의 산실이 되었다. 여러 지인들이 이 동화의 산실을 기억하고
있다. 소천이 타계했을 때 박목월은 소천의 이층 방의 이미지를 이
렇게 노래했다.

해질 무렵의 등불이 켜질 때마다

우리는 소천을 생각하리라.

밤하늘로 열린 창처럼

그 새까만 신비스러운 눈을 기억하리라.

소천의 문학이 언제나 어린이를 향해 있었듯이 삶의 많은 부분도 어린이를 향해 있었다. 교과서 편수와 『어린이 다이제스트』 『새벗』 등의 잡지에서 탁월한 기획력으로 어린이를 위한 무수한 지면을 만들었듯이 소천에게는 제도·교육·연구에서도 언제나 어린이가 화두였다. 소천은 이렇듯 다방면에서 업적을 남겼지만 그중에서도 '어린이헌장' 제정을 주도한 일은 여러모로 주목해야 한다.

보통 10세 전후의 어린아이들을 사회적 용어로 '아동'이라 칭하는데, 우리는 이 대신에 '어린이'라는 순우리말로 일컫고 있다. 가정과 사회는 어린이들이 올바르게 성장할 수 있도록 보호하고 지원하며, 이런 보호 아래 어린이들은 인권을 누리며 성장한다. 그런데 국가가 국민을 보호할 수 없거나 사회적으로 특정 계층의 인권만 보장되는 나라에서는 어린이 인권 보호는 기대하기가 어렵다. 전쟁이나 빈곤에 시달리는 나라, 계급제도나 독재 체제가 유지되는 나라에서는 이룰 수 없는 꿈일 뿐이다.

신분 사회였던 조선 시대에는 일부 양반 계급을 제외한 대부분의 어린이들은 뛰어다닐 수 있는 나이가 되면 농사를 짓고 바느질을 하고 물을 긷고 누에를 치는 등의 노동을 해야 했다. 일제 강점기에는 어린이에게 가해지는 사회적 억압이 훨씬 더 심해졌다. 조선 사람 자체가 일제를 위한 일꾼으로 전락한 상황에서 어린이는 거기서 또다시 지배를 받는 존재였다. 이 점을 주목하면서 어린이 권익의 일대 혁명을 일으킨 사람이 방정환이었다. 방정환은 동학을 계승한 천도교의 3대 교조 손병희孫秉熙의 사위로서, 1921년 5월부터 김기전·이정호 등과 함께 천도교 소년회를 조직해 소년 운동을 벌였다. '어린아이를 때리는 것은 한울님을 때리는 것이다'라는 천도교의 가르침은 이로부터 실제 어린이 사랑을 실천하는 일로 옮겨 가기 시작했다. 어린아이를 하나의 인격체로 인정하자는 취지에서 높여 부르는 말로 '어린이'라는 말을 만들어 부른 것도 이때다.

방정환은 1923년 5월 1일 소년운동협회 이름으로 최초로 어린이날 행사를 열면서 '어린이날 선언문'을 발표했다. 이 선언문은 다음 세 가지 선언으로 구성돼 있다.

1. 어린이를 재래의 윤리적 압박으로부터 해방하여 그들에게 완전한 인격적 예우를 허하게 하라.
2. 어린이를 재래의 경제적 압박으로부터 해방하여 14세 이하의 그들에 대한 무상 또는 유상의 노동을 폐하게 하라.
3. 어린이 그들이 고요히 배우고 즐거이 놀기에 족한 각양의 가정 또는 사회적 시설을 행하게 하라.

오늘날 우리나라가 세계에서 유래가 드물게 어린이날을 기리고 있는 것은 바로 이날의 선언 덕분이다. 이후 일제의 강압과 방해 등에 따른 중단과 변경을 겪은 어린이날은 광복 이듬해인 1946년부터 정식으로 5월 5일로 제정된다. 그러나 어린이날은 있지만 실제로 어린이가 인격적 대우를 받을 수 있는 환경은 조성되지 않았다. 더욱이 6·25전쟁을 겪는 동안 어린이의 권익은 땅에 떨어졌다. 전쟁으로 최소한 10만 명의 고아가 생겨났고 그보다 더 많은 어린이들이 극빈한 가정에서 성장해야 했다.

어린이는 부모가 지키는 가정을 기반으로 사회가 만든 학교 등의 제도를 거치며 먹고 공부하고 놀면서 성장해야 한다. 어린이들에게는 정신적 자양이 될 동요나 문학작품을 많이 읽혀야 한다. 소천 같은 아동문학가들이 해야 할 일도 바로 그것이었다. 그러나 문학작품이 아무리 많아도 그걸 즐길 수 있는 어린이들은 많지 않았다. 가정에서도 사회에서도 소외되는 어린이들을 보호하고 사랑해 줄 수 있는 법적 차원의 조치가 필요했다.

이때 소천이 생각한 것은 '어린이헌장'이었다. 소천이 언제부터 어린이헌장을 준비해 왔는지 정확히 알 수는 없다. 1955년 소천이 심사를 맡은 한국일보 신춘문예에 동화가 당선되어 등단한 동화작가 서석규徐晳圭는 이 시기 소천의 움직임을 다음과 같이 기억하고 있다.

그 무렵 내가 을지로에 있던 『여성계』라는 잡지사에 다닐 때였지요. 소천 선생은 퇴근길에 곧잘 『여성계』 사무실 아래에 있는 녹원다방에서 나를 부르셨어요. 그러고는 아동문학 관련 일본 서적을 건네면서 읽어 보라고 하셨지요. 『새벗』에 실린 동화나 동시 얘기도 해 주셨어요. 문인들이 자주 모이는 문예살롱이란 다방으로 부르실 때도 있었고, 내가 직접 종로에 있는 새벗사로 가기도 했어요. 새벗사 사무실 아래에 있는 시온다방에 가면 소천 선생을 찾아온 김동리·황순원·박목월…… 이런 선생님들이 계셨어요. "왜 여기 계시냐?"고 여쭈면 "사무실 가면 담배를 못 피워서……"라고 하셨지요. 황순원 선생이 대답 대신 손에 끼운 담배를 들어 보이던 모습이 눈에 선합니다. 소천 선생과 이분들의 만남은 주로 이 다방에서 이루어졌죠. 소천·목월·지훈 세 분은 술집으로 자리를 옮겨 통금 시간이 임박할 때까지 얘기를 나누곤 하셨어요. 끝판에는 소천 선생을 먼저 들여 보내고 두 분만 남아 과음을 하고 실수한 후일담을 남기곤 했지요. 이 어른들의 치기 어린 한담을 곁에서 들으면서 선비들의 청유淸遊를 보았습니다.

그 전부터 생각하셨는지는 모르지만 1956년 어린이날을 보낸 뒤, 소천 선생은 외국 자료로 확인되는 몇 가지 인권 관련 문건을 옮겨 적고 어린이헌장 초안을 만들 내용들을 적은 공책을 가지고 다니셨어요. 당시 을지로 네거리에 있던 보건사회부에 드나드실 때는 녹원다방에 오셔서 나를 부르셨어요. 그러고는 항상 끼고 다니는 책보에서 공책을 꺼내 놓고 설명해 주시곤 했지요. 어린이헌장의 초안부터 문안의 변천, 그리고 추진 과정에 관해 여러 차례 말씀을 들었습니다. 제출 서류가 주무 담당 부서인 보사부 부녀국 후생과 아동계를 거쳐 국장까지 올라가는 동안 몇 차례나 녹원다방으로 오셨어요. 당시 이예행李禮行 부녀국장은 뒤에 숙명여고 교장을 맡았던 온건한 여성 지도자였어요.

1956년 더위가 차츰 고개를 숙이던 어느 날 오후로 기억됩니다. 소천 선생은 녹원다방에 들어서자마자 환하게 웃으며 말씀하셨어요.

"지금 보사부 다녀오는 길인데, 부녀국장이 추진하기로 했어요."

기뻐 어쩔 줄 몰라 하셨어요. 그게 추진하시던 어린이헌장 제정 문제라는 걸 대번 알아차렸지요. 그 환한 웃음이 지금도 생생하게 떠오릅니다.

그 다음 문제는 헌장 초안의 건의 단체가 필요하다는 거였어요. 소천 선생은 동화작가협회 이름으로 건의하는 게 좋겠다면서 당시 협회장인 마해송 선생을 찾아가셨지요. 이듬해인 1957년 초, 동화작가협회 회원들이 시청 옆의 한 식당에서 함께 저녁을 하면서 어린이헌장 문제를 협의하고 동화작가협회 이름으로 건의한다는 합의 절차를 거쳤습니다. 공식 건의는 삼일절을 기해 국회(민의원), 문교부, 보사부에 각각 협회의 기초안을 첨부한 건의서를 보내는 것으로 했지요. 신문에 처음 보도된 것은 3월 3일이었습니다.

소천은 자신이 맡은 일은 처음부터 끝까지 하나하나 챙기고 직접 나서서 추진했다. 그건 타고난 성품이기도 했지만, 특히 어린이를 위한 일이라는 뚜렷한 목적 앞에서는 결코 망설이는 법이 없었다. 소천은 아동문학 작품의 창작으로도 누구도 비견하기 힘든 일을 했지만, 어린이 문화운동에도 남다른 집념과 열의를 가지고 있었다. 어쩌면 선조들의 개척 정신을 이어받은 듯도 싶다. 그래서 때로 혼자 너무 앞서 나간다는 느낌을 주기도 했지만 그런 만큼 준비도 철저했고 추진 과정에서도 좀처럼 빈틈을 보이지 않았다. 그렇기 때문에 다른 사람들도 소천이 하는 일이라면 큰 신뢰를 보냈다.

앞에서 말했듯이 소천은 일의 순조로운 진행을 위해 단체 명의로 발의하자는 뜻을 세우고 동화작가 마해송이 회장으로 있는 한국동화작가협회와 협의했다. 소천과 방기환이 보사부 쪽에서 추천한 청소년문화 운동가이자 아동문학가인 정홍교丁洪教와 함께 어린이헌장 제정 건의안을 다듬었다. 대표 발의자는 마해송 회장을 비롯해 협회 임원인 방기환·강소천·이종환·김요섭·임인수·홍은순 등 일곱 명이었다. 3월 1일자로 전문과 9개항으로 된 헌장 초안을 정부에 접수했고, 이 사실은 3월 3일 신문 보도로 세상에 알려졌다. 이종환은 3월 17일, 헌장 제정을 촉구하는 기고문을 경향신문에 실어 분위기 조성에 일조했다.

1957년 5월 5일, 제35회 어린이날을 기해 공포된 '대한민국 어린이헌장'의 전문前文과 본문은 다음과 같다.

262

대한민국 어린이헌장

어린이는 나라와 겨레의 앞날을 이어 나갈 새 사람이므로 그들의 몸과 마음을 귀히 여겨 옳고 아름답고 씩씩하게 자라도록 힘써야 한다.

1. 어린이는 인간으로서 존중하여야 하며 사회의 한 사람으로서 올바르게 키워야 한다.
2. 어린이는 튼튼하게 낳아 가정과 사회에서 참된 애정으로 교육하여야 한다.
3. 어린이에게는 마음껏 놀고 공부할 수 있는 시설과 환경을 마련해 주어야 한다.
4. 어린이는 공부나 일이 몸과 마음에 짐이 되지 않아야 한다.
5. 어린이는 위험한 때에 맨 먼저 구출하여야 한다.
6. 어린이는 어떠한 경우에라도 악용의 대상이 되어서는 아니 된다.
7. 굶주린 어린이는 먹여야 한다. 병든 어린이는 치료해 주어야 하고 신체와 정신에 결함이 있는 어린이는 도와주어야 한다. 불량아는 교화하여야 하고 고아와 부랑아는 구호하여야 한다.
8. 어린이는 자연과 예술을 사랑하고 과학을 탐구하며 도의를 존중하도록 이끌어야 한다.
9. 어린이는 좋은 국민으로서 인류의 자유와 평화와 문화 발전에 공헌할 수 있도록 키워야 한다.

이 헌장 제정이 어느 정도 선구적인지는 국제사회의 움직임과 비교하면 잘 알 수 있다. 국제사회에서 어린이 인권에 대해 주목할 만한 행동을 취한 것은 1924년, 국제연맹이 제네바에서 채택한 5개조의 이른바 '제네바 어린이권리선언'이다. 1948년, 국제연합에서 이를 7개조로 개정한 바 있다. 소천이 초안을 잡은 어린이헌장도 이 선언을 적절히 수용했다. 그러나 유엔에서 전문과 본문 10조로 된 '어린이인권선언Declaration of Rights of the Child'을 공포한 것은 1959년 11월 20일 총회에서다. 이는 대한민국 어린이헌장이 공포되고 2년 6개월 뒤의 일이었다.

미래 사회의 주역이 될 소년소녀에 대한 사회적 희망을 바탕으로 그들의 건전한 성장을 이끌고 장래를 축복하는 뜻에서 제정한 것이 '어린이날'이었다. 이에 비해 '어린이헌장'은 어린이들을 어린이날 하루뿐만 아니라 항상 관심을 가지고 보살핌으로써 어린이들이 바르게 성장해 미래 사회를 이끌 수 있도록 사회적 환경을 조성하자는 취지에서 제정된 것이다. 이처럼 한국 어린이 문화 역사에서 1957년 5월 5일 어린이헌장을 제정 공포한 것은 방정환의 어린이날 선포에 이은 두 번째 쾌거이자 어린이에 대한 인식을 드높인 일대 사건이었다.

헌장 제정 이후 1960년대 초등학교 의무교육 완성, 1961년 아동복지법 제정, 1970년 어린이날 공휴일 지정 등 어린이의 권리를 보장하는 제도들이 연이어 마련되었다. 더불어 여성과 가정에 대한 인식도 변화되었고, 가정의 소중함이 더욱 강조됐다. 어린이헌장으로 촉

발된 사회 변화는 그만큼 컸다.

어린이헌장의 제정과 공포는 물론 많은 사람들의 힘이 합쳐진 것이지만 소천의 생각과 노력이 없었다면 불가능했다. 아주 단순하게 말해 어린이날이 방정환이 만든 거라면 어린이헌장은 소천이 만든 것이라 해도 과언이 아니다. 그럼에도 어린이헌장 제정과 관련해 소천의 이름 대신 단체명이나 공동 발의자들의 이름이 앞서 나오는 사례가 눈에 띈다. 어떤 사전에는 우리의 어린이헌장 선포일이 유엔의 어린이인권선언이 채택된 1959년 5월 5일이라 잘못 기재돼 있다.

더욱 아쉬운 것은 이로부터 31년 뒤인 1988년, 이 헌장의 내용이나 문구에 특별한 이의가 제기되지 않았는데도 새롭게 개정되었다는 사실이다. 제66회 어린이날을 맞춰 개정 공포된 어린이헌장은 전문前文과 전11항의 본문으로 되어 있다. 원래 헌장과 바뀐 헌장은 전체 내용에서는 큰 차이가 없다. 그런데도 개정을 한 것은 헌장에 나오는 '굶주린 어린이'라는 말이 국민에게 불신을 심어 준다는 이유 때문이었다고 한다.

개정 헌장을 보면 원문 4항을 풀어 놓은 것 외에 여러 부분에서 원문의 표현 수준을 크게 저하시켰음을 알 수 있다. 전문부터 불필요한 수식이 이어져 깔끔하게 읽히지 않는 것도 문제다. 다른 항이 모두 어린이를 위한 환경 조성을 말하는 형식인 데 비해 4항과 6항이 어린이의 주체적 행동을 강조한 문장이 된 것, 또 11항이 불필요하게 두 개의 문장으로 이루어진 것도 그렇다. 이 개정 헌장은 결국 어린이헌장의 본래 취지마저 퇴색시킨 '개악 헌장' 이라는 비난을 받았다.

어떻든 지금 우리는 무엇보다 어린이헌장의 본래 취지를 다시 생각해야 한다. 요즘 어린이들은 물질적으로 너무나 풍족한 시대를 살고 있으며 어른들로부터 지나칠 정도의 보호를 받고 있다. 이런 과보호는 어린이 인권 보호와는 질적으로 다르며, 도리어 그 자체로 반인권적 행동이 되기도 한다. 우리 사회에 만연한 황금만능 풍조에 어린이들까지 물질적 과소비를 일삼고, 지나친 입시 위주의 교육은 어린이헌장의 정신에 반하는 결과를 빚고 있다. 이는 우리나라가 2009년부터 2014년까지 OECD 회원국 중 어린이와 청소년의 주관적 행복 지수가 꼴찌로 집계된 사실로도 증명된다.

자살, 가정 폭력, 집단 따돌림만이 심각한 사회 문제가 아니다. 지금 어린이들은 마음놓고 동화책 한 권 읽을 시간이 없으며, 친구들과 함께 신나게 동요를 부를 여유도 없는 세상에 살고 있다. 게다가 2010년대 이후 중산층 붕괴나 계층 세습 등으로 가정 파괴 현상이 두드러지면서 어린이 소외 현상이 극심해진 상황이다. 어린이 보호 시설, 학원 등의 사설 기관이나 심지어 학교 같은 공공 기관에서 어린이가 교사를 비롯한 어른들로부터 인권 침해를 당하는 사실도 속속 드러나고 있다. 소천이 처음 주창한 어린이헌장을 재음미하면서 어린이 사랑의 참뜻을 되새겨 볼 때이다.

저변을 넓히고 이론을 다지다

혹독한 참화를 겪은 한국 사회는 1950년대 후반에 이르러 어느 정도 안정을 되찾고 있었다. 폐허의 땅에서 새로운 생명들이 태어났고, 이들이 성장하면서 어느 학교나 교실마다 아이들로 넘쳐났다. 도시의 국민학교는 한 반에 70~80명이 예사였고, 교실 하나를 오전·오후반으로 나누어 사용하는 일도 다반사였다.

소천은 1959년 1월 『새벗』에서 물러난 뒤 창작과 현장 교육, 방송 출연 등으로 더욱 바쁜 나날을 보내면서도 또 다른 기획력을 발휘하기에 이른다. 소천이 주목한 것은 바로 이 시대의 어린이들이었다. 이들에게는 좋은 읽을거리가 필요했다. 소천은 어린이들에게 양질의 문학을 제공해 꿈과 희망을 심어 주어야 한다고 생각했다.

당시 책 출간과 보급은 전집류 외판이 새로운 활로가 되고 있었다. 이때 소천이 생각한 것은 어린이를 위한 세계명작 전집이었다. 독자들은 주로 일어판을 날림으로 번역해서 조악하게 제본한 세계 명작 책들을 읽고 있었다. 그러나 『어린이 다이제스트』 『새벗』 등에서 기획력을 실험한 소천은 차원이 달랐다. 높은 수준과 새로운 감각이면 충분히 많은 어린이 독자들과 만날 수 있을 거라고 확신했다. 이러한 소천의 생각은 아주 앞섰는데, 이 일은 자본이 뒷받침되지 않으면 불가능한 일이었다. 그때 소천의 기획에 손을 내민 출판사는 대구에서 중고교 참고서 출판업을 하다 서울에 새롭게 둥지를 튼 계몽사啓蒙社였다.

소천은 몇 가지 기획 방향을 잡았다. 우선 그리스 신화에서부터 시작해서 유럽과 러시아·미국의 대표작은 말할 것도 없고 인도·중국·일본·한국 등 아시아와 아랍권에 이르기까지 각 나라별 대표작들을 뽑아 명실공히 고금의 세계문학을 수렴한다는 것. 일본어 중역이지만 문학가의 문장으로 매끄럽게 윤문을 한다는 것. 편집위원을 최고 명사로 포진한다는 것. 나름대로 높은 번역료와 고료를 책정한다는 것. 계몽사 대표 김원대金源大는 소천의 주장을 그대로 수용했다.

당시 이 전집의 번역에 참여하면서 소천과 함께 계몽사에 드나든 서석규는 다음과 같이 회상하고 있다.

원남동으로 기억합니다. 좁은 골목에 있는 대문을 열면 움푹 낮은 좁은 마당에 ㄱ자인가 ㄷ자로 된 나지막한 기와집이 보였는데, 바로 김원대 사장의 집이었어요. 책상 2개가 놓인 작은 방이 계몽사 사무실이었는데 거기서 입시 문제집을 내었던 거예요. 소천 선생도 그 방에서 김 대표와 만나 세계 아동문학 전집을 준비한 겁니다. 물론 편집위원은 정인섭·김동리·박목월·강소천·이원수 이렇게 다섯 분이었지만 거의 모든 걸 소천 선생이 대표로 진행했습니다. 그 무렵 신문사에 근무하던 나는 소천 선생을 따라 그 북통만 한 옴팡집에 가 보기도 했어요. 전50권 중 17권 『소공자』, 18권 『소공녀』 두 권은 직접 번역을 맡기도 했고요.

이렇게 해서 1959년 첫 발간을 시작으로 1962년 총 50권으로 완간된 전집이 바로 전집 출판 역사에서 하나의 획을 그은 계몽사판 『소년소녀 세계문학전집』이다. 세계명작이라면 날림 번역에 싸구려 제작본으로도 꽤 팔리던 시절이어서 영세한 자본으로 짭짤한 수입을 올리던 출판사가 여럿 있었다. 그런데 이 계몽사 전집의 내용은 당시로서는 놀랄 만한 수준이었다. 제작도 A6형 양장본에 표지 하나를 더한 매우 호화로운 장정이었다. 처음에 소규모로 시작한 외판 조직이 커져서 금세 전국 규모로 확대되었다. 이들은 방방곡곡 집집마다 파고들어 방문 할부 판매의 새로운 기록을 만들어 갔다. 전집 한두 질 없는 집이 없던 시절, 이 전집은 문학 전집으로는 단연 첫 손가락에 꼽혔다. 시쳇말로 '대박'이었다.

1960년대 중후반 이 전집을 읽고 자란 사회 명사들의 고백도 심심찮게 볼 수 있다. 국회의원을 여러 차례 지낸 한 정치인은 "계몽사의 『소년소녀 세계문학전집』은 나의 몸과 마음 곳곳으로 스며들어 와 나를 성장시키고 지금의 나를 만들어 주었다. 그 50명의 친구들은 낡고 해져서 너덜너덜해질 때까지 나와 놀았다. 개들과 만나 머리를 처박고 대화하는 동안은 천둥벼락이 쳐도 몰랐다. 길을 가면서 읽다 가 개울창에 빠지기도 했고, 전봇대에 코를 박기도 했다. 이 글을 쓰 는 순간에도 개들의 모습이 눈에 선하다"(정두언)라고 했다. 또 알려 진 어느 도서 평론가는 "삼륜차 한 대면 이삿짐을 쌀 수 있던 살림살 이에 계몽사 『소년소녀 세계문학전집』이 내 앞에 놓여 있었다. 이건 마른 땅에 내린 단비 정도가 아니다. 사막에서 길 잃은 나그네에게 퍼붓는 소나기다. 붙잡고 읽었다. 읽고 또 읽고 더 읽었다. 다른 책 이 없으니 그것만 읽을 수밖에. 나중에 보니 책이 너덜너덜해졌다" (이권우)라고 했다.

계몽사는 처음의 50권에서 10권을 더 보태 총 60권 전집으로 판매 했고, 이어 위인전기·학습 백과·한국문학 등으로 영역을 확장해 가면서 초대형 출판사로 성장했다. 이 무렵 여러 출판사들이 다양한 전집 출판으로 경쟁에 뛰어들면서 우리나라는 전집 외판으로는 세 계에 유래 없는 보급률을 자랑하게 되었다. 계몽사는 이때의 인연으 로 뒷날 배영사에서 강소천을 기리기 위해 제정해 운영하던 소천아 동문학상을 이어받아 운영하기도 했다.

소천의 기획은 여기서 그치지 않았다. 1960년 4·19혁명 직후, 낙 도와 벽지 학교에 근무하는 교사들의 좌담이 연합신문에 3일 연속 게재된 일이 있었다. 이들은 혁명 이후 교육개혁을 하려는 민주당 정부의 배려로 서울에서 특별 연수를 받던 중이었다. 이들이 밝힌 낙도와 벽지 학교의 현실은 상상하기 어려울 만큼 열악했다. 좌담 기사가 나가자, 전국에서 공책과 연필 등 각종 필기도구들이 쏟아져 들어오기 시작했다. 소천은 이 기사를 접한 뒤 도시 학교와 벽지 학교가 서로 우정을 나누는 결연 사업을 기획하기 시작했다. 당연히 도시 학교의 풍족함을 벽지 학교에 전하는 일이 우선이었다. 소천은 이것이 일회적인 사업으로 끝나지 않고 '영속적인 결연 운동'이 되어야 한다고 생각했다.

문학가로서 소천은 용어 선택부터 먼저 하며 이 운동의 방향을 설정했다.

"자매결연이란 말은 좋지 않아요. 누구는 언니, 누구는 동생, 이건 안 돼요. 어깨동무, 어깨동무학교 어때요?"

소천은 도시 학교와 낙도·벽지 학교의 자매결연을 '어깨동무학교'라는 말로 집약했다. 이것이 '어깨동무학교 운동'의 첫출발이었다. 소천은 이어 낙도는 '외딴섬', 벽지는 '두메'로 부르자고 했다. 낙도 학교, 벽지 학교가 아니라 두메 학교, 외딴섬 학교가 듣기에 좋다고 했다. 이는 소천이 문교부 편수국에서 일할 때도 분명히 인식하고 있었던 한글 전용의 적용이기도 했다. 소천이 노랫말을 쓰고 재동초등학교 교사 이계석이 곡을 붙인 「어깨동무학교」 노래도 이 시기에 널리 퍼져 나갔다.

거리에서 두메에서 외딴섬에서

부르네 대답하네 어깨동무들
밤하늘에 반짝이는 별을 세듯이
마음으로 그려 보는 먼 곳 동무들
굳게 맺은 어깨동무학교와 학교
가는 정 오는 정 꽃피는 우정

거리에서 두메에서 외딴섬에서
마음의 손 놓지 말자 어깨동무들
서로 돕고 살아가는 이 마음 키워
살기 좋은 대한 나라 우리 만들자
굳게 맺은 어깨동무학교와 학교
가는 정 오는 정 꽃피는 우정

소천이 주창한 이 사업은 1962년 1월 연합신문의 주 1회 지면인 '일일 어린이'에서 주관하다가 이 신문의 폐간으로 시행한 지 얼마 되지 않아 중단되었고, 이후 5·16군사정변 뒤 재건국민운동본부로 이관되었다. 어깨동무학교라는 말도 자연히 쓰임이 줄어들었지만 그 취지는 다양한 형태로 이어져, 이후 도시 학교에서 두메 학교를 지원하거나 두메 학교 어린이들이 도시 학교를 방문하는 내용의 사업으로 다채롭게 이어졌다. 소천은 타계하기 전 "간이 좋지 않아 약을 먹고 있다"고 하면서도 어린이들과 함께 서해의 외딴섬을 찾아가는 어선에 몸을 실었다.

　소천이 기획한 많은 일 중에서 또 하나 기억해야 할 것이 있다. 바로 '아동문학연구회'의 발족과 활동이다. 한국 현대 아동문학은 한국이 지닌 아주 특수한 역사와 문화를 배경으로 성장해 오는 과정에서 작품 연구, 어린이 글짓기 지도 방법 등 '아동문학 연구와 교육'에 힘을 더할 집단이 반드시 필요한 실정이었다. 한국아동문학회, 한국동화작가협회 같은 단체가 있었지만, 소천은 실제로 목적에 맞게 일을 실천할 수 있는 구체적이고 실질적인 모임이 있어야 한다고 생각했다.

　(……) 몇 해 가야 작품 한 편 안 쓰는 회원이 있나 하면, 아동문학을 부업으로 하는 사람이 많다. 그저 1년에 한 번 감투를 위해 총회에 모이는 것 같은 감밖에 주지 않는 회다. (……) 계획은 하지만 1년에 회원들의 작품 선집 하나 못 내는 회다.(……) ─「올해 미처 못한 말」

　당시 아동문학 단체에 대한 소천의 비판은 아주 신랄했다. 그리고 비판에 머물지 않고 서둘러 대안을 마련했다. 먼저 서석규를 간사로 삼아 박목월·최태호·박창해와 함께 연구회를 발족하고 다음과 같은 취지문을 작성했다.

　아동문학과 교육에 뜻을 같이하는 동지가 모여 어린이 세계의 탐구와 더불어 그들이 지녀야 할 참모습을 문학과 행동으로 구현하고자 하는 아동문학연구회를 설립한다.

우리는 아동문학에의 직접적인 관심뿐 아니라 사회 환경에 따르는 교육 문제에도 깊은 관심을 갖는다.

우리는 어린이들의 독서적·문학적 환경을 개혁하기 위하여 창작·지도·평론 각 부면에 활동할 것이며, 아동심리의 통찰자로서 그들의 인간 형성을 돕는 인생과 사회의 교사가 될 것을 희구한다.

이렇게 시작된 설립 취지문은 소파 방정환의 아동문화운동을 상기하며 미흡한 아동문화의 사회 실정 아래에서 동지들의 의욕적인 참여를 기대하고 약속하는 다짐에 이어, 작품 연구와 작품집 발간, 어린이 글짓기 지도 등의 '할 일', 평론·창작·지도 등 3개 분과의 구성, 임원 구성 내용 등을 적었다. 이를 당시 100명이 채 안 되는 아동문학가들에게 가입 신청서와 함께 발송했는데, 63명의 가입 신청서가 모였다. 1960년 11월 20일, 마침내 아동문학연구회가 창립되었고, 임원으로 선임된 사람은 다음과 같다.

회장 : 강소천(작가)

부회장 겸 평론분과지도상임 : 최태호(국립도서관장)

창작분과상임 : 박목월(시인, 한양대 교수)

지도분과상임 : 박창해(연세대 교수)

총무 : 서석규(서울일일신문 문화부 차장)

창립 첫해에 이 연구회는 2차에 걸쳐 월례회를 개최했다. 월례회 내용은 당시 총무를 맡은 서석규가 간단히 정리해 두었다.

제1회 월례회 : 1960년 12월 28일, 예술원 회의실

주제 발표 : 박목월(동시 창작론), 최태호(동화 및 소년소설 창작론)

집단 토론 : – 1960년도 발표 아동문학 작품 중 문제작 토론

– 심경석 회원의 동극 「여우와 다람쥐」 합평

제2회 월례회 : 1961년 1월 29일, 서울 서소문 서울교육연구소 회의실

– 일간지 신춘문예 당선작 합평

– 새 등단 작가 초청

– 회원 작품집 6월 발간 확정

– 어깨동무학교에 기증할 회원 도서 350권 수집, 주관 신문사에 기탁

이 연구회는 민주당 정부 때인 1960년에 이미 학술 단체 등록을 마친 덕분에 1961년 5월 군사정변 이후 사회단체 해산 포고령에도 등록 신청을 할 자격이 유지되었다. 5월 31일 등록 신청서를 제출했고 마침내 8월 31일 단체 등록증을 받았다. 이 모임의 회장인 소천이 그해 가을 위암 수술을 받느라 더 이상의 연구 활동을 하지는 못했

다. 그러나 당시 공부 없이 습관적인 창작에 매달리거나, 뚜렷하게 생산적인 사업도 없는 아동문학 단체와 그 구성원들에게 아동문학 연구의 필요성과 실제적인 노력의 중요성을 각인시킨 본보기가 되었다(「새로운 꿈을 향한 출발 : 아동문학연구회와 강소천」).

1960년 위암 수술을 받고 다시 건강을 되찾은 소천은 이런 연구 활동을 위한 새로운 마당을 만들게 된다. 그것은 아동문학의 이론 정립을 위해 소천이 펼친 대표적인 작업 중의 하나인 『아동문학』 잡지 발간 사업이었다. 『아동문학』은 배영사培英社에서 낸 A5판 80면 안팎의 부정기 아동문학 잡지로, 1962년 10월에 창간되어 1969년 5월 통권 19호까지 발간되었다.

『아동문학』의 발행인은 시인 이상화 · 오상순 등과 교분을 맺고 1930년대 문예지 『시원詩苑』 등에 백파白派라는 예명으로 시를 발표한 바 있는 시인 조석기趙碩基였다. 조석기는 서울에서 제일고보를 졸업한 뒤 고향인 경북 영양과 부천 · 강화 · 서울 등지에서 교사를 거쳐 교감 · 교장으로 있다가 광복을 맞았다. 미군정 시대에 일제 잔재를 청산하고 새 나라의 교육체계를 마련할 교육가로 인정받아 인천 창영국민학교 교장으로 추대되었으며, 15년의 재직 기간 동안 놀라울 정도의 참신한 교육으로 일대 혁신을 일으켰다. 4 · 19혁명 이후 서울사대부속국민학교 교장을 지내다가 정년퇴임한 조석기는 창영 국민학교 교사 출신 이재영이 출자해 설립한 배영사의 대표를 맡았다. '배영'은 조석기가 고향에서 교사로 있을 때 농촌 계몽을 위해 운영한 야간 학교 이름이었다.

이 배영사의 실질적인 기획 책임자가 바로 소천이었다. 소천은 조석기가 창영국민학교 교장으로 있을 때, 매주 한 차례씩 어린이들을 대상으로 글짓기 교육을 했다. 소천은 일제 강점기와 6·25전쟁을 겪으면서 우리 민족이 우리글을 제대로 읽고 쓰지 못하는 현실을 직시하고 국민학교 때부터 특별한 글짓기 교육을 받아야 한다고 강조해 왔다. 소천은 뜻이 좋고 조금만 가능성이 보여도 망설이지 않았다. 서울 청파동 집에서 인천 창영국민학교에 나가 두어 시간 수업을 하고 오면 꼬박 하루가 걸렸지만 아무리 힘들어도 소천의 열정은 식지 않았다. 우리나라가 하루빨리 일어서려면 국민이 제대로 글을 쓸 줄 알아야 한다고 생각했기에 먼 거리와 긴 시간은 조금도 문제가 되지 않았다. 소천의 교육은 이화여대부속국민학교에서도 이어졌다.

조석기는 이 같은 소천의 소신과 추진력, 그리고 기획력을 믿었다. 당시 배영사는 새문안교회 옆 대한교육연합회 건물 한쪽 귀퉁이에 사무실이 있었다. 초기에는 소천의 작품을 엮은 5권짜리 그림동화집을 발간해 매출을 올렸고, 소천의 동화집 『어머니의 초상화』와 박목월의 이론서 『동시세계』를 준비하고 있었다. 소천은 이 배영사를 발판으로 아동문학 이론 전문지를 기획해 1962년 10월에 부정기 간행물 『아동문학』을 창간했다.

거칠어진 '아동문학'의 벌판에 씨를 뿌릴 때는 왔습니다. (⋯⋯) 메마른 우리 고장의 벌판에 고운 꽃씨를 뿌리고, 정성 들여 가꾸려고 다섯 분 아저씨들이 벌판에 나섰습니다. 한 분은 꽃씨를 가지고, 또 한 분은 호미를, 또 한 분은 물주게를, 또 한 분은 괭이와 줄자를, 또 한 분은 삼태기를 들고 웃으며 이 자리에 모이셨습니다. – '권두언'에서

이 땅에 아동문학의 싹이 움트기 40년을 헤아리나 아직도 이렇다 할 연구와 평론이 없었음은 문학을 위해서도 교육을 위해서도 안타까운 사실, 이래서 『아동문학』은 탄생할 필연성에서 제1집을 낸다. – '편집을 마치고'에서

조석기는 권두언에서 우리나라 아동문학의 환경을 봄에 돋아난 새싹이 자라지도 못하고 시들어 버리는 척박한 땅에 비유하면서, 다섯 명의 전문가들이 제대로 된 '농사'를 지으려 한다고 밝혔다. 소천이 쓴 것으로 보이는 편집후기에는 아동문학 나름의 역사 속에서 연구와 평론이 없었다는 말로 『아동문학』의 창간 이유를 드러냈다. 동시·동화 등의 작품만이 아동문학이라고 여기던 시기에 이론 중심의 잡지는 『아동문학』이 처음이었다. '다섯 분 아저씨' 편집위원은 강소천·김동리·박목월·조지훈·최태호 등으로 구성됐다. 윤석중·이원수 등 당대를 대표하던 아동문학가 대신 성인 문단의 중견 작가를 셋이나 포함한 이채로운 구성이었다. 최태호는 6·25전쟁

전 조석기 교장이 이끄는 창영국민학교에서 교감을 지낸 적이 있고, 조지훈은 조석기와 같은 한양 조씨 문중으로 고향에 있을 때 담 하나를 사이에 두고 산 인연이 있었다.

『아동문학』은 1963년 5월 소천의 타계로 5집 이후 변별성을 잃었지만 당시로서는 대단히 선구적인 잡지라 할 수 있다. 문화예술 창작은 이론이 뒷받침되어야 심화될 수 있다. 그러나 당시의 한국문학은 평론과 이론 모두 질과 양에서 절대적으로 부족했고, 모든 문학 잡지에서도 평론은 부속적 지위에 머물러 있었다. 아동문학에서는 말할 나위도 없었다. 『아동문학』은 동시와 동화도 실었지만 어디까지나 이론 중심이어서 매호 특집으로 주제를 정해 집단 토론 방식으로 원고를 실었다.

1집의 경우 '심포지엄—아동문학이란 무엇인가'를 특집으로 다루었는데, 이때 김동리의 제안 원고가 6면을 넘겼고, 이에 대해 '아동문학의 특수성'(강소천), '동경과 이상의 문학'(최태호), '아동을 주제로 한 문학'(조지훈), '나의 의견'(박목월) 등의 개별 발표가 따라붙었다. 이런 심도 있는 지상 심포지엄은 '동화와 소설'(2집, 1962), '동요와 동시의 구분'(3집, 1963), '아동문학의 나아갈 길'(4집, 1963), '아동문학의 문제점'(5집, 1963) 등으로 이어지면서 아동문학의 장르와 용어 정립, 문제점과 방향성 등에 대한 심도 깊은 담론이 이루어졌다. 한국 아동문학 연구에 상당한 영향을 준 이론이 바로 여기에서 나왔다. 3집까지는 편집위원만 참여했는데 4집에는 박목월이 빠지고 조연현·어효선·조풍연이 가세했고, 소천 타계 직후인 5집에는 백철의 제안에 이희복·김동리가 대응했다.

『아동문학』은 이론 중심의 잡지였지만 창작 등 다른 지면에서도 뛰어난 기획력을 발휘했다. 매호 편집 주간인 조석기의 권두언을 실었고 기성 작가에게 동시와 동화 또는 동극을 청탁해서 실었다. 외국 작품 번역본, 아동문학 평론, 글짓기 교육 실기론 등의 지면도 마련했으며 3회 추천으로 등단을 인정하는 추전제 공모전도 실시했다. 박경종·박화목·이준연·신지식·서석규·유경환·박경용·신현득·김종상 등 중견과 신진 아동문학가의 작품 외에 한글학자 최현배의 특별 기고, 「반달」의 작곡가 윤극영과 「동무 생각」의 박태준이 쓴 창작 체험담, 소설가 김이석의 동화, 시인 박두진의 동시 등도 눈에 띈다.

소천은 1962년 10월 창간부터 타계 직후 발간된 제5호까지 직접 기획을 책임지면서 『아동문학』을 이끌었다. 길지 않은 동안 5회 발간도 놀랍지만 아동문학이 처한 여러 가지 문제점을 종합하고 대책을 마련하는 이론의 장을 펼친 건 참으로 소천이 아니면 불가능한 기획이자 실천이었다.

1960년을 전후해 소천이 한 일은 이에 그치지 않는다. 앞서 말했듯이 국민학교를 매주 방문해 글짓기 지도를 했고, 대학 강의도 나갔다. 1958년에 한국보육대에 출강했고, 1959년에 이화여대에도 출강하면서 아동문학 강좌를 최초로 개설했다. 1960년에는 연세대에도 출강했다. 대학 교수직에 대한 유혹도 있었지만 소천은 오로지 창작과 이론을 교육으로 옮겨 가는 데만 힘을 쏟았다. 소천은 또 문교부의 교과서 심의위원, 우량 아동도서 선정위원으로 일했고 도서 편찬위원, 한국문학가협회 이사, 라디오 방송 패널 등으로도 활약했다. 한때는 다니던 교회를 벗어나 지인들과 함께 무교회 운동을 벌이기도 했다. 이 모두가 누구도 흉내 낼 수 없는 왕성한 창작 활동을 해내는 동안의 일이었다. 소천은 결코 몇 줄로 정리할 수 없을 만큼 많은 일을 하고 간 사람이었다.

박창해는 소천의 이 같은 삶을 열 가지로 요약 정리한 바 있다.

첫째, 어린이의 것 그대로를 드러내고 어린이의 꿈을 그려 온 문예 창작인.

둘째, 어린이를 알기 위해 책을 읽고 실제 어린이의 동무가 된 어린이 연구자.

셋째, 어린이의 작품을 예리하게 평가하는 어린이 작품 분석가.

넷째, 어린이들의 작품 지도에 내 일처럼 나서서 지도하러 다닌 어린이 작품 교육가.

다섯째, 어린이 문학을 지도하는 선생님이나 연구자들을 위한 친근한 동반자로서의 카운슬러.

여섯째, 어린이의 눈으로 자기 작품을 재평가하는 자기 성찰의 문학인.

일곱째, 어린이 문학을 학문의 단계로 끌어올린 어린이 문학 연구가.

여덟째, 어린이 문학 이야기를 화제의 중심에 두는 어린이 문학 전도사.

아홉째, 어린이 인권 옹호를 위해 일한 어린이 인권 운동가.

열째, 어린이 문학에 평생을 건 어린이 문학 생활인.

대중에게 사랑받은 사회 명사

소천은 문학계뿐 아니라 일반 대중들에게도 사랑받는 유명 인사가 돼 있었다. 잡지·신문에 연재하는 동화마다 인기를 끌어 전국의 독자들에게 많은 편지를 받았다. 소천의 친절한 답장이 공개된 지면도 많았다. 소천이 노랫말을 쓴 수많은 동요가 날마다 어린이들 입으로 불렸다. 방송 출연도 잦아졌다. 이 무렵 무엇보다 강소천의 이름을 대중적으로 알린 프로그램은 KBS 라디오에서 매주 일요일 저녁에 방송된 「재치문답」이었다.

KBS에서는 1947년부터 퀴즈 풀이식 토크 프로그램을 공개방송으로 진행했다. 현장의 반응을 즉각적으로 방송에 내보내 대중들의 관심과 흥미를 불러 모으기 위한 의도였다. 1950년대 중후반에 「스무고개」「천문만답」「퀴즈올림픽」 등이 이어졌는데, 1961년 2월 5일 개편과 함께 새롭게 선보인 「재치문답」은 이런 프로그램의 결정판이라 할 수 있다.

황금 시간대인 일요일 저녁 7시에 방송되는 이 프로그램은 인기 아나운서 장기범이 맡아 첫 포문을 열었다. "재치문답 시간이 돌아왔습니다"라는 여는 말로 시작하는 「재치문답」은 이후 십여 년간 많은 청취자들의 사랑을 받은 장수 프로그램이 됐다. 박종범 PD를 시작으로 김찬수·이상익·박인채·이근배·김수용 등의 베테랑 연출자, 장기범 아나운서에 이어 전영우·최세훈·최두헌·이공순·강영숙 등 인기 아나운서들이 사회를 맡았고, 문제안·안의섭·엄익채·한국남·윤길숙·이경희·강소천·이연숙·오혜령·정연희·정희경·정광모·신동헌 등의 사회 저명 인사들이 재담을 자랑했다. 인기 아나운서 강영숙이 진행하던 시기에는 여러 번의 개편에도 소천은 한국남·엄익채 등과 함께 고정 출연자로 남아 있었다.

「재치문답」은 사회자가 제시하는 말에 각 출연자들이 적절한 말로 대응해 웃음을 유발하는 형식이 가장 큰 화제였다. 공개방송이어서 현장의 반응이 방송에 그대로 전달된다는 점도 인기 요인이 됐다. 소천은 특유의 재치로 1960년 「퀴즈올림픽」 때부터 고정 패널을 맡았고, 1961년 위암으로 몇 달 출연을 멈췄다가 다시 출연해 타계하기 전까지 활약했다.

이 시기 소천의 활약이 어떠했는지 실제 방송 내용을 들어 보자. 1962년 여름 어느 날의 방송분이다. 사회자는 아나운서 전영우, 패널은 소천을 비롯해 남자 박사 한국남(의사)·신동우(만화가), 여자 박사 정광모(기자)·정연희(소설가)·윤길숙(여성생활 연구가)·이경희(인형극 전문가) 등이었다. 학습 문답을 시작으로 퀴즈 대결, 남녀 아마추어 노래 대결(동요 「여름 냇가」 개사하기 대결), 전화놀이 등으로 이어졌다.

사회 : 학습 문답으로 넘어가겠습니다. 영화 제목 중 「뜨거운 것이 좋아」가 있는데 여름철에도 뜨거워서 좋은 것이 없지 않아 있을 것 같습니다. 남녀 박사님이 교대로 하나씩 대 주시기 바랍니다. 문제입니다. 뜨거워서 좋은 것은?

사회자가 이렇게 운을 떼면 각 박사들은 '뜨거워서 좋은 것' 에 대해 재치 있게 답변을 한다.

- 남편에게 냉장고를 사 달라고 할 때의 날씨(신동원)
- 애인의 입술(이경희)
- 다리미의 볼기짝(강소천)
- 해장국(윤길숙)
- 아이스케이크 장수(한국남)
- 여름에도 들어가는 한증막(정연희)

이날 소천이 "다리미의 볼기짝"이라 한 데 대해 사회자가 "정확하게 모르겠지만 그래야 잘 다려지겠네요"라고 맞장구치면서 청중들의 웃음을 크게 유발했다. 이 방송에서 "○○한 것은?" 하고 묻는 사회자의 질문에 출연자들이 "○○이라 푼다"라고 대답하는 문답 방식은 이후 방송은 물론이고 일상생활에서도 하나의 대화 패턴이 될 정도로 유행했다.

발음 혼란이 일어날 수 있는 문장을 제시하고 그걸 빠르고 정확하게 말하는 대결도 청중과 청취자의 웃음을 유발했다. 어느 날 "흰 말 말 목털은 거센 말 털 목털이고, 검정말 말 목털은 연한 말 털 목털이다"라는 문장을 두고 벌인 대결에서 여자 박사팀이 승리하는 내용도 있었다.

소천이 위암 수술을 받은 해인 1961년 12월, 일 년을 되돌아보는 송년 특집 방송의 출연 내용을 소개한다. 이날 소천은 자기 이름 석 자로 시조 형식의 글짓기를 하는 순서에서 자신의 이름을 다음과 같이 풀이했다.

강 : 강물처럼 흘러버린 덧없는 한 해
소 : 소인을 아껴 주신 청취자 여러분께
천 : 천만 번 사례합니다. 더욱 분발하리다.

1962년 1월 새해 첫 방송으로 나간 방송에서는 동요 "까치까치 설날은 어저께고요, 우리우리 설날은 오늘이래요"의 가사 개사 대결에서 소천은 "아이들은 새해라 좋아하지만 할머니는 섧다고 설날이래요"로 개사해 큰 박수를 받기도 했다.

전화놀이도 이때 가장 재미있는 순서 중 하나였다. 이는 전화를 받은 상대가 하는 말을 정해 놓고 전화를 건 쪽에서 재치 있는 말을 해서 웃음을 유발하는 게임이었다.

전화 상대가 하기로 한 말

1) 네네, 그건 마침 없는데요.

2) 그건 있어요.

3) 너무 그러지 마세요, 안녕.

이에 대해 소천은 다음과 같이 호응했다.

소천 : 거기 남산 백화점입니까? 거기 남자 귀걸이 있습니까?

상대 : 그건 마침 없는데요.

소천 : 그럼 여자용은요?

상대 : 그건 있어요.

소천 : 그런 것도 없는 백화점을 어디에다 써요.

상대 : 너무 그러지 마세요, 안녕.

소천은 술도 담배도 하지 않는 사람이었지만 친구들과의 술자리는 결코 빠지는 법이 없었고, 대화에 적극적으로 참여하면서 유머러스한 말을 곧잘 해 좌중을 웃겼다. 아동문학에서 익힌 순진한 상상력과 친구들과 나누는 즐거운 대화가 방송에서도 적절히 발휘되었던 것이다.

1963년 5월 소천의 타계 직후, 「재치문답」은 방송을 마무리하면서 출연한 박사들이 소천을 추모하는 말을 전했다. 방송에 나간 내용

일부를 소개하면 다음과 같다.

강소천 박사님 재치 박사님, 재치 박사 중에서 최고 인기죠!(연말 특집 때 한 어린이가 소천을 가장 좋아한다며 「재치문답」 프로그램 흉내로 노래를 불렀다.)

그분과는 오래 전부터 알고 있었는데, 얼굴은 미남이 아니지만 마음 씨가 매우 고왔다. — 문제안(대한민국 1호 방송기자)

작년 가을에 저에게 "아이가 책을 읽을 줄 아느냐?" 물으시기에 "그 림은 보고 얘기는 들을 줄 안다"고 했더니 선생이 직접 지은 동화책 전 집을 가져다 주셨다. 지금도 그 책을 고이 가지고 있다. 동심을 갖고 살던 분이다. — 한국남(의사)

고인이 어린이 잡지 주간으로 있을 때 만화를 그려 가면, 목장 우유 를 두고 점심때마다 이렇게 우유를 마시면 좋다고 하던 분이 이렇게 빨리 돌아가실 줄 몰랐다. — 신동헌(만화가)

어린이 마음 그대로 맑고 순수하고 눈이 초롱 같다. 어른이시면서도 담배도 술도 안 하시고 오래 사시려고 커피도 안 하셨는데 그렇게 일 찍 가셨다니 기가 막힌다. 「재치문답」 시간에 답을 한 후 부끄러워 책 상으로 고개를 떨구던 순진하던 모습이 눈에 선하다. — 정연희(소설가)

소천의 생애에서 「재치문답」이라는 라디오 방송 프로그램에 2년여에 걸쳐 고정 패널로 출연하여 많은 인기를 끌었다는 사실은 그리 중요한 일이 아닐 수도 있다. 문학가, 더구나 어린이의 순수한 동심을 다루는 아동문학가가 대중매체에 자주 출연하는 일을 탐탁지 않게 여기던 사람도 있었다. 그럼에도 불구하고 소천의 잦은 방송 출연을 참으로 이유 있는 활동이었다고 기억할 필요가 있다.

소천의 방송 출연은 두 가지 점에서 설명할 수 있다. 하나는 타고난 재능과 관심이다. 소천은 유머 감각이 탁월했고 매체 이해 능력도 빨랐다. 방송은 그런 소천의 재능이 빛날 수 있는 좋은 도구였다. 그리고 그것은 아동문학을 홍보할 수 있는 아주 중요한 선전 매체이기도 했다. 아동문학은 어린이가 없으면 존재할 수 없다. 소천은 방송 매체가 어린이들의 건전한 성장을 위한 좋은 도구가 된다고 생각했다. 언젠가 어떤 사람이 서울 종각 부근에서 텔레비전 방송을 시험 운영한다는 소문을 듣고 직접 다녀와서는 "앞으로 크게 관심을 두어야 할 문제"라고 강조하기도 했다.

소천이 방송에 출연하는 또 하나의 이유는 바로 가슴에 쌓인 한 때문이었다. 소천은 언제나 떠나온 고향을 생각하며 살았다. 그 고향을 향해 절절한 그리움과 혼자 떠나온 죄스러움을 표하고 싶었다. 소천은 이북의 어머니를 향해 이런 글을 남겼다.

어머니! 놀라지 마십시오. 아들은 이번에 위 수술을 하였답니다. 그러나 지금은 밥도 잘 먹고 건강한 몸이 되었습니다.

"이북에서 남한 방송을 들을 수 있다면."

방송을 할 때마다 이 아들은 어머니를 생각합니다.

엊그제는 어린이날이 되어서 온 가족이 방송국에 나가서 노래를 불렀답니다. '현이'는 아직 어리니까 노래를 부를 줄은 모르지만, '향아'는 올해 이대부속국민학교에 입학하였습니다.

소천의 방송 출연은 이를테면 북한에 두고 온 가족에게 하는 안부 전화 같은 거라 할 수 있다. 목소리로라도 남한에 있는 새 가족의 소식을 북한의 어머니에게 들려주고 싶었다. 소천은 라디오 연속극도 집필했고 여러 교양 프로그램에도 출연했다.

이 무렵 북한 동포에게 남한 소식을 전하는 프로그램 「그리운 겨레에게」(1961)에 출연한 일은 당시 방송국을 자주 드나드는 소천의 속마음을 이해할 수 있는 단서가 된다. 소천이 보내는 공개 편지의 수신자는 북한에서 활동하던 소설가 천세봉이다.

오랜만에, 정말 오랜만에 형의 이름을 이렇게 불러 봅니다. 10년이 훨씬 넘은 오늘, 형에게 얼마나 불화가 많으셨습니까. 이북에 아직 남아 있는 친구들을 생각할 때면 먼저 형 생각이 납니다. 형, 이제 얼마 안 있으면 또 광복절이 다가옵니다. 8·15를 맞을 때마다 먼저 형을 생각하게 됩니다. 그 까닭은 형이나 내가 일제 시대부터 문학의 뜻을 같이하고 문학을 연구해 왔다는 것이겠죠. 해방이 되자 형은 나를 찾아왔습니다. 단편소설을 하나 써 가지고. 나는 지금도 그 「죄의 밤」이라는 단편소설을 기억하고 있습니다. 문학과 연극에 뜻을 함께하던 고향 친구들이 문학의 밤을 가졌을 때, 나는 형이 쓴 「죄의 밤」을 20분 가까이 조용히 낭독하였습니다. 수많은 관중들이 숨을 죽여 가며 그것을 들었습니다. 참말 그날 밤 형의 처녀작 「죄의 밤」은 대인기를 끌은 것이었습니다. 그 다음 형은 계속 좋은 작품을 썼습니다. (……) 어쨌든 살아가십시오. 목숨만 살아가십시오. 목숨만 계속 이어 갈 수 있다면 언젠가는 만날 날이 있을 거예요. 문제는 제가 형을 구해 드리는 날이 속히 와야겠지요. 형, 부디 몸 건강하시기를 빌며 오늘은 우선 이만 줄이겠습니다.

천세봉은 소천과 같은 고원 출신이고 1915년생으로 나이도 같았다. 소천은 이 공개 편지에서, 광복 후에 「죄의 밤」이라는 단편소설을 써서 가져온 천세봉을 회상하고 있다. 고원에서 문우들과 함께 문학의 밤 행사를 열었던 일, 소천이 그날 천세봉의 소설을 20분간 낭독해서 많은 청중들에게 감동을 준 일, 그 뒤 천세봉이 작가로 이름을 드러내면서 결국 북한 체제에 협조하게 된 일 등을 비롯해 남한에서 살고 있는 소천 자신의 근황을 전하고 통일이 되면 꼭 만나자는 소망까지 3분짜리 편지에 담았다. 북에 있는 친구에 대한 그리움은 물론이고, 나아가 두고 온 가족에 대한 절절한 아픔이 배어 있

는 소천의 육성이 가슴을 친다. 물론 소천의 친구 천세봉은 그 어떤
대답도 들려주지 않았다.

10

영원히
이 세상에

제1동화집에서 제9동화집까지

소천은 1941년 2월 동요 시집 『호박꽃 초롱』을 냈고, 1952년 9월 전시 부산에서 첫 동화집 『조그만 사진첩』을 냈다. 그 이후 동시집은 내지 않았지만 대신 동화집을 낼 때 다수의 동시를 함께 수록했다. 소천은 세 번째 동화집에 해당하는 장편동화 『진달래와 철쭉』(1953년 10월)을 내면서 처음으로 제3동화집이라는 표현을 썼고, 이어 1954년 6월의 『꿈을 찍는 사진관』에서 1963년 1월의 『어머니의 초상화』에 이르기까지 각각 제4동화집부터 제9동화집으로 이름을 붙였다.

오른쪽 표에서 보다시피 소천은 제1권부터 제9권까지의 동화집에 단편동화를 기본으로 해서 중편·장편에 이르는 장르를 두루 담고 있다. 동시를 곁들인 책도 있고 일부는 수록 작품을 겹쳐 싣기도 했다. 대체로 1940년대의 연재 동화 『희성이의 두 아들』을 개작한 『진달래와 철쭉』을 낸 것을 제외하면, 짧은 단편 형식의 동화를 발표하다가 점차 분량이 많은 동화를 썼다는 것을 알 수 있다. 소천이 활동하던 1950년대와 1960년대 초는 아직 동화와 소년소설이라는 장르

제1동화집 ~ 제9동화집 목록

번호	제목	수록 작품 수	출판사	출간일
1	조그만 사진첩	단편동화 17편, 동시 12편	다이제스트사	1952. 9. 1
2	꽃신	단편동화 17편, 동시 2편	문교사	1953. 10. 10
3	진달래와 철쭉	장편동화	다이제스트사	1953. 10. 25
4	꿈을 찍는 사진관	단편동화 13편	홍익사	1954. 6. 5
5	종소리	단편동화 19편	대한기독교서회	1956. 6. 25
6	무지개	중편동화 「잃어버렸던 나」 외 단편동화 10편	대한기독교서회	1957. 12. 20
7	인형의 꿈	장편동화 『인형의 꿈』 외 단편동화 11편, 동시 8편	새글집	1958. 12. 10
8	대답 없는 메아리	장편동화	대한기독교서회	1960. 3. 25
9	어머니의 초상화	중편동화 「꾸러기 행진곡」 외 단편동화 11편	배영사	1963. 1. 15

구분이 명확하지 않았고, 동화에서 단편·중편·장편이라는 구분도 모호했다. 그러나 소천은 동화집이라는 장르명 아래 장편동화 한 편으로 책 한 권을 꾸미기도 했고(『대답 없는 메아리』), 장편동화로 볼 수 있는 동화(『인형의 꿈』)나 중편동화로 볼 수 있는 동화들(「잃어버렸던 나」, 「꾸러기 행진곡」 등)도 각각 다른 단편동화들과 함께 한 권의 책에 넣었다.

전쟁 중에 발간된 『조그만 사진첩』, 환도 후 서울에서 발간된 『꽃신』『진달래와 철쭉』『꿈을 찍는 사진관』에 이어 1956년 발간된 제5동화집 『종소리』에는 모두 19편의 동화가 실려 있다. 책 앞자리에는

제5동화집 「종소리」 수록 작품

번호	제목
1	그리다 만 그림
2	잃어버린 시계
3	멀리 계신 아빠
4	동화 아닌 동화
5	송이와 연
6	언덕길
7	감과 꿀
8	남의 것 내 것
9	민들레
10	막둥이와 약발이
11	버스에게서 들은 이야기
12	종소리
13	산 속의 크리스마스
14	임금님의 눈
15	크리스마스 카드
16	꼬마 산타의 선물
17	크리스마스 꼬까옷
18	크리스마스 선물
19	생일날에 생긴 일
	책 끝에 드림

"아름다운 새벽 종소리가/내 귓가에 내려와 앉는다"로 시작되는 동시 「종소리」, "이 한 권을 이북 땅에 계신 그리운 어머니께 드립니다. 1956. 6. 25 — 아들 소천"이라는 헌사 등이 장식한다. 각 동화가 시작될 때마다 동화의 주제와 관련된 성경 구절이나 운문 형식의 짧은

글을 배치한 것도 특징이다.

19편의 작품들 가운데 「잃어버린 시계」를 빼면 대개 10면 안쪽의 길지 않은 동화들이고, 그중에는 2~3면 정도의 짧은 동화도 많다. 짧은 동화의 다수는 기독교 신앙이 일상화된 삶을 배경으로 하고 있다. 독실한 기독교 신자였던 소천의 동화 전반에는 기독교 사상이 진하게 배어 있는데, 이 동화집은 그런 점이 가장 두드러진다. "크리스마스 종아, 산과 들을 넘어 이북에까지 울려라"라는 동시를 앞세우고 시작되는 3면 분량의 단편 「종소리」도 그렇지만, 여러 작품이 제목에서부터 '크리스마스', '산타' 등의 낱말을 드러내고 있다. 가장 분량이 많은 「잃어버린 시계」도 남의 물건에 손을 대고도 아닌척 거짓말로 버티다 나중에 자백하는 가정부 아이(순정)에게 교회에 나갈 것을 권유하는 장면으로 마무리된다. 이처럼 『종소리』는 기독교의 가르침으로 세상을 평화롭게 할 수 있다는 종교적 신념이 강하게 반영된 동화집이라 할 수 있다.

이로부터 2년 뒤에 발간된 제6동화집 『무지개』에는 단편으로 보기에는 길고 장편으로 보기에는 조금 짧은 「잃어버렸던 나」를 비롯해 총 10편의 단편동화가 실려 있다. 「잃어버렸던 나」는 새를 잡으려고 던진 돌에 자기가 맞아 쓰러진 뒤에 낯선 아이로 변신해 버린 영철이란 아이가 겪는 이야기다. 죽은 다른 아이로 살게 된 영철이는 이 일을 계기로 그동안 자신이 저지른 잘못을 깨닫게 된다. 이처럼 자기 잘못을 뉘우치고 새사람으로 거듭나는 개과천선의 과정이

제6동화집 「무지개」 수록 작품

번호	제목
1	잃어버렸던 나
2	메리와 귀순이
3	무지개
4	맨발
5	조각빗
6	눈 내리는 밤
7	누가 누가 잘 하나
8	꾸러기라는 아이
9	조판소에서 생긴 일
10	어떤 작곡가
11	인어

낯익은 반면, 이를 현실에서는 일어날 수 없는 상황을 사실처럼 제시해 스토리를 전개하는 이른바 판타지 기법에 담았다는 특징을 보인다.

표제작 「무지개」는 함께 수록된 다른 동화들이 분량이 짧은 데 비해 무게감이 더 느껴지는 동화다. 보육원에서 그림 그리는 꿈을 키우며 자라는 고아 춘식이와 이 보육원에 드나드는 아마추어 화가 '흠 아저씨'의 우정을 중심으로 전개되는 이 동화는 비록 가난하지만 간절한 꿈을 가진 사람에게 행운이 찾아온다는 것을 보여 준다. 이에 버금가는 동화가 「어떤 작곡가」이다. 좋은 노래를 작곡해 자연

속 친구들과 함께 어울려 지내던 한 작곡가가 숲속 아가씨와 함께 도시로 나가 살면서 유행가 작곡가로 변해 버린다. 그러나 작곡가는 다시 숲속으로 들어가 자연 속에서 명곡을 작곡해 진정한 명성을 얻게 된다. 이는 문명과 자본으로 훼손된 순수성을 자연의 힘으로 회복하는 과정이라 할 수 있다.

이렇듯 이 동화집에는 전후의 척박한 환경에서 자라난 어린이들의 삶이 구체적으로 반영된 동화를 중심으로 현실과 환상을 넘나드는 인물의 경험담, 인간과 동식물이 공존하는 물활론적 세계 등 다양한 내용과 형식이 실험되고 있다.

제6동화집 『무지개』에 이어 1년 뒤에 발간된 제7동화집 『인형의 꿈』에는 장편동화로 분류할 수 있는 『인형의 꿈』을 비롯해 11편의 단편동화와 8편의 동시가 실려 있다. 『인형의 꿈』은 경향신문에 1958년 3월 20일부터 5월 21일까지 총 60회 연재된 작품이다. 이 동화는 정란 엄마가 어린 시절 이다음에 커서 노래를 하고 싶어하던 자신에게 몰래 인형을 선물하며 응원해 준 어떤 사람(명애 아빠)과의 인연을 기억하면서 전개되는 이야기다. 노래를 부르려는 딸 정란이 꿈을 이뤄 가는 과정을 함께하던 정란 엄마는 스스로도 노래를 다시 부르게 된다. 그러고는 자신이 자랄 때 누군가의 도움을 받았던 것처럼 꿈을 향해 사는 사람들을 기꺼이 도와주겠다고 마음먹는다. 이 작품은 '꿈의 상실과 회복'이라는 스토리 라인을 통해 잃어버린 꿈의 소중한 가치를 일깨우는 동화의 전형으로도 읽힌다. 연재 당시

제7동화집 「인형의 꿈」 수록 작품 - 동화

"이 한 편의 동화를 박창해 형과, 어머니가 되어 다시 노래 공부를 시작한 김재희 여사께 드립니다"라는 헌사를 붙인 것으로 보아, 이 동화는 친구 박창해 부부에게서 소재를 얻지 않았을까 추측된다.

이 동화집에 함께 수록된 「꽃신을 짓는 사람」은 소천의 대표작 중 하나인 「꽃신」의 속편에 해당한다. 「꽃신」의 사랑스런 란이는 죽음에 이른다. 이에 대해서는 소천 자신마저 '유일한 죽음'이라 했을 만큼 충격적인 결말이라고 할 수 있다. 「꽃신을 짓는 사람」은 사랑하는 양녀를 잃은 아픔을 아이들에게 양녀가 신던 것과 똑같은 꽃신을 지어 주면서 이겨 내는 아빠의 사연을 담아 「꽃신」의 충격에 대

제7동화집 『인형의 꿈』 수록 작품 – 동시

번호	제목
1	사슴뿔
2	닭
3	달밤
4	겨울밤
5	바람
6	버들피리
7	하얀밤
8	여름

한 치유 스토리로 자리잡는다.

그 밖에 '박목월 형에게'라는 부제가 붙어 있는 「나무야 누워서 자거라」라는 짧은 동화도 눈에 띈다. 작중의 아버지가 시인으로 등장하고 어린 아들 이름(남규)도 실제 박목월의 아들을 연상시키는 것으로 보아, 시인 박목월에게 들은 이야기를 극화한 것이 분명하다. 시인인 아빠는 나무가 누워 있는 남규의 그림을 보고 의아하게 생각한다. 하루 종일 서 있는 나무가 다리 아플까 봐 누워서 자게 했다는 남규의 설명을 듣고서야 그 그림의 참뜻을 이해하게 된다. 소천은 이 동화의 소재로 "나무야 나무야 서서 자는 나무야"로 시작되는 동요 「나무야」를 창작하기도 했다.

소천은 1960년 장편동화 한 편으로 이루어진 제8동화집 『대답 없는 메아리』를 낸다. 이 작품은 두 개의 이야기 층으로 구성된 일종의 액자형 서사 구조를 보이고 있다. 액자형 서사의 바깥 이야기는 『잃어버린 고향』이라는 책을 읽게 된 혜성과 어머니가 중심인물이다. 액자형 서사의 안 이야기는 어머니가 혜성에게 들려주는 고향 이야기이다. 이 이야기의 중심에는 어머니의 고향인 함경도 풍년골에서 제일 부자인 정 장로 할아버지네 손녀 희순과 희순의 유모 아들 돌이, 그리고 희순의 이종 언니 복순, 희순의 친구이자 돌이와 의남매를 맺는 정희 등이 배치된다. 할아버지의 힘을 믿고 안하무인으로 행동하던 희순을 잘 돌봐 주던 돌이는 스스로 세상을 개척해 가는 인물로 성장한다. 해방 후 돌이는 풍년골로 돌아와 한글을 가르치며 마을과 나라를 재건하는 데 앞장선다. 그러나 공산당이 들어서면서 돌이는 실종되고 마는데 다들 소련군에게 붙잡혀 갔으리라 짐작한다. 이런 이야기는 어머니의 이야기이기도 하고, 이 동화의 액자형 서사의 바깥 이야기에 나오는 책 『잃어버린 고향』의 내용이기도 하고, 또한 그 책을 읽은 혜성이 설명하는 이야기 줄거리이기도 하다. 혜성과 어머니가 『잃어버린 고향』의 작가를 만나려고 시도하는 과정에서 그 작가가 돌이이며, 혜성의 어머니는 바로 돌이가 돌봐 주던 희순임이 드러난다.

이 동화에는 소천 자신의 삶이 다양하게 반영되어 있다. 우선 작중 고향으로 설정된 풍년골은 할아버지가 교회를 짓고 과수원을 일구어 생활하던 소천의 고향 미둔리의 모습이 거의 그대로 드러나 있다. 돌이가 북간도를 드나드는 과정, 해방 후 주일학교 교사로 활동하는 사연, 그리고 마침내 작가로 성장하는 모습 등은 소천의 이력과 크게 다를 바 없다. 창작 기법 면에서는 지난 일을 오늘 현재의 삶에 바로 연계한 것이나, 문제를 제기하고 그걸 추리해 찾아내는 형식 등에서 '이야기쟁이'로서의 솜씨가 드러나는 동화라 할 수 있다.

소천은 1961년 위암 수술을 받고 나서 얼마간 휴식을 취한 다음 다시 창작과 문화 활동에 박차를 가하게 된다. 1962년 배영사에서 전5권의 그림동화를 발간한 이후, 『아동문학』지를 창간하면서 준비한 것이 제9동화집 『어머니의 초상화』이다. 이 동화집에는 중편동화 격인 「꾸러기 행진곡」 외에 표제작 「어머니의 초상화」를 비롯한 단편동화 11편이 수록돼 있다. 「어머니의 초상화」의 주 공간은 보육원이다. 고아 춘식은 어머니의 얼굴을 그림으로 그리려 하지만 어릴 때 헤어진 어머니의 얼굴이 기억나지 않아 제대로 그리지 못한다. 안 선생님은 동무들과 어울리는 못하는 춘식을 잘 돌봐 준다. 춘식은 꿈에서 만난 어머니 얼굴을 그리는데, 실제로 그려진 그림은 자신을 사랑해 주는 안 선생님의 얼굴이었다. 이를 안 동무들이 춘식을 놀려대자 안 선생님은 실제 춘식이 같은 아이가 있었는데 잃었다는 거짓말을 해서 춘식을 위로해 준다. 선생님이 불우한 환경에 처한 어린이를 엄마 같은 손길로 보듬어 치유해 주는 이러한 스토리 또한 소천 동화에 자주 나타나는 치유 패턴이라 할 수 있다.

「꾸러기 행진곡」에서는 드러내지 않고 착한 일을 많이 하는 주홍이가 다양한 꾸러기 친구들과 함께 '꾸러기회'를 조직해 교실에 크

제9동화집 『어머니의 초상화』 수록 작품

리스마스트리를 세우는 등 뜻깊은 일을 벌인다. 어려운 형편에 처한 인호도 회원이 되어 그동안 불편했던 것을 극복해 간다. 동화작가인 박 선생님을 모시고 꾸러기 연합 대회를 열기도 한다. 처음에는 모두 남들이 싫어할 만한 잘못된 습관을 가진 '꾸러기'들이었지만, 점차 공부도 열심히 하고 착한 일에도 뒤지지 않는 꾸러기 집단을 꾸려 나가게 된다. 꾸러기가 자신의 나쁜 습관을 버리고 모범적인 사람으로 돌아가는 이런 서사 구조는 「꾸러기 행진곡」뿐 아니라 소천의 다른 꾸러기 동화들, 즉 「꾸러기라는 아이」 「잠꾸러기」 「꾸러기와 보따리」「꾸러기와 몽당연필」에도 그대로 적용된다. 소천은 어른의 가르침이나 훈련이 강요되는 윤리적 압박으로부터 스스로 해방의 통로를 찾아 정의를 찾아내는 꾸러기의 가상한 노력을 통해 '한국 꾸러기 서사의 전형'을 만들었다고 할 수 있다(신정아, 「강소천 동화의 아동상과 교육관」).

푸른 하늘을 향한 발돋움

소천은 월남 이후 피란민의 몸으로 동화를 발표하고 동화책을 내기 시작해서 불과 10여 년 사이에 순수 창작물로 제9동화집까지 냈다. 그런데 놀라운 것은 이 목록에 들지 않은 작품의 양도 상당하다는 점이다. 연합신문에 1955년 5월 21일부터 6월 7일까지 10회 연재한 중편동화 「바다여 말해다오」, 『새벗』에 1955년 7월부터 1956년 8월까지 14회 연재한 장편동화 『해바라기 피는 마을』, 역시 『새벗』에 1957년 4월부터 1958년 3월까지 총 12회 연재한 장편동화 『꽃들의 합창』, 연합신문에 1960년 12월 9일부터 1961년 6월 1일까지 128회 연재한 장편동화 『봄이 너를 부른다』, 1963년 5월에 발간한 『그리운 메아리』 등이 바로 그런 작품들이다. 소천의 작품집 발간은 동시대 작가 누구보다 많았다. 1952년부터 1959년에 낸 소천의 작품집은 십여 권에 이르는데, 그 무렵 작품집 수가 이 정도에 이르는 작가는 아무도 없었던 것으로 조사된다.

소천이 월남한 이후 타계할 때까지 가장 가까이에서 소천의 작품을 보아 온 최태호는 소천의 문학을 다음과 같이 분류하고 있다.

기타 중·장편 동화들

제목	장르	발표지	연도	출판사	출간일
바다여 말해다오	중편동화	연합신문	1955. 5. 21~6. 7 (10회)		
해바라기 피는 마을	장편동화	새벗	1955. 7~1956. 8 (14회)	을유문화사 『강소천 동화독본』	1961. 12. 5
꽃들의 합창	장편동화	새벗	1957. 4~1958. 3 (12회)		
분홍 카네이션	중편동화	동아일보	1959. 9. 20~12. 27 (15회)		
봄이 너를 부른다	장편동화	연합신문	1960. 12. 9~1961. 6. 1(128회)		
그리운 메아리	장편동화	서울신문	1960	학원사	1963. 5. 10

제1기 : 해방 이전 주로 동시를 생산한 시기. 참을 수 없는 그리움 — 고독에서 벗어나려는 문학에의 열의로 동시를 창작했다. 동화 「돌멩이」도 동화라기보다 동시에 가깝고, 「토끼 삼 형제」 「진달래와 철쭉」 등은 설화에 대한 관심을 드러낸 것이다.

제2기 : 월남 후 1954년까지. 동화집으로 보면 『조그만 사진첩』과 『꿈을 찍는 사진관』 등의 시기. 「바둑이의 편지」 「꽃신」 「꽃신을 짓는 사람」 등을 주목할 수 있고, 그중 「꽃신을 짓는 사람」에서 "독백으로서의 문학이 하나의 사상을 이루게 된 것"으로 평가된다.

제3기 : 1955년 이후 장편동화를 시도한 시기. 『해바라기 피는 마을』

『대답 없는 메아리』『봄이 너를 부른다』 등을 썼다. 이 중 어린이의 성장 과정을 그린 『대답 없는 메아리』는 "하나의 로망을 찾아보려는 야심을 보여 준 것"이라 평가된다.

실제로 소천은 1955년부터 중·장편동화에 치중하고 있었음을 알수 있다. 이는 『새벗』이라는 훌륭한 발표 지면이 언제라도 마련돼 있었다는 것 외에도 날로 인기가 오르던 소천에게 여러 지면에서 청탁을 한 결과라고 할 수 있다. 경향신문·연합신문·서울일일신문 등이 그런 대표적인 지면이었다. 그리고 최태호가 얼마간 아쉬움의 뜻을 표하면서도 하나의 가능성을 엿보았다고 한 데서 보듯이 소천은 중·장편에서도 활달한 스토리를 자랑한다.

이들 중·장편동화는 다음과 같은 특징을 생각하며 읽을 수 있다.

첫째, 외부 조건으로 심각한 상실을 경험한 주인공이 그려진다. 특히 『대답 없는 메아리』와 『그리운 메아리』는 북한 체제에 고향을 빼앗긴 상실을 구체적으로 드러낸 동화이다. 『봄이 너를 부른다』는 전쟁을 겪으면서 가난 때문에 남의 집에서 살게 된 아이가, 『해바라기 피는 마을』은 전쟁으로 가족을 잃은 소녀가 주인공으로 등장한다. 「잃어버렸던 나」는 자신의 잘못으로 사라진 존재가 된 상황을 그리고 있다.

둘째, 순수함을 지키는 인물에 대한 무한한 옹호를 드러내고 있다. 「꾸러기 행진곡」은 숨어서 착한 일을 하는 모임의 활약상을 그리고 있고, 『인형의 꿈』은 자라면서 숨은 인물의 소리 없는 응원을 받은 것처럼 자신도 숨어서 누군가의 꿈을 키우기 위해 애쓰는 마음가짐을 그리고 있다. 「잃어버렸던 나」에서는 남을 괴롭힌 아이가 스스로를 반성하게 함으로써 동심의 순수성을 옹호한다. 『봄이 너를 부른다』는 이웃 친구들의 도움을 받아 역경을 이겨 낸 아이의 순수한 보답을 그리고 있다. 『해바라기 피는 마을』은 전쟁으로 가족을 잃은 아이가 순수함을 잃지 않고 고난을 딛고 일어서며 친구들을 감화시키는 이야기를 담았다.

셋째, 현실에서는 증명되지 않는 기이한 방법을 활용하는 동화가 많다. 『그리운 메아리』에서는 유명한 박사가 발명한 약을 먹고 제비로 변신해 북한 땅을 방문하는 이야기를 담았다. 「잃어버렸던 나」는 죽어서 낯선 아이가 되어 사는 체험이 다루어진다. 「꾸러기 행진곡」 「인형의 꿈」 등은 현실에서 모습을 감추고 있는 존재가 중요한 것을 전달하는 내용을 모티프로 한다.

넷째, 음악이나 미술 등 예술적 취미를 가진 인물들이 등장하거나 동화책의 내용을 모티프로 한다. 『봄이 너를 부른다』에서 엄마는 피아노를 치고 딸은 노래를 부르는 연주회가 열린다. 『해바라기 피는 마을』은 연극에서 1등하는 인물, 피아노 대회에 나가 입상하는 인물이 나오고, 『인형의 꿈』은 음악가나 미술가가 되려는 주요 인물들이 등장한다.

단편동화에 비하면 중·장편은 압축성·간결성·의외성이라는 점

기타 동화·훈화집

제목	장르	출판사	발행 연도
소년 문학선	동시·동화·동극·수필	대한교과서주식회사	1954
어린이 훈화백과	기독교 훈화	대한기독교서회	1955
꾸러기와 몽당연필	저학년 동화 선집	새글집	1959
강소천 아동문학독본	동화·동시·동극·수필	을유문화사	1961
그림동화(전5권)	동화	배영사	1962
봄동산 꽃동산	추모 작품집 동시·동극	배영사	1964

에서 한발 뒤로 물러설 수밖에 없다. 그러나 소설이 장기로 삼아야 할 스토리의 풍부함에 있어서는 당연히 중·장편이 앞자리에 놓인다. 한편 지속적인 동심 옹호나 지나친 교훈성에서 아쉬움을 느낄 수도 있다. 이 역시 한국 사회가 문화적 결핍에 시달리고 있을 때 문학적 향기가 물씬 풍기는 보기 드문 이야기였다는 점을 고려할 필요가 있다. 이 점은 당시 소천의 동화를 읽은 많은 독자들의 편지나 소감 등에서 확인할 수 있다.

소천의 창작물은 제1에서 제9에 이르는 동화집과 여기에 수록되지 않은 다섯 권의 중·장편동화 외에도 여러 유형의 작품집이 있다. 이 밖에 번안 소설이나 성경 동화 같은 것들도 적지 않지만, 이에 대해서는 앞으로 더 많은 자료 조사와 분류가 이루어져야 할 것이다.

1930년대에 소천과 더불어 동시 문학의 신예로 쌍벽을 이룬 시인 박목월은 소천의 문학에 대해 이렇게 말했다.

실로 소천의 문학은, 그 작품들을 안심하고 어린이들에게 읽힐 수 있는 양식적 교훈성을 지니는, 우리나라에서 찾아보기 드문 작가라 해도 지나친 말이 아닐 것이다. 이것은 그의 문학적 태도에 항상 작고 어린 것과 대비하여, 그 배경에 올바르고 참된 것을 깨우쳐 주려는, 푸른 하늘을 향한 발돋움이 간직되어 있기 때문이다.

(······)

더구나 소천의 문장은 우리나라 아동작가들 문장 중에서도 모범적인 것이다. 쉽고, 부드럽고, 짧은 센텐스가 밝고도 간결한 문장이다. ―「내가 본 소천 문학」

그러나 어찌 아쉬움이 없을까. 예를 들어 최태호의 분류에서 보듯이 장편동화를 시도한 제3기에서는 아쉬움이 적지 않다. 소천이 보다 심화된 장편동화의 경지로 나아가는 과정에 있었기 때문이다. 실제로 소천은 일제 강점기인 1941년 동요 시집 『호박꽃 초롱』을 내고, 이후 월남해 동화집을 내는 동안 단편동화 분야에서는 확고하고 탁월한 능력을 발휘했다. 더불어 여러 편의 장편동화로 한국 아동문학에서는 일찍이 볼 수 없었던 부피와 세계를 보여 주던 중이었다. 더 많은 것을 기대할 수 있는 상태에서 중단된 안타까움이 참으로 크다.

소천의 문학 세계에 대한 질책도 있다. 이른바 일제 강점기에서부터 1960년대에 이르는 시기에 활동한, 한국 아동문학사에서 결코 빼놓을 수 없는 방정환·윤석중·강소천 등을 일컫는 '동심천사주의'

라는 명명이 좋은 예다. 이런 관점은 동시대 현실의 다양한 면모를 탄력적으로 반영하지 못하고 오직 어린이가 지닌 '천사와 같은 동심'만을 드러내 옹호함으로써 어린이의 정당한 안목 성장을 저해한다는 내용이 주를 이룬다.

소천의 문학은 동시대 사람에게 뿌리 깊게 박힌 나라 세우기와 나라 지키기에 대한 확고한 사명감을 고려해서 이해하지 않으면 안 된다. 소천은 또한 자신의 문학이 교훈적 측면이 강조되면서 현실성을 잃었다는 비판에 대해 결코 수긍하지 않았다. 어효선은 "소천은 이원수와 예술성과 교육성을 놓고 전화로 한 시간 반 동안이나 격렬한 논쟁을 벌였다"면서 "소천은 둘 중에 택일을 하자면 교육성을 택하겠다고 평소 주장했다"고 회상했다. 박목월도 "소천의 작품 세계가 교시적인 일면을 가지게 되고, 그것을 그가 '교육적'인 것이라고 명명한다기로니 그것을 탓할 수만 없을 것"이라고 했다.

소천에게 가해진 많은 비판은 그 업적이 그만큼 지대했다는 데 대한 반증이라고 할 수 있다. 누가 뭐래도 소천의 문학은 1940년대부터 1960년대 초까지 한국 아동문학의 중심이자 첨단이었다. 문단과 독자가 모두 소천 없는 한국 아동문학을 상상하지 못했다. 소천의 문학은 어른들이 일으킨 전쟁으로 물질적으로나 정신적으로 빈곤의 늪에 빠진 우리 어린이들을 위안과 치유, 희망과 극복의 길로 인도했다.

이 시기 소천의 문학적 업적을 간단히 말하기는 매우 어렵지만 다음과 같이 몇 가지로 정리할 수 있다.

첫째, 전쟁으로 물질과 정신이 피폐해진 어린이들에게 재미있고 유익한 읽을거리를 거듭 제공했다는 점.

둘째, 이를 통해 꿈과 희망으로 내면의 상처를 치유하고 긍정과 극복의 에너지를 가지게 했다는 점.

셋째, 동시대를 살아가는 어린이들의 다양한 모습을 구체적으로 담아내 무수한 공감의 스토리를 만들어 냈다는 점.

넷째, '꿈'을 비롯한 여러 매개로 현실과 환상을 오가는 기법을 발휘해 아동 서사의 범위를 크게 확장했다는 점.

소천의 문학은 이 외에도 여러 가지 말로 설명할 수 있을 터이다. 소천을 가까이에서 지켜본 김동리는 소천의 문학을 다음과 같이 간단히 정리한 적이 있다.

꿈에 굶주린 시대, 모든 어린이에게 꿈을 선사하는 꿈의 궁전.

소천은 지금까지 300편이 넘는 동시와 200편이 넘는 동화를 남겼다. 그 외에 수필도 수십 편이고 10편 이상의 아동극 극본도 남겼다 (박금숙, 「강소천 동화의 서지 및 개작 연구」). 그러나 이 중에는 개작으로 같은 작품이 여러 편으로 분류된 것도 있고, 또한 이에 들지 않는 작품이 새로이 발굴되고 있어 전모가 다 드러났다고 보기 어렵다. 이런 점에서도 아동문학 연구의 빈 자리는 많이 남아 있다고 본다.

소천을 말할 때 동화, 동시 등은 반드시 거론해야 하지만 결코 빼놓을 수 없는 분야가 노래로서의 문학적 업적이다. 1960년대 이후 한국에서 성장한 사람 치고 소천의 동요를 듣지 않고 자란 사람은 단 한 사람도 없을 것이다. 물론 그 동요는 노래이고 소천이 작곡가가 아니니까 소천만의 작품일 수는 없다. 그러나 소천은 율격이 있는 동시를 썼고 그것이 노래로 만들어져 널리 불리도록 스스로 동요 만들기에 매달렸다. 소천은 자신이 쓴 노랫말을 작곡가에게 맡겨 곡으로 만들고 그 곡을 방송에 내보내는 일을 전혀 막힘없이 해냈다. 곡이 만들어지면 아들딸에게 노래를 불러 보게 했고, 당시로서는 비싼 녹음기를 사서 녹음을 해 보는 등 충분한 시험 기간도 거쳤다. 자식들은 라디오 방송국에서 아버지가 노랫말을 지은 동요를 직접 부르기도 했다.

지금까지 노래로 불리는 소천의 동요는 『강소천 동요집』(강소천닷컴, 2009)으로 정리된 90곡을 포함해 모두 103곡에 이른다. 교과서 편찬이나 여러 가지 문화 사업에 관여하면서 이름도 내지 않고 만들어진 노래가 많아 엉뚱한 사람이 작사가로 나선 적도 있다. 소천의 동요 중에서 어떤 곡은 동시 작품에 곡을 붙였고, 어떤 곡은 처음부터 노래로 만들어졌다. 또 찬송을 위해 지은 노래가 있는가 하면 외국 민요를 번안하여 가사를 붙인 것도 있다. 예를 들어 「호박꽃 초롱」

「닭」 등은 운율감이 뛰어난 동시여서 노래로 만들기가 아주 좋았고, 「그리운 언덕」 「나무야」 등은 소천의 동화에 소재를 제공하면서 자연스레 동시가 되고 노래로도 만들어진 경우다.

코끼리 아저씨는 코가 손이래
과자를 주며는 코로 받지요.
—「코끼리」 1절

한겨울에 밀짚모자 꼬마 눈사람
눈썹이 우습구나 코도 삐뚤고
거울을 보여줄까 꼬마 눈사람.
—「꼬마 눈사람」 1절

토끼야 토끼야 산속의 토끼야
겨울이 되며는 무얼 먹고 사느냐?
—「산토끼」 1절

위의 노래는 모두 소천이 취학전 어린이들도 쉽게 부를 수 있도록 새로 쓴 가사들이다. 그런가 하면 어린이들에게 강한 민족정신을 불어넣기 위해 쓴 가사도 있다.

태극기가 바람에 펄럭입니다.

하늘 높이 아름답게 펄럭입니다.

— 「태극기」 1절

금강산 찾아가자 일만이천봉

볼수록 아름답고 신기하구나.

철 따라 고운 옷 갈아입고서

이름도 아름다워 금강이라네.

— 「금강산」 1절

삼월 하늘 가만히 우러러보며

유관순 누나를 생각합니다.

옥 속에 갇혀서도 만세 부르고

푸른 하늘 그리며 숨이 졌대요.

— 「유관순」 1절

이뿐 아니다. 소천은 어린이들이 스승의날을 맞아 존경하는 선생님께 드릴 노래 선물을 생각하며 다음과 같은 노래를 만들었다.

스승의 은혜는 하늘 같아서

우러러 볼수록 높아만지네.

참되거라 바르거라 가르쳐 주신
스승은 마음의 어버이시다.
아 고마워라 스승의 사랑.
아 보답하리 스승의 은혜.
　　─「스승의 은혜」 1절

　초등학교뿐 아니라 중학교·고등학교·대학교의 교정에서 해마다
5월이면 가장 널리 울려 퍼지는 노래가 「스승의 은혜」다.
　또한 소천은 교과서 편찬 작업에 참여할 때부터 한글 전용을 주장
한 교육자로서, 동요를 부르는 시기부터 우리가 부르는 노래는 우리
가 만들어 불러야 한다고 생각했고 그걸 직접 실천했다.

오늘은 영이의 기쁜 생일날
우리들은 다 같이 축하합니다.
랄랄랄라 다 같이 노래 부르며 어깨춤도 추면서
영이의 생일을 축하합니다.

오늘은 영이의 기쁜 생일날
가슴에다 예쁜 꽃 달아 주고는
랄랄랄라 노래 부르며 어깨춤도 추면서
영이의 생일을 축하합니다.

   우리가 생일을 맞아 부르는 「해피 버스데이 투유Happy birthday to you」라는 외국 노래를 대신할 우리만의 생일 축하 노래가 있어야 한다고 생각한 사람이 많을 것이다. 소천이 「생일 축하의 노래」를 만들어 보급했듯, 우리는 거듭 우리의 노래를 만들어 불러야 한다.

어린이 마음으로 어머니 품에

1960년 들어 소천은 메인 직장은 없었으나 할 일이 더욱 많아졌다. 작품 연재도 계속 이어졌고 내야 할 책도 여러 권이었다. 대학 강의와 초등학교 글짓기 지도도 해야 했고, 심사와 강연, 방송 출연이 줄을 이었다.

그러던 1961년 봄 어느 날, 소천에게 뜻밖의 병마가 덮쳐 왔다. 복통으로 쓰러진 소천은 카톨릭의대 부속병원에 실려 갔고, 병명은 위암으로 밝혀졌다. 정확한 원인은 알 수 없었다. 소천 자신의 말대로 흥남 철수 때 배 안에서 얼음덩이가 된 주먹밥 하나로 견디느라 위가 망가졌던 것이 원인일 수 있고, 오랫동안 너무 많은 일들을 하느라 몸을 혹사한 탓일 수도 있다.

당시만 해도 암은 속수무책의 치명적인 병이었다. 그때 병원 측에서는 부산대 의대 학장으로 있는 장기려張起呂 박사를 추천했다. 한국에서 위암 수술을 제대로 할 수 있는 의사는 장기려 박사밖에 없다는 것이었다.

장기려는 1911년 평안북도 용천에서 태어나 송도고등보통학교와 경성의학전문대학교를 졸업하고 서울과 평양에서 활동한 외과의사이다. 1943년 우리나라 최초로 간암 수술에 성공했고, 1959년에는 간암 환자의 간 대량절제 수술에 성공하여 명의로 이름이 알려져 있었다. 한때, 춘원 이광수를 치료해 준 일로 춘원의 소설『사랑』의 실제 모델이라거나, 6·25전쟁 전 평양에서 김일성의 맹장 수술을 집도했다거나 한 특별한 소문의 주인공이기도 했다.

소천의 친구인 카톨릭의대 교수 김영제는 장조카 강경구에게 소개장과 엑스레이 사진을 주며 장기려 박사를 서둘러 모셔 오라고 했다. 강경구는 당시 가장 빠른 기차인 통일호를 타고 8시간이 넘게 걸려 부산에 도착했다. 그리고 월남 후 국제시장에서 사업을 하는 평양 출신의 친구 이태영을 찾아갔다. 이태영은 장기려의 제자인 자신의 친구를 소개해 줬다. 마침 그날 장기려가 교회에 나가는 날이었고, 강경구는 교회를 찾아갔다.

장기려는 강경구가 내민 엑스레이 사진을 보더니 다음 날 항공 편으로 상경하자고 했다. 그러나 기상 악화로 비행기 대신 열차를 타고 가야 했다. 한밤중에 병원에 도착한 장기려는 환자와 담당 의사를 만난 뒤 다음 날 바로 수술에 들어갔다. 두 시간에 걸친 수술은 성공적으로 끝났고, 소천은 다시 일어설 수 있었다. 소천은 이때의 일을 산문으로 남겼다.

지난 3월이었다. 나는 위 수술을 받지 않으면 안 되게 되었다. 그때 형편으로는 사느냐 죽느냐 하는 고비였다.

　그러나 수술에 능하신 장기려 박사께서 일부러 부산에서 올라와 수술을 해 주셔서 의외에도 성과가 좋았다.

　수술을 끝마치고 다시 부산으로 내려가실 때 내 조카가 자그마한 사례금을 드렸더니 박사님은 굳이 사양하시며 이런 말씀을 하셨다는 것이다.

　"의사란 환자가 잘 나으면 그 이상 기쁜 일이 없습니다. 그 기쁨이 의사가 받는 보수입니다."

　나는 그때 병상에 누워 그 이야기를 듣고 얼마나 감격의 눈물을 흘렸는지 모른다. ― 수필「은혜를 갚는 일」

　장기려는 '돈을 모르는 의사'로 알려져 있었다. 이는 소천의 글을 통해서도 분명히 확인되는 사실이다. 부산을 오가며 장기려를 모시고 온 강경구는 그때 일을 다음과 같이 이야기한다.

　장 박사님이 수술을 마치고 오후 비행기 편으로 부산으로 가실 때 제가 비행장까지 모시고 갔어요. 얼마 되지 않지만 고마운 마음에 조금의 성의를 표하려 했지요. 그때 장 박사님은 언짢은 표정을 지으시며 "나와 내 친구들에게 먹칠을 하지 말라"고 거절하시더군요. 어린 나로서는 쥐구멍에라도 들어가고 싶더군요.

소천 역시 소문으로만 듣던 장기려의 실천하는 봉사에 크게 감격했다. '슈바이처' 같은 사람은 다시 없을 거라 생각했는데 장기려박사가 또 한 분이란 걸 알았다. 이 수필의 마지막 부분에서 소천은장기려의 전기를 쓰겠다는 뜻을 밝히기도 한다.

다음은 이듬해 쓴 또 다른 산문이다.

지난해 위암 선고를 받고 위 수술을 하게 되었다.

그때, 나는 비로소 '피가 곧 생명이다'라고 느꼈다.

돈을 주고 생명을 대신 사 가질 수는 없어도, 피로 생명을 연장할 수있기 때문이다.

피를 몇 번이고 맞으면서, 나는 얼굴 모르는 '피' 임자들에게 얼마나 고마움을 느꼈는지 모른다.

어려서부터 기독교 가정에서 자란 나는 '예수의 피가 우리를 구해주었다'는 말을 노상 들어 왔으나, 이때에야 몸으로 느낄 수 있었다.

위 수술을 받기 전날 밤 -

그것은 몰라야 할 것을 알아 버린 사형수 같은 느낌이었다.

그것은 내 살아온 생에 대하여 조용히 돌이켜 보아야 할 엄숙한 시간이었다.

'이제 내 영원한 나그네 길의 마지막 준비일는지도 모른다'고 생각하니, 문득 떠오른 게 이북에 계신 부모님이다.

이미 가 버리시고 이 세상에는 안 계실지도 모르는 부모님 - 그 순간, 나는 어머니 품에 안긴 어린애 마음으로 돌아왔다. — 수필 「생명, 돈, 의사」

소천은 혼신을 다해 자신을 치료해 준 장기려와 얼굴도 모르는 피임자, 자신을 아끼고 사랑하는 가족과 지인들의 간절한 기도로 마침내 생명을 구할 수 있었다. 무엇보다 소천에게는 살아서 해야 할 일들이 아주 많았다.

위암 수술을 성공리에 마친 소천은 "이제 내 영원한 나그네 길의 마지막 준비"를 해야 한다고 생각했다. 몸이 회복되자 다시 일 속으로 파고들었다. 수술을 한 그해 12월에 쓴 동화·동시·동극·수필을 모아 『강소천 아동문학독본』(을유문화사)을 냈고, 이듬해 전5권의 그림동화집을 냈다. 1963년 1월에는 아홉 번째 동화집 『어머니의 초상화』를 냈다. 그리고 자신의 모든 작품 중에서 6권 분량을 추려 '강소천 아동문학전집'을 준비했다. 중단했던 방송 출연도 시작했고 강의도 다시 맡았다. 1962년은 전성기라 할 만큼 글을 많이 썼는데, 특히 충청남도 온양(지금의 아산시)의 한 온천장에 머물면서 집필할 때 원고가 잘 쓰인다고 자랑처럼 말하곤 했다.

그러던 1963년 봄, 또 병마가 덮쳐 왔다. 진단 결과, 간경화증으로 판명되었다. 소천은 한 달쯤 요양하면 회복될 것이라는 의사의 말을 믿었다. 그러나 한 달이 지나도 몸은 전혀 회복되지 않았다. 차츰 배에 복수가 차기 시작했다. 혈액도 부족해 적십자병원을 통해 간신히

혈액을 구해 수혈을 할 수 있었다. 윤석중이 이끄는 새싹회에서는 '앓고 계신 강소천 선생을 돕자'는 모금 운동을 벌이기도 했다. 그 사이 소천의 병명은 간경화증이 아니라 간암임이 밝혀졌다. 수술을 앞둔 소천의 배는 만삭의 임산부처럼 부풀어 올라 있었다. 복수를 빼지 않고는 수술이 불가능했다. 하지만 안타깝게도 한국에서는 복수를 빼는 데 필요한 알닥톤Aldactone이라는 이뇨제를 구할 수 없었다.

강경구는 그때 일을 지금도 생생하게 기억하고 있다.

알닥톤. 50년이 지난 지금도 기억하는 이름입니다. 병원에서 그 약이 일본에 있다는 얘기를 해서 마침 친구 아버지가 일본의 스미토모 상사에 출장을 가 계신 걸 알고 급히 연락을 드리게 했지요. 이틀 뒤 귀국한다 해서 사정 이야기를 하고 알닥톤을 꼭 구해 달라고 부탁했습니다. 그러나 작은아버지는 그 약을 써 보지도 못하고 어린이날 다음 날 세상을 뜨시고 말았습니다. 알닥톤은 돌아가신 그날 늦게야 도착했지요.

소천은 서서히 정신을 잃어 갔다. 흐릿한 의식 속에서 몇 차례나 어머니를 부르기도 했다. 병상에 누워 있는 소천에게 제2회 '5월 문예상' 본상 수상자로 선정되었다는 소식이 들려왔다. 5월 5일 어린이날에는 교인들이 찾아와 찬송가를 불러 주었다. 소천은 자신이 평생 사랑했던 어린이들의 축전을 마지막으로 맞고, 그 이튿날인 5월

6일 오후 1시 57분에 영원히 눈을 감는다.

당시 한 신문에서는 소천의 부음을 이렇게 전하고 있다.

'조막손의 벗' 이었던 아동문학가 강소천 씨가 6일 하오 2시 제2회 '5월 문예상'을 손에 쥐어 보지 못한 채 48세를 일기로 작고했다.

지난 30일 고 강 씨는 간암으로 서울의대 부속병원에 입원했었다.

강 씨는 병상에서 10%짜리 포도당 주사로 정신을 차려 "제 병은 아무렇지도 않아요. 곧 나아요"라고 자기의 건강을 자신했었다.

부인 최수정(45) 씨도 "오는 20일께는 몸이 회복되어 '5월 문예상' 수상식에는 나가실 수 있을 거"라고 말했었다.

그리고 주치의인 이문호 서울의대 교수는 환자인 강 씨 가족에게 병명 통보를 할 수 없어 괴로워했었다.

유해는 이날 하오 3시 부인과 1남 2녀가 기다리는 청파동 자택으로 이송되었으며, 오는 10일 상오 망우리 가족묘지에 묻힌다. ― 경향신문 1963. 5. 7

당시 소천의 부음을 듣고 달려간 박목월이 남긴 글로 그날의 분위기를 상상해 본다.

소천 형이 떠났다는 기별을 받고 그의 집으로 달려갔다.

집 근처 전신주에 '姜喪家'라는 표지가 나붙어 있었다.

'姜喪家'라는 '姜'이 강소천을 의미하는 것일까.

비로소 소천 형이 세상을 떠난 사실에 실감이 들면서 슬픔이 복받쳐 올랐다.

20여 일 전만 해도 온양에 다녀왔노라고, 조용해서 글쓰기 좋더라고 내게 전화를 걸어온 그다.

또한 문협 신인상 심사 때도 우리와 동석해서 방송국 박사답게 재치 있는 농담으로 우리를 웃게 한 그다.

그러나 그 음성 그 웃음이 마지막일 줄은 꿈에도 모르고 우리는 헤어졌다.

그 후 병원에 가서 그의 얼굴을 잠시 보긴 했지만 이미 말 한마디 나눌 수 없었다.

그리고 그는 떠났다.

이렇게 허무할 수 있을까. 영원히 잠든 그의 앞에 앉아 묵념을 드리는 나의 마음은 표현할 길이 없다.

그와는 문학을 통하여 이미 30여 년 전에 편지로 사귄 친구다.

아동문학에 전심하여 수많은 작품을 발표하였고, 또한 빛나는 업적을 쌓은 것은 세상이 다 아는 일이다.

이번에도 장편소설을 쓰기 위한 과로로 병이 재발하여 급기야 세상을 떠나고 만 것이다.

그의 30여 년간의 집필 생활 중 온갖 역경을 다 물리치고, 이제 그의 붓이 완숙의 경지에 이른 지금 그가 세상을 하직한 것은 너무나 원통

한 일이며, 그동안 나는 그의 충실한 벗이 못 되었음이 한없이 뉘우쳐진다.

그러나 아무리 뉘우쳐도 소용없는 일이다.

그는 영원히 잠들어 버린 것이다.

이 무렵 십대 후반에 용정에서 소천을 만나고 이후 소천과 함께 많은 일을 한 시인 조지훈이 쓴 조사도 인상적이다.

동심만으로 살다가 동심의 나라로 되돌아간 소천 형은 아기처럼 고요히 잠들어 있다. 머지않아 호박꽃이 피는 계절이 온다. 소천은 호박꽃 초롱을 들고 어디로 가려는가. 꿈을 찍는 사진관에 주인은 없고, 소천 형의 옛 꿈만이 남아 있다.

소천의 장례는 5일장으로 치러졌다. 5월 10일 새문안교회에서 열린 장례식에는 수많은 조문객들이 찾아왔다. 소천이 글짓기 교육을 했던 이화여대부속국민학교 합창단이 소천의 동요 스무 곡을 연이어 불렀다. 소천은 자신이 남긴 동요를 들으며 경기도 양주군 교문리의 가족 묘지에 안장되었다.

소천은 살아서 많은 일을 했으나, 안타깝게도 살아생전에는 일한 만큼 영광을 얻지는 못했다. 남북 이산가족 상봉은 생각지도 못하던 시절에 타계했기 때문에 꿈에 그리던 고향의 가족들은 만나기는커녕 끝내 생사조차 확인하지 못했다. 대신 남아 있는 빛나는 작품들은 거듭 산 사람들 곁으로 소천을 불러다 놓는다. 1963년 5월 20일에 당시 문화공보부에서 주최하는 제2회 5월 문예상 시상식이 있었다. 1964년 5월 6일, 1주기에 맞춰 추도식과 묘비 제막식이 열렸다. 묘비 앞면에는 저 유명한 동시 「닭」의 전문이 새겨졌고, 뒷면에는 소천의 약력과 함께 다음과 같은 글귀가 새겨졌다.

　　강소천은 갔지만
　　동화 나라의 강소천은
　　어린이와 더불어
　　영원히 이 세상에
　　살아 있으리라.

생전에 마지막으로 준비하던 『강소천 아동문학전집』(전6권, 배영사)도 소천이 타계한 해 8월부터 이듬해 4월까지 완간되어 1주기 추모 행사 때 묘비 앞에 헌정되었다. 이 책은 그해 한국일보사가 주관하는 한국출판문화상과 대한교육연합회가 주관하는 교육도서 출판상 대상 도서로 선정된다.

이후 전집은 1978년 전12권(문천사), 1981년 전15권(문음사), 2006년 전10권(교학사)씩 세 차례 더 간행되었다. 타계 2주기인 1965년에는 소천의 업적과 문학 정신을 기리기 위해 소천아동문학상이 제정되었다. 처음 배영사에서 주관하던 이 소천아동문학상은 이후 계몽사를 거쳐 교학사에서 이어받아 오늘에 이르고 있다. 1985년 10월 19일에 국민훈장 대통령 금관문화훈장이 추서되었고, 1987년 10월 17일에는 어린이대공원에 '강소천 문학비'가 건립되었다. 2002년 12월 인터넷 홈페이지 'www.kangsochun.com'이 개설돼 많은 이들이 관련 자료를 쉽게 찾을 수 있게 되었다. 2006년에는 국립어린이청소년도서관에서 우리나라를 대표하는 4명의 아동문학가와 더불어 새롭게 '강소천 문고'를 마련했다.

2015년은 소천이 탄생한 지 100주년이 되는 해이다. 어린이의 영원한 벗, 강소천! 이 땅에 어린이가 있는 한 강소천은 영원히 이 세상에 살아 있을 것이다.

함경남도 고원군 수동면 미둔리의 생가.

집필 중인 모습.

집필 책상.

1955년, 부인 최수정 여사와 함께.

1953년, 『꽃신』 출판기념회에서 친척들과 함께.
왼쪽부터 강경구, 강용택, 강소천, 허흥순.

1962년 봄, 가족들과 함께.

동화작가 모임을 마친 어느 날 오후 새벗사 앞에서.
왼쪽부터 신지식, 강소천, 이영희, 이종환, 마해송,
임인수, 최태호, 방기환, 김요섭.

1957년, 어린이헌장 제정 기념사진.
(둘째 줄 가운데)

1958년, 어린이헌장비 제막식에서.
왼쪽부터 방기환, 강소천, 김요섭.

문인들과 함께. 왼쪽부터 이원수, 박목월, 김영일, 강소천, 임인수.

1954년, 한국아동문학회 창립 기념회 기념사진. (뒷줄 오른쪽에서 두 번째)

소설가 김동리와 함께.

문인들과 함께. 왼쪽부터 최태호, 이종환, 신지식, 김요섭, 이영희, 강소천.

1958년, 대전사범학교 백일장을 마치고
문예반 학생들과 함께. 뒷줄 왼쪽부터 김승옥,
정재수, 강소천, 한성기.

KBS 어린이시간 라디오방송팀과 함께
남산스튜디오 현관 앞에서.

1958년, 새벗사 주최 어린이 백일장에서.

경기도에서 열린 어린이 백일장에서.
(뒷줄 가운데)

1961년, '어깨동무학교 운동'으로 어린이들과 함
께 외딴섬을 찾았을 때.

1963년 5월 6일, 타계 후 마련된 빈소.

1963년 5월 10일, 새문안교회에서
장례 예배를 마치고.

1주기에 묘소 앞에 건립된 시비.

시비 제막식에서 추모시를 읽는 박목월.

1985년, 추서된 국민훈장
대통령 금관문화훈장을 받는
부인 최수정 여사.
위는 훈장과 훈장증.

1987년, 서울 어린이대공원에 건립된
강소천 문학비.

강소천 문학비 제막식에 참석한 문인들.

2003년, 40주기 추모 모임에서
사회를 보는 강영숙 예지원 원장.

40주기 추모 모임에서
회고담을 들려주는 어효선.

2006년, '문학의 집 서울'에서 열린
문화 행사에서 회고담을 들려주는 박창해.

49주기 추도식에서 묘소를 참배하고 있는
역대 소천아동문학상 수상자들.
앞줄 왼쪽부터 조대현, 신현배.

동화집 『꽃신』과 육필 원고.

육필 원고
「사랑하는 어린이 여러분께」.

국립어린이청소년도서관에 마련되어 있는
강소천 문고.

강소천 문고에 전시 중인 저서들.

『호박꽃 초롱』
박문서관 1941

『조그만 사진첩』
다이제스트사 1952

『꽃신』
문교사 1953

『진달래와 철쭉』
다이제스트사 1953

『꿈을 찍는 사진관』
홍익사 1954

『종소리』
대한기독교서회 1956

『무지개』
대한기독교서회 1957

『인형의 꿈』
새글집 1958

『대답 없는 메아리』
대한기독교서회 1960

『어머니의 초상화』
배영사 1963

강소천이 주간을 맡은
『새벗』 잡지

강소천이 주도해서 창간한
잡지 『아동문학』

1915년(1세) · 9월 16일 함경남도 고원군 수동면 미둔리에서 아버지 강석우와 어머니 허석운의 2남 4녀 중 둘째 아들로 태어남. 진주 강씨 통정공파의 29대손으로 본명은 용률(龍律).
· 종손인 할아버지 강봉규가 세운 미둔리 교회의 주일학교를 다님.
· 집안에서 운영하는 과수원(천명농원)과 일대의 산과 들을 뛰놀며 성장함.

1924년(10세) · 고원읍으로 나가 고원공립보통학교에 입학함. 주말이면 혼자 두세 시간씩 걸어서 미둔리 집을 오고 감. 얼마 뒤 가족들이 고원읍으로 이사 와 다시 함께 살게 됨. 본적인 함경남도 고원군 고원면 관덕리 2번지는 여러 작품에서 작중인물의 고향 주소로 기술됨.
· 학교에서 전택부·천세봉 등을 만남.

1928년(14세) · 4학년 담임 선생님에게 돋보이는 작문으로 특별한 칭찬을 받으며 학교 생활을 함. 이 시기의 같은 반 여학생 반장인 순이와 나눈 사랑 이야기가 뒷날 동요 「순이 무덤」 등 여러 작품으로 표현됨.

1930년(16세) · 『아이생활』에 동시 「버드나무 열매」를 발표함. 이 작품이 공식 지면 첫 발표로 확인됨.

1931년(17세) · 고원공립보통학교를 졸업하고 함흥의 영생고등보통학교에 입학함.
· 「봄이 왔다」 「무궁화에 벌나비」(『신소년』 2월호), 「길가에 얼음판」 「이 앞집, 저 뒷집」(『아이생활』 3월호) 등 총 9편의 발표 동시가 확인됨.

· 발표 초기에는 본명인 강용률과 필명인 강소천을 번갈아 쓰다가 1933년 이후에는 주로 강소천으로 활동했고, 월남하고 나서 이를 본명으로 개명함.
· 영생고등보통학교에서 박창해 등을 만남.

1932년(18세) ·「가을 바람이」(『아이생활』 12월호) 등의 동시를 발표함.

1933년(19세) ·「연기야」(『아이생활』 1월호), 「이상한 노래」(『어린이』 5월호) 등의 동시를 발표함.
· 조선어연구회에서 한글맞춤법 통일안을 제정 공포함.

1934년(20세) · 동시「달님 얼굴에」(『아이생활』 5월호)를 발표함.
· 일제의 한글 탄압이 거세짐. 4학년 겨울방학 때 외사촌 누이 허홍순의 안내로 간도의 용정으로 감.

1935년(21세) · 용정 외삼촌 집에서 1년간 머무름.
·「호박꽃 초롱」(조선중앙일보 9월 3일자) 등의 동시를 발표함.
· 윤석중의 청탁을 받고, 물을 마시고 하늘을 쳐다보는 닭을 보면서 고향 하늘을 그리워하는 동시「닭」을 창작함. 이 시기에 은진중학교에 다니던 윤동주를 만남.

1936년(22세) · 용정에서 돌아옴.
·「제비」(『동화』 6월호) 등의 동시를 발표함.
· 4월에 영생고등보통학교 영어 교사로 부임한 시인 백석과 교유함. 이후 백석에게서 동요 시집『호박꽃 초롱』(1941)의 '서시'를 받음.

1937년(23세) · 영생고등보통학교를 졸업함. 이후 광복 때까지 교회의 주일학교 교사로 일하면서 창작 동화와 동극을 실험하고 한글을 연구함. 조선의 아이들을 위해 우리말과 우리글로 된 동시집을 내야겠다고 결심함.
· 이 무렵 손소희·박목월·황순원 등 여러 문인들과 펜팔로 교유함.
·『소년』 창간호에「닭」이 발표됨.
· 동화「재봉 선생」(동아일보 10. 31)을 발표함.
· 중일전쟁 발발.

1938년(24세) · 동시 「봄비」(『아이생활』 4월호), 동극 「비바람은 지나고」(『아이생활』 12월호) 등을 발표함.

1939년(25세) · 1938년 말 여러 신문의 신춘문예에 동화를 투고했는데 낙선함. 동아일보에서 낙선한 「돌멩이」를 2월 5일부터 5일간 분재하면서 새로운 동화를 청탁해 옴.
· 동화 「빨간 고추」(동아일보 10. 17), 동시 「지도」(『아이동무』 2월호) 등을 발표함.
· 제2차 세계대전 발발.

1940년(26세) · 매일신보 신춘문예에 동화 「전등불의 이야기」가 당선되어 1월 6, 8, 10일에 게재됨. 동화 「딱따구리」(『소년』 12월호) 등을 발표함.
· 장편동화 『희성이의 두 아들』을 『아이생활』 9 · 10월 합본호부터 이듬해 2월호까지 5회 연재함.

1941년(27세) · 손소희가 간도의 만선일보 문화부 책임기자로서 동화를 청탁해 「허공다리」를 2, 3월 연재함. 당시 만선일보로서는 처음으로 원고료를 지급함.
· 2월에 동요 시집 『호박꽃 초롱』(박문서관)을 출간함.
· 12월 7일 일본의 미국 하와이 공격을 시발로 태평양전쟁 발발.

1945년(31세) · 8 · 15광복.
· 11월부터 고원중학교 교사로 근무함.

1946년(32세) · 3월에 북한 공산당의 하부 조직인 북조선문학예술총동맹(일명 문예총)이 결성됨.
· 6월에 고향 친구인 유관우가 청진에서 아동문학 재건 운동을 하자며 소식을 전해 와 청진으로 감. 청진여자고등학교 교사로 근무함.
· 8월에 원산에서 '응향 사건', 평양에서 '관서 시인집 사건' 등이 일어나면서 북한 전역에 사회주의 문학 이념이 더욱 강화됨.

1947년(33세) · 동화 「정희와 그림자」(『아동문학』 7월호, 평양)를 발표함.

1948년(34세) · 청진제일고등학교 교사로 근무함.

· 남북한이 각각 단독정부를 세워 실질적인 남북 분단이 시작됨.

1949년(35세) · 동시 「나두 나두 크며는」(『아동문학』 12월호, 평양) 등을 발표함.
· 2월에 청진제일고등학교 교사를 그만둠.

1950년(36세) · 동시 「둘이 둘이 마주앉아」(『아동문학집』 제1집, 평양) 등을 발표함.
· 6·25전쟁 발발. 흥남 철수 때 배편으로 월남하여 거제에 도착함.
철수 작전에서 기독교인이라는 이유로 먼저 구조되는 극적인 상
황을 경험함. 뒷날, 배 안에서 언 주먹밥 하나로 견딘 일이 큰 병의
원인이 된 것이라 진술함.

1951년(37세) · 거제를 거쳐 부산으로 건너가 지내다가 영도다리 근처에서 박창
해를 만남.
· 박창해의 주선으로 대한민국 정부의 문교부(현 교육부) 편수국에
서 근무하게 됨. 이곳에서 최태호를 처음 만나고 이후 평생지기가
됨. 전시 국어 교재를 편찬함.
· 육군 정훈부대인 772부대의 문관으로 근무함. 대전에서 활동할 때
윤석중을 만남. 대전 지역 문우들과 교유함.
· 부산에서 넷째 누이 용옥의 집에서 기거함. 전쟁에 참전하고 전역
한 장조카 강경구와 1년간 함께 생활함.
· 금강다방에서 김동리·손소희를 만남.

1952년(38세) · 박창해의 소개로 『리더스 다이제스트』를 경영하던 이춘우를 만나
월간 『어린이 다이제스트』를 창간하고 주간으로 일함.
· 광복 후 이북에 있을 때 문맹퇴치를 목적으로 쓴 것으로 알려진 동
화 「박송아지」를 기억을 되살려 다시 써서 발표(『어린이 다이제스
트』 9월호)하는 등 여러 작품을 발표함.
· 『희성이의 두 아들』을 개작한 장편동화 『진달래와 철쭉』을 『어린
이 다이제스트』 11월호부터 연재함.
· 9월에 제1동화집 『조그만 사진첩』을 출간하고 27일 금강다방에서
김동리의 사회로 출판기념회를 개최함. 이때 문인·교수 등 수십
명의 지인들이 참석함.

1953년(39세) · 동화 「꽃신」(『학원』 5월호) 등 여러 작품을 발표함.

· 7월 27일 휴전협정 후 서울에 정착함.

· 아동문학가협회 아동분과위원장으로 활동함.

· 10월에 제2동화집 『꽃신』, 제3동화집 『진달래와 철쭉』(장편)을 연이어 출간함.

1954년(40세) · 문교부 교과용 도서편찬 심의위원으로 활동함.

· 최수정과 결혼함. 이후 2녀 1남을 얻음.

· 2월에 『어린이 다이제스트』를 그만둠.

· 동화 「꿈을 찍는 사진관」(『소년세계』 3월호), 「꿈을 파는 집」(『학원』 3월호), 「어머니의 얼굴」(『소년세계』 8월호) 등 여러 작품을 발표함.

· 6월에 제4동화집 『꿈을 찍는 사진관』을 출간하고, 12월에 동화·동시·동극·수필 등을 담은 『소년 문학선』을 출간함.

1955년(41세) · 장편동화 『바다여 말해다오』(연합신문 5. 21~6. 7), 『해바라기 피는 마을』(『새벗』 1955년 7월호~1956년 8월호), 중편동화 「잃어버린 시계」(경향신문 9. 10~9. 25) 등을 연재함.

· 부산에 있을 때부터 전택부가 맡고 있던 『새벗』의 편집위원으로 일하다가 이해 8월부터 주간을 맡음. 1960년 1월 퇴사할 때까지 폭넓은 인맥을 바탕으로 문학과 교육을 연계하는 다양한 내용을 담음.

1956년(42세) · 한남동에서 살다 서울 용산구 청파동 2가의 집을 장만해 옮김. 이후 10번지 14호에 2층집을 사서 개조하고 이사함. 2층을 서재로 삼아 글을 쓰고 손님을 맞음.

· 중편동화 「잃어버렸던 나」(한국일보 3. 26~5. 3)를 연재함.

· 6월에 제5동화집 『종소리』를 출간함.

1957년(43세) · 5월 5일 강소천의 주도로 제정된 '대한민국 어린이헌장'이 공포됨. 이는 1923년 방정환이 '어린이날'을 제정한 것과 더불어 어린이의 가치를 새롭게 인식하게 한 쾌거로 평가됨.

· 동화 「메리와 귀순이」(『어린이동산』 1월호) 등 여러 작품을 발표함.

· 장편동화 『꽃들의 합창』(『새벗』 1957년 4월호~1958년 3월호)을 연재함.

· 12월에 제6동화집 『무지개』를 출간함.

1958년(44세)	· 한국보육대에 출강함.
	· 동화 「나무야 나무야 누워서 자거라」(경향신문 2. 2) 등 여러 작품을 발표함.
	· 동화 「인형의 꿈」(경향신문 3. 20~5. 21)을 연재함.
	· 『해바라기 피는 마을』이 영화화됨.
	· 12월에 제7동화집 『인형의 꿈』을 출간함.

1958년(44세)　· 한국보육대에 출강함.
　　　　　　　· 동화 「나무야 나무야 누워서 자거라」(경향신문 2. 2) 등 여러 작품을 발표함.
　　　　　　　· 동화 「인형의 꿈」(경향신문 3. 20~5. 21)을 연재함.
　　　　　　　· 『해바라기 피는 마을』이 영화화됨.
　　　　　　　· 12월에 제7동화집 『인형의 꿈』을 출간함.

1959년(45세)　· 이화여대에 출강함. 아동문학 강의를 처음 개설함.
　　　　　　　· 문교부 교수요목 제정 심의위원, 국정교과서 편찬위원으로 활동함.
　　　　　　　· 동화 「분홍 카네이션」(동아일보 9. 30~12. 27)을 연재함.
　　　　　　　· 장편동화 『대답 없는 메아리』(연합신문 1. 13~4. 19)를 연재함.
　　　　　　　· 12월에 동화 선집 『꾸러기와 몽당연필』을 출간함.

1960년(46세)　· 연세대에 출강함. 한국아동문학가협회 아동문학 분과위원장이 됨.
　　　　　　　· 어깨동무학교 운동을 시작함.
　　　　　　　· 『새벗』 주간을 그만두면서 수필 「새벗을 떠나며」(『새벗』 2월호)를 발표함.
　　　　　　　· 계몽사의 『소년소녀 세계문학전집』 기획을 전담함.
　　　　　　　· 동화 「현이와 전나무」(『가톨릭소년』 5월호) 등 여러 작품을 발표함.
　　　　　　　· 3월에 제8동화집 『대답 없는 메아리』를 출간함.
　　　　　　　· 7월에 동화 「어머니의 초상화」(소년한국일보 7. 17~7. 31)를 연재함.
　　　　　　　· 이 무렵 교육계의 명망가 조석기가 교장으로 있는 인천 창영국민학교와 이화여대부속국민학교에서 글짓기 수업을 진행함.

1961년(47세)　· 문교부 우량아동도서 선정위원으로 활동함.
　　　　　　　· 4월에 서울 성모병원에서 위암 수술을 받음. 이때 부산대 의대 학장으로 있던 장기려 박사가 상경해 집도함. 수술비를 받지 않은 장기려 박사에 대한 고마움을 뒷날 수필 「은혜를 갚는 일」(1962. 5. 7)에 담음.
　　　　　　　· 8월에 서울중앙방송국 자문위원으로 활동함.
　　　　　　　· 10월에 아동문학연구회를 조직해 회장으로 활동함. 한국문인협회 이사가 됨.
　　　　　　　· 동화 「나는 겁쟁이다」(『새벗』 7월호) 등 여러 작품을 발표함.
　　　　　　　· 12월에 동화·동시 선집 『강소천 아동문학독본』을 출간함.

· 장편동화 『봄이 너를 부른다』(연합신문 1960. 12. 8~1961. 6. 1)를 128회 연재함.
· 조석기가 운영 책임을 맡은 배영사의 기획위원으로 활동하면서 그림동화집 전5권을 출간함.
· 이 무렵부터 1963년까지 서울중앙방송국 라디오 프로그램 「퀴즈 올림픽」과 이를 이어받아 장수 인기 프로그램이 된 「재치문답」 등에 고정 출연함.

1962년(48세)
· 한국아동문학가협회 이사가 됨.
· 동화 「소나무의 나이」(『새벗』 1월호), 「시집 속의 소녀」(『학원』 12월호) 등 여러 작품을 발표함.
· 부정기 간행 잡지 『아동문학』(주간 최석기, 편집위원 강소천 · 김동리 · 박목월 · 조지훈 · 최태호)을 배영사에서 창간함. 창간호에 동화 「수남이와 수남이」를 발표함. 『아동문학』은 매호 아동문학의 현실을 진단하고 미래를 개척하는 주제로 심도 있는 지상 심포지엄을 여는 등 아동문학의 이론적 저변을 확대한 잡지로 평가됨.

1963년(49세)
· 1월에 제9동화집 『어머니의 초상화』를 출간함. 『한국아동문학전집—강소천 편』이 발간됨.
· 이 시기에 수시로 충청남도 온양(지금의 아산시)의 한 온천장에 가서 많은 원고를 집필하고 돌아옴.
· 5월 6일 오후 1시 57분 서울대부속병원에서 간암으로 타계함. 10일 경기도 양주군 교문리(지금의 구리시 교문동) 가족묘지에 안장됨.
· 5월 10일 제10동화집 『그리운 메아리』가 출간됨.
· 5월 20일 문화공보부에서 주최하는 제2회 5월 문예상 본상을 수상함.

1964년(1주기)
· 1주기 추도식과 더불어 동시 「닭」이 새겨진 강소천 시비 제막식이 열림.
· 『강소천 아동문학전집』(전6권, 배영사)이 출간됨. 이 전집은 한국출판문화상(한국일보사)과 교육도서 출판상(대한교육연합회) 대상 도서로 선정됨.

1965년(2주기)
· 소천아동문학상이 제정되어 운영됨. 배영사에서 주관하던 이 상

은 계몽사를 거쳐 현재 교학사에서 운영하고 있음.

1975년	· 『소년소녀 강소천 문학전집』(전7권, 신교문화사)이 출간됨.
1978년	· 신교문화사 판 전집을 바탕으로 한 『강소천 문학전집』(전12권, 문천사)이 출간됨.
1981년	· 『강소천 문학전집』(전15권, 문음사)이 출간됨.
1985년	· 국민훈장 대통령 금관문화훈장이 추서됨.
1987년	· 서울 어린이대공원에 강소천 문학비가 건립됨.
2002년	· 인터넷 홈페이지 '영원한 어린이들의 벗 강소천 www.kangsochun.com'이 개설됨.
2003년	· 서울 프레스센터에서 40주기 추모 행사를 개최함.
2006년	· 국립어린이청소년도서관에 강소천 문고가 개관됨. · 『강소천 아동문학전집』(전10권, 교학사)이 출간됨.
2015년	· 국립어린이청소년도서관에서 탄생 100주년 기념식을 개최함. · 『강소천 평전』(박덕규, 교학사)과 『강소천 작가론』(김종회 · 김용희 외, 새미출판사)이 출간됨. · 동요 시집 『호박꽃 초롱』과 제1동화집~제9동화집 복간본(재미마주)이 출간됨.

소천 선생의 빛나는 삶과 문학 이야기

서석규

강소천 탄생 100주년! 100이라는 숫자는 까마득한데, 되돌아보니 선생을 가까이에서 모셨던 지난 일들이 바로 엊그제 일처럼 생생하게 떠오른다. 선생의 생애는 참으로 짧았다. 100의 절반에도 미치지 못하는 49세. 그러나 선생의 일생은 신비하고 때로는 기적 같은 일들이 때맞추어 일어나곤 해서 놀라움을 금할 수 없다. 오직 이 땅의 어린이와 아동문학을 위해 살아온 선생의 올곧은 삶은 마치 한 치의 빈틈도 없이 미리 완벽하게 짜여 있었던 것 같은 감동으로 이어진다. 소천 선생의 생애와 작품을 담은 이 평전을 읽으며 성스럽기까지 한 그의 일생 앞에 마음이 숙연해진다.

소천 선생은 참혹한 전쟁의 소용돌이가 할퀴고 간 민족의 상처를 치유하면서 겨레가 길이 간직할 소중한 문화유산을 많이 빚어 남겨 주셨다. 빛나는 동시와 동화 등 아동문학 작품뿐 아니라 우리나라 아동문학이 나아갈 길을 여는 연구와 보급, 어린이를 더욱 건강하고 행복하게 하는 국민운동, 어린이를 위한 출판 지원…… 모두 열거하려니 끝이 없다.

『강소천 평전』은 소천 선생이 공들여 빚어낸 수많은 작품과 업적 뒤에 감춰진 아름다운 문학 이야기와 진솔한 삶의 모습을 소복소복 담아 정연하게 정리해 주고 있다. 선생은 험난한 시대를 헤쳐 나가면서도 의로운 길을 걷는 데 조금도 흔들림이 없었다. 높고 낮은 고갯길을 혼자 넘던 선생의 생애를 통해 오늘을 살아가는 우리는 반짝이는 빛을 발견한다. 나아가 역사와 나를 찾게 된다.

원고 뭉치를 싼 작은 보퉁이 하나만 들고 단신으로 사선을 넘어온 선생에게는 자료 하나하나가 소중했다. 새로 쓰는 작품 역시 한 편 한 편이 소중했다. 그래서 선생은 발표한 글을 모아 스크랩해 두는 일을 한시도 게을리하지 않았다. 그리하여 해마다 붙여 모으는 두툼한 스크랩북이 하나 둘 늘어 모두 15권에 이르렀다. 어쩌면 멸실될 뻔한 아슬아슬한 고비에서 이 스크랩북을 경주의 동리·목월 문학관에서 찾게 되어 평전 작업에 많은 도움이 되었다. 이 소중한 스크랩북을 찾게 된 것은 아무도 예측하지 못한 참으로 신비한 힘이 이끌어 주었다는 생각이 든다.

사실 소천 선생은 자신의 이야기를 글로 많이 남기지 않았다. 고향에 대한 서너 편의 수필 외에는 신문이나 잡지 등에 기고한 짧은 글 몇 편이 전부였다. 그러다 보니 좀 더 자세한 고향 이야기와 월남 후 부산 피란 시절의 행적을 궁금해하는 연구자들이 많았다. 이 궁금증을 풀어 줄 수 있는 유일한 생존자인 소천 선생의 장조카 강경구 씨를 찾기 위해 백방으로 수소문해 보았으나 '오래전에 미국으로 이민을 갔다'는 것 이외에는 소식을 알 수 없었다. 그러던 중 2014년 가을에 때를 맞추기라도 한 듯 강경구 선생을 찾을 수 있었다. 미국에서 노후를 보내고 있는 그의 진술을 통해 끊겨 있던 소천 선생의 생애를 완벽하게 복원해 낼 수 있었다. 이 또한 우연이라고 볼 수 없는 신비한 힘이 이끌어 준 것만 같다.

1941년 동요 시집 『호박꽃 초롱』이 발간된 지 11년째 되던 해인 1952년에 첫 동화집 『조그만 사진첩』을 펴낸 이후, 선생은 거의 해마다 동화집을 내어 모두 9권을 펴냈다. 발표한 작품이 모아지면 그 가운데서 추려 뽑아 한 권의 동화집으로 묶어 내곤 했다.

그리고 서세逝世 1년 전에 그동안 발표한 모든 작품 중에서 손수 골라 6권으로 『강소천 아동문학전집』의 편집까지 마쳤지만 발간되는 것을 못 보고 세상을 떠나셨다. 소천 선생은 동화집을 낼 때나 전집을 편집할 때 작품 하나하나를 다시 읽고 미흡한 부분은 새로 다듬었다. 끊임없이 다시 살피며 쓰다듬는, 선생의 자기 작품에 대한 식지 않는 무한한 애정은 늘 존경스러웠다.

이토록 귀한 책이 나오게 되기까지 많은 분들의 정성과 노고가 있었다. 특히 문학의 여러 장르에 대한 깊은 통찰과 이해, 그리고 소천 선생의 작품에 남다른 애정을 가진 이 책의 저자 박덕규 교수님의 끈질긴 노력으로 훌륭한 평전을 만날 수 있게 되었다. 어려운 출판 환경에서 이 책의 출판을 맡아 주신 교학사 양철우 회장님과 한국의 문인 자녀들 가운데 남달리 뛰어난 효자라고 칭송받는 소천 선생의 아드님인 강현구 님, 그리고 소천 탄생 100주년 행사에 각별한 지원을 해 주신 김혜선 님께 감사한다.

동화작가. 1955년 한국일보 신춘문예에 동화가 당선되면서 심사위원이었던 강소천 선생과 인연을 맺음. 이후 연합신문(뒤에 서울일일신문으로 이름을 바꿈.) 등에서 문화부장으로 일하면서 소천 선생의 어깨동무학교 운동이나 아동문학연구회 창립 등에 관여함. 현재 소천아동문학상 운영위원장으로 일하고 있다.

강소천 창작집

동요 시집 『호박꽃 초롱』, 박문서관, 1941.

동화집 『조그만 사진첩』, 다이제스트사, 1952.

동화집 『꽃신』, 문교사, 1953.

장편동화 『진달래와 철쭉』, 다이제스트사, 1953.

동화집 『꿈을 찍는 사진관』, 홍익사, 1954.

동화집 『종소리』, 대한기독교서회, 1956.

동화집 『무지개』, 대한기독교서회, 1957.

동화집 『인형의 꿈』, 새글집, 1958.

장편동화 『대답 없는 메아리』, 대한기독교서회, 1960.

동화집 『어머니의 초상화』, 배영사, 1963.

장편동화 『그리운 메아리』, 학원사, 1963.

강소천 문학선집

『소년 문학선』, 대한교과서주식회사, 1954.

『어린이 훈화백과』, 대한기독교서회, 1955.

『꾸러기와 몽당연필』, 새글집, 1959.

『강소천 아동문학독본』, 을유문화사, 1961.

『그림동화』 전5권, 배영사, 1962

『봄동산 꽃동산』(추모 작품집, 동시 · 동극 편), 배영사, 1964.

『강소천 동요집』, 강소천닷컴, 2009.

강소천 창작 연재물

「바다여 말해다오」, 연합신문 1955. 5. 21～6. 7(10회)

『해바라기 피는 마을』, 『새벗』 1955년 7월호～1956년 8월호(14회)

「잃어버렸던 나」, 한국일보 1956. 3. 26 ～5. 3(35회)

『꽃들의 합창』, 『새벗』 1957년 4월호～1958년 3월호(12회)

「인형의 꿈」, 경향신문 1958. 3. 28～5. 21(60회)

「어머니의 초상화」, 소년한국일보 1958. 7. 17～1960. 7. 31(13회)

『대답 없는 메아리』, 연합신문 1959. 1. 13～4. 19(88회)

「분홍 카네이션」, 동아일보 1959. 9. 20～12. 27(15회)

『봄이 너를 부른다』, 연합신문 1960. 12. 8～1961. 6. 1(128회)

강소천 전집

강소천 아동문학전집 전6권, 배영사, 1964.

소년소녀 강소천 문학전집 전7권, 신교문화사, 1975.

강소천 아동문학전집 전12권, 문천사, 1978.

강소천 아동문학전집 전15권, 문음사, 1981.

강소천 아동문학전집 전10권, 교학사, 2006.

제1권 『꿈을 찍는 사진관』(단편동화집).

제2권 『꽃신을 짓는 사람』(단편동화집).

제3권 『나는 겁쟁이다』(단편동화집).

제4권 『꾸러기와 몽당연필』(중단편동화집).

제5권 『꾸러기 행진곡』(중편동화집).

제6권 『해바라기 피는 마을』(장편동화).

제7권 『잃어버렸던 나』(장편동화).

제8권 『봄이 너를 부른다』(장편동화).

제9권 『그리운 메아리』(장편동화).

제10권 『호박꽃초롱』(동요, 동시집).

관련 잡지

『가톨릭소년』『동서문학』『동화』『리더스 다이제스트』『별나라』『새가정』『새동무』, 『새벗』, 『소년』, 『소년생활』, 『소년세계』, 『소년중앙』, 『신소년』, 『아기네동산』, 『아동문예』, 『아동문학』, 『아이동무』, 『아이생활』, 『아이세계』, 『어깨동무』, 『어린이 다이제스트』, 『어린이』, 『어린이동산』, 『어린이세계』, 『여성』, 『저축문집』, 『조광』, 『학원』, 『현대문학』

관련 신문

거제중앙신문, 경향신문, 교육주보, 국제신문, 기독시보, 대한일보, 동아일보, 만선일보, 매일신보, 서울신문, 소년동아일보, 소년시보, 소년서울신문, 소년한국일보, 연합신문, 조선중앙일보, 조선일보, 중앙일보, 평화신문, 한국일보

기타 기초 자료

경희대학교 한국아동문학연구센터 편, 『별나라를 차져간 소녀4』, 국학자료원, 2012.

경희대학교 한국아동문학연구센터 편, 『어린이의 꿈』(1~3권), 국학자료원, 2012.

스크랩북(전15권) 등, 국립어린이청소년도서관 소장.

『전시부독본 여름공부』

『겨울공부용 전시부독본』

『국어 2–1』(1948)

서울중앙방송국(라디오), 「퀴즈올림픽」·「재치문답」, 1961~1963.

논문·평론

구상, 「종군작단 2년」, 『전선문학』 5호, 1953.

김동리, 「강소천, 그 인간과 문학」, 강소천 문학전집 제3권 『꽃신을 짓는 사람』 해설, 신교문화사, 1975.

김요섭, 「바람의 시, 구름의 동화」, 강소천 아동문학전집 제1권 『꿈을 찍는 사진관』 해설, 교학사, 2006.

김용성, 「강소천」, 『한국문학사 탐방』, 국학자료원, 2011.

김용희, 「소천 동화에 나타난 꿈의 상징성」, 이재철 엮음, 『한국아동문학작가작품론』, 서문당, 1991.

김용희, 「수난의 상상력과 꿈의 상징성」, 『동심의 숲에서 길 찾기』, 청동거울, 2004.

김윤식, 「땅끝 의식과 가부장제-밀다원 시대와 실존무」, 『사반과의 대화』, 민음사, 1997.

김일성, 「문화인들의 문화전선의 투사로 되어야 한다 : 북조선 각 도인민위원회, 정당, 사회단체선전원, 문화인, 예술인대회에서 한 연설 1946년 5월 24일」, 『김일성 저작집2 (1946. 1~1946. 12)』, 조선로동당출판사, 1979.

남미영, 「강소천 연구」, 숙명여대 대학원 석사학위 논문, 1980.

남미영, 「꿈 고향 그리움」, 강소천 아동문학전집 제6권 『해바라기 피는 마을』 해설, 교학사, 2006.

노경수, 「소천시 연구-『호박꽃 초롱』을 중심으로」, 『한국아동문학연구』 제15호, 한국아동문학학회, 2008.

박금숙, 「강소천 동화의 서지 및 개작 연구」, 고려대 대학원 박사학위 논문, 2014.

박금숙·홍창수, 「강소천 동요 및 동시의 개작 양상 연구」, 『한국아동문학연구』 제25호, 한국아동문학학회, 2013.

박덕규, 「강소천의 『호박꽃 초롱』 발간 배경 연구」, 『한국문예창작』 제32호, 한국문예창작학회, 2014.

박덕규, 「피난 공간의 문화적 의미-황순원의 「곡예사」 외 3편을 중심으로」, 『비평문학』 제39호, 한국비평문학회, 2011.

박목월, 「내가 본 소천 문학」, 강소천 아동문학전집 제8권 『봄이 너를 부른다』 해설, 교학사, 2006.

박상재, 「한국 창작동화에 나타난 환상성 연구」, 단국대 대학원 박사학위 논문, 1998.

박상재, 「한국 판타지 동화의 역사적 전개」, 『한국아동문학연구』 제16호, 한국아동문학학회, 2009.

박세영, 「고식화한 영역을 넘어서-동시 동화 창작가에게」, 『별나라』 제3호, 1932.

박창해, 「강소천 선생, 어린이와 함께 살아온 문학가」, 강소천 아동문학전집 제3권 『나는 겁쟁이다』, 교학사, 2006.

박화목, 「강소천론」, 『아동문학』 창간호, 1973.

서석규, 「새로운 꿈을 향한 출발 : 아동문학연구회와 강소천」, 『문학마당』 2014년 가을호.

서석규, 「어린이헌장과 어깨동무학교」, 강소천 아동문학전집 제7권 『잃어버렸던 나』 해설, 교학사, 2006.

선안나, 「문단 형성기 아동문학장의 고찰 : 반공주의를 중심으로」, 『동화와 번역』 제12호, 건국대학교 동화와번역연구소, 2006.

신정아, 「강소천 동화의 아동상과 교육관」, 『한국아동문학연구』 제27호, 한국아동문학학회, 2014.

신정아, 「소천 시 연구 : 자연의 꿈에서 깨어난 꿈-『호박꽃 초롱』에서 '꽃'과 '하늘' 이미지를 중심으로」, 『한국아동문학연구』 제23호, 한국아동문학학회, 2012.

신현득, 「동심으로 외친 항일의 함성」, 강소천 아동문학전집 제10권 『호박꽃 초롱』 해설, 교학사, 2006.

신현득, 「한국 동시사 연구」, 단국대 대학원 박사학위 논문, 2001,

안막, 「민족문학과 민족예술 건설의 고상한 수준을 위하여」, 『문화전선』 1947년 8월호. (전승주 편, 『안막 선집』, 현대문학, 2010.)

어효선, 「『호박꽃 초롱』은 내 교과서」, 강소천 아동문학전집 제4권 『꾸러기와 몽당연필』 해설, 교학사, 2006.

오영식, 「정현웅의 장정 이야기」, 정지석·오영식 편저 『틀을 돌파하는 미술』(정현웅 미술작품집), 소명출판, 2012.

원종찬, 「강소천 소고-해방기 북한 체제에서 발표된 동화와 동시」, 『아동청소년문학연구』 제13호, 아동청소년문학학회, 2013.

원종찬, 「'발굴작품 : 북한 인민공화국 체제에서 나온 강소천 동화' 해제」, 『아동청소년문학연구』 제11호, 아동청소년문학학회, 2012.

원종찬, 「북한 아동문단 성립기의 '아동문화사' 사건」, 『동화와 번역』 제20집, 동화와 번역연구소, 2010.

윤석중, 「동심을 지킨 아동문학가들」, 『동서문학』 1988년 8월호.

이운용, 「朝生夕死로 永生 금수강산의 상징-무궁화의 내력」, 『아이생활』, 1931년 3월호.

이충일. 「1950~1960년대 아동문학 장의 형성 과정 연구」, 단국대 대학원 박사학위 논문, 2014.

전택부, 「소천의 고향과 나」, 강소천 아동문학전집 제3권 『나는 겁쟁이다』 해설, 교학사, 2006.

정원석, 「동요 시인이 동화작가로 변모하는데」, '강소천 스크랩북', 국립어린이청소년도서관 소장.

정원석, 「한 못난 제자의 회상」, 강소천 문학전집 제7권 『해바라기 피는 마을』 해설, 문음사, 1981.

최태호, 강소천 동화집 『조그만 사진첩』 발, 다이제스트, 1952.

하계덕, 「모랄의 긍정적 의미」, 『현대문학』 1969년 2월호.

황금찬 인터뷰, 『스토리문학』 2005년 2월호.

황수대, 「1930년대 강소천 동시 세계와 문학사적 의의」, 『아동청소년문학연구』 제11호, 한국아동청소년문학연구학회, 2012.

잡지 특집

『현대문학』 '강소천 추모 특집', 1963년 6월호.

박경종, 「대보다 곧은 소천 형」.

박목월, 「소천의 동시 - 『호박꽃 초롱』을 중심으로」.

박철희, 「시적 영역과 지평선」.

방기환, 「아이와 어른의 조화」.

손소희, 「강소천 씨와 나」.

어효선, 「순진 솔직 엄격 : 강소천의 인간과 문학」.

윤석중, 「소천은 갔다」.

이종환, 「동심, 그대로의 작가 : 강소천의 인간과 문학」.

임인수, 「소천의 동화」.

최태호, 「천부의 아동문학가」.

『아동문학』 제5집 특집 '대답 없는 메아리 - 소천을 기린다', 1963.

박목월, 「소천에게」(시).

전영택, 「소천이 가시다니 웬 말인고」(조사).

윤석중, 「소천이 걸어온 길」(약력).

김동리, 「강소천 형을 애도함」(애도사).

박목월, 「소천 형 영전에」(애도사).

최태호, 「소천을 기린다」(애도사).

조지훈, 「애도 강소천 형」(애도사).

『아동문학』 제10집 특집 '소천의 인간과 문학', 1964.

이원수, 「소천의 아동문학」.

김요섭, 「바람의 시 구름의 동화」.

유경환, 「순수무구에의 꿈」.

최인학, 「꿈 많은 세계」.

차능균, 「영원한 어린이의 벗」.

강남향, 「아버지」.

신문 기사

「55년 만의 보은」, 뉴데일리 2014. 12. 25.

「각 도서 분산 수용 소개 피난민 구호에 만전」, 동아일보 1950. 12. 22.

「내 고향 명산을 찾아서-고원 연어, 덕지강의 명산」, 동아일보 1934. 10. 6.

「내가 겪은 20세기(윤석중 편)」, 경향신문 1973. 5. 5.

「북조선 중등교육의 효시」, 동아일보 1937. 10. 31.

「아동문학가 강소천 씨 작고」, 경향신문 1963. 5. 7.

「우리 문화(43)-어린이와 문학(8) 동시 동요」, 동아일보 1973. 5. 31.

「조그만 사진첩 출판기념일 개최」, 경향신문 1952. 9. 25.

강소천, 「고국의 하늘과 '닭'」, 동아일보 1963. 5. 7.

강소천, 「나의 작품 중 가장 재미있는 작품」, 소년동아일보 1960. 5. 10.

강소천, 「'돌맹이' 이후」, 동아일보 1960. 4. 3.

강소천, 「은혜를 갚는 일」, 스크랩북(1962. 5. 7), 국립어린이청소년도서관 소장.

강소천, 「남의 글을 도둑하던 이야기」, 소년시보 1954. 2. (스크랩북, 국립어린이청소년도서관 소장).

김동호, 「거제 유감」, 거제중앙신문 2007. 1. 18.

송창일, 「동화문학과 작가」, 동아일보 1939. 10. 17.

주요섭, 「신간평 – 강소천 동화집 『조그만 사진첩』」, 동아일보 1952. 9. 26.

저서

김규동, 『나는 시인이다』, 바이북스, 2011.

김동리, 『역마, 밀다원 시대(김동리 전집 2/단편)』, 민음사, 1995.

김영자, 『강소천 전기』, 청화, 1987.

김용성, 『한국현대문학사탐방』, 현암사, 1984.

김윤식, 『김동리와 그의 시대』, 민음사, 1995.

김윤식, 『사반과의 대화』, 민음사, 1997.

김제곤, 『윤석중 연구』, 청동거울, 2013.

김태오, 『설강동요집』, 한성도서, 1933.

노경수, 『윤석중 연구』, 청어람, 2010.

박남수(우대식 편저), 『적치 6년의 북한 문단』, 보고사, 1999.

백석, 『사슴』, 자가본, 1936.

선안나, 『아동문학과 반공이데올로기』, 청동거울, 2009.

송우혜, 『윤동주 평전』, 서정시학, 2014.

송준, 『남신의주 유동 박시봉방 1(시인 백석 일대기)』, 지나, 1994.

신수경·최리선, 『시대와 예술의 경계인, 정현웅』, 돌베개, 2012.

신영덕, 『한국전쟁과 종군작가』, 국학자료원, 2002.

안도현, 『백석 평전』, 다산책방, 2014.

안재철, 『생명의 항해』, 자운각, 2008.

원종찬, 『북한의 아동문학』, 청동거울, 2012.

윤석중, 『윤석중 동요집』, 신서서림, 1932.

윤석중, 『잃어버린댕기』, 계수나무회, 1933.

윤석중, 『윤석중 동요선』, 박문서관, 1939.

이기윤 외 엮음, 『한국전쟁과 세계문학』, 국학자료원, 2003.

이오덕, 『시정신과 유희정신』, 창작과비평사, 1977.

이재철, 『한국아동문학작가론』, 개문사, 1983.

이재철, 『한국현대아동문학사』, 일지사, 1978.

이중근 편, 『6·25전쟁, 1129일』, 우정문고, 2013.

이춘우, 『율원록, 하나님과 이웃과 흙을 사랑한 삶의 기록』, 한울, 1999.

정지석 · 오영식 편저, 정현웅 미술작품집 『틀을 돌파하는 미술』, 소명출판, 2012.

조갑상 편저, 『소설로 읽는 부산』, 경성대학교 출판부, 2004.

최덕교 편저, 『한국잡지백년(2)』, 현암사, 2004.

최태호, 『리터엉 할아버지』, 새벗, 1955.

북한교회사집필위원회, 『북한교회사』, 한국기독교역사연구소, 1996.

현봉학, 『현봉학과 흥남 대탈출』, 경학사, 1999.

인터넷 자료

강소천닷컴 (www.kangsochun.com)